HENRIKE JÜTTING

MORD IM KREUZ-VIERTEL

KBV

MIX
Papier | Fördert gute Waldnutzung
FSC® C083411

Originalausgabe

www.kbv-verlag.de
E-Mail: info@kbv-verlag.de
Telefon: 0 65 93 - 998 96-0
Umschlaggestaltung: Ralf Kramp unter Verwendung
von © claudettethebat - stock.adobe.com
Lektorat: Volker Maria Neumann, Köln
Druck: CPI books, Ebner & Spiegel GmbH, Ulm
Printed in Germany
ISBN 978-3-95441-650-9

Für meine (Groß-)Familie

Rache ist eine Handlung,
die man begehen möchte,
weil und wenn man machtlos ist.
(Georg Orwell)

PROLOG

Februar 1966

Zum dritten Mal an diesem Vormittag kamen Almut Kaminski, Leiterin der Wohngruppe 2 des Städtischen Kinderheims Dortmund, die Tränen. Der Anlass war ein kurzer, unscheinbarer Artikel hinten im Lokalteil der Tageszeitung. Fräulein Kaminski schniefte und blinzelte die Tränen weg. Sie stand in der winzigen Teeküche, die zu den Gemeinschaftsräumen ihrer Wohngruppe gehörte, und goss Kaffee in einen Becher. Mit dem Getränk in der Hand ging sie zurück in den länglichen Wohnraum, der einen grauen Linoleumboden und senfgelbe Wände hatte. Die Sitzecke bestand aus einem verschlissenen Sofa, übersät mit undefinierbaren Flecken, und einem Sammelsurium unterschiedlicher Sessel. Eine wohlmeinende Spende einiger Dortmunder Bürger. In der anderen Hälfte des Zimmers stand ein Tisch mit sieben Stühlen. Hier machten die Kinder ihre Schularbeiten, und wenn die Jüngeren Lust hatten, wurde hier auch gemalt oder gebastelt. Die Zeitung lag immer noch aufgeschlagen auf dem zerkratzten Tisch. Fräulein Kaminski las den Artikel ein weiteres Mal.

Siebenjähriger Junge ertrinkt in einer Bachverrohrung

Vor zwei Tagen ist ein Junge aus dem Städtischen Kinderheim Dortmund in der unterirdischen Verrohrung eines Baches im Norden der Stadt tödlich verunglückt.

Der Siebenjährige ist aus bislang ungeklärtem Grund in das Rohrsystem geklettert und muss dort ausgerutscht sein, wie die bisherigen Ermittlungen ergeben haben. Sein Leichnam, der eine schwere Kopfverletzung aufweist, wurde etwa hundert Meter von der Einstiegsstelle entfernt gefunden. Der Junge hat offenbar durch die Verletzung das Bewusstsein verloren und ist im knietiefen Wasser ertrunken.

Die Kriminalpolizei und das Städtische Tiefbauamt weisen aus gegebenem Anlass eindringlich daraufhin, Rohrleitungen und Abwasserkanäle nicht zu betreten.

Bevor die Tränen erneut fließen konnten, trank Fräulein Kaminksi schnell einen Schluck Kaffee. Er war lauwarm und schmeckte bitter. Der arme, kleine Franz. Was für eine Tragödie! Franz war einer der Jüngsten aus Fräulein Kaminskis Gruppe. Er war erst zwei Monate zuvor aufgrund trauriger Umstände aus einem katholischen Kinderheim zu ihnen gekommen.

Franz entpuppte sich als lieber, ruhiger und, wenn man ehrlich war, auch ein bisschen zurückgebliebener Junge. Fräulein Kaminski hatte ihn sehr gemocht und auch immer etwas Mitleid mit ihm gehabt. Ihre Kollegin Monika hatte sie deshalb häufig gescholten. »Fang nicht damit an, dir deine Lieblinge auszugucken. Du schaffst damit nur Probleme. Für die Kinder und auch für dich.«

Die junge Frau ging hinüber zu einem der drei Fenster. Ihre kleinen, runden Hände umklammerten den Kaffeebecher. An Fräulein Kaminski war alles rund: ihre Hände, ihre Schultern, ihre Hüften und sogar ihr Kopf mit den kurzen Haaren, die sie so geschnitten trug wie ihr Idol Twiggy, das bekannte Fotomodell aus England. Der Haarschnitt war leider auch das Einzige, was sie optisch mit der dürren Twiggy gemein hatte.

»Kügelchen« und manchmal auch »die Kugel« wurde sie hinter ihrem Rücken von den Kindern genannt. »Achtung, die Kugel kommt« oder »Frag doch Kügelchen« hatte sie schon oft zischen oder flüstern hören und gutmütig darüber hinweggesehen. Es gab schlimmere Spitznamen.

Fräulein Kaminski war noch nicht lange als Erzieherin im Kinderheim tätig. Nach ihrer Ausbildung hatte sie eine Zeitlang in einem Kindergarten gearbeitet, aber die Arbeit dort hatte ihr zum Schluss keinen Spaß mehr gemacht. Ewig das gleiche Programm. Morgenkreis, Frühstück, Bastelrunde, Spielstunde im Freien, Abschlusskreis. Tagein, tagaus. Aber sie war erst vierundzwanzig Jahre alt und erwartete noch ein bisschen mehr vom Berufsleben als immer den gleichen Trott. Im Kinderheim hatte sie viel mehr Möglichkeiten, unterschiedliche Dinge anzubieten. Allein schon deshalb, weil die Gruppe altersgemischt war. Zwischen sechs und sechzehn Jahren waren ihre Schützlinge. Sieben Kinder gehörten zu ihr.

Allerdings stellte Fräulein Kaminski auch schnell fest, dass der Umgang mit den Heimkindern gar nicht so einfach war, wie sie sich das vorgestellt hatte. Jeder von ihnen hatte sein Päckchen zu tragen. Vor allem die Älteren waren schwierig, um nicht zu sagen aufsässig.

Auch mit dem Heimleiter Dr. Eckert verstand sie sich nicht besonders gut. Er war einer von der alten Schule. Ein kleiner Mann mit Halbglatze und Oberlippenbart, den man nur in seinem grauen Anzug sah. Der Vater von Fräulein Kaminski, ein Gewerkschaftsfunktionär, pflegte zu sagen, kleine Männer seien mit besonderer Vorsicht zu genießen. Sie kompensierten ihre geringe Größe oft durch einen übertriebenen Hang zur Selbstdarstellung und ein übergroßes Geltungsbedürfnis. Napoleon, Stalin und Hitler dienten ihm als Beleg. Nun mochte Fräulein Kaminski ihren Chef mit keinem der drei Diktatoren vergleichen, empfand ihn aber als unnachgiebig, streng und autoritär. Sie wollte es anders machen, kam aber immer wieder an ihre Grenzen und musste bei einigen Fällen einräumen, dass eine harte Hand den Kindern manchmal ganz guttat.

Während Almut Kaminski gedankenverloren aus dem Fenster starrte, tauchte plötzlich eine Gruppe von Kindern auf. Drei davon bereits im jugendlichen Alter, die anderen beiden waren zehn und zwölf. Alle fünf gehörten in ihre Gruppe. Mit zusammengekniffenen Augen konzentrierte sich Fräulein Kaminski auf die drei Jugendlichen, einen hochgewachsenen Jungen und seine beiden Begleiterinnen. Wolfgang war der Gruppenälteste, und der Erzieherin war bereits nach einem Tag klar gewesen, dass er den Ton angab. Nach zwei weiteren

Tagen wusste sie auch, dass er einige der Kinder nach Herzenslust schikanierte. Unterstützt wurde er dabei von den beiden Mädchen, die ihn stets wie eine Leibgarde umschwirrten. Wolfgang war so groß und kräftig wie ein Achtzehnjähriger und hatte einen Bürstenhaarschnitt. Almut Kaminski hatte ihn schon ein paar Mal zurechtweisen müssen und ihn auch schon mit Stubenarrest belegt, aber Wolfgang war hartnäckig.

Alle Kinder kuschten vor ihm, und als sie versucht hatte, zwei Kinder aus einer anderen Wohngruppe zum Reden zu bringen, um zu erfahren, was Wolfgang für Spielchen mit ihnen trieb, kam nur ein stummes Kopfschütteln.

»Die sind völlig eingeschüchtert«, sagte sie zu ihrer Kollegin Monika, die daraufhin antwortete: »Das stimmt. Aber ich würde mich mit dem Wolfgang nicht anlegen. Außerdem sorgt er auch für eine gewisse Ruhe zwischen den Gruppen.«

Über so eine Einstellung konnte Fräulein Kaminski nur den Kopf schütteln, und sie nahm sich vor, Wolfgang sehr genau im Auge zu behalten.

Die Kinder unten im Hof steuerten eine Bank an, die so etwas wie einen zentralen Treffpunkt darstellte. Wolfgang setzte sich und streckte seine langen Beine aus. Eins der Mädchen setzte sich auf seinen Schoß. Der Junge sagte etwas zu einem der jüngeren Kinder, worauf die beiden Mädchen gekünstelt lachten.

Fräulein Kaminskis Gedanken wanderten wieder zu Franz. Er war vorgestern Nachmittag nicht alleine am Weiherbach gewesen. Hubert und Bruno, die beiden Jungs, die jetzt mit Wolfgang und den Mädchen an der Bank herumhingen, hatten sich auch dort aufgehalten.

Sie waren es auch gewesen, die aufgeregt zu ihr gerannt gekommen waren, um zu berichten, dass Franz in den Tunnel geklettert war und nicht mehr herauskam. Die Erzieherin hatte Dr. Eckert informiert, der die Feuerwehr verständigte. Einer der Feuerwehrmänner hatte Franz aus dem Tunnel geborgen.

Später hatte Dr. Eckert die Jungen in die Mangel genommen. Sie waren bei ihrer Behauptung geblieben, Franz sei von sich aus in den Tunnel geklettert. Einfach so.

So wie er immer mal wieder Dinge tat, die nicht wirklich Sinn und Verstand hatten. Treuherzig hatten die beiden Jungen dem Direktor geradeheraus in seine stahlblauen Augen geblickt und er ließ sie schließlich ziehen.

Fräulein Kaminski aber glaubte kein Wort davon. Franz war viel zu ängstlich gewesen, als dass er ohne triftigen Grund in eine Rohrleitung geklettert wäre, durch die kniehohes, eiskaltes Wasser floss.

Die Erzieherin hatte einen ganz anderen Verdacht, und wie sie so am Fenster stand und direkt auf den selbstgefälligen Wolfgang und seine beiden albernen Gefährtinnen hinabblickte, bildete sich ein wütender Kloß in ihrem Hals. Sie würde einen Eid darauf schwören, wenn man es von ihr verlangte, dass Wolfgang und die beiden Mädchen da ihre Finger im Spiel gehabt hatten.

»Na wartet«, murmelte sie grimmig. »Das werde ich euch nicht durchgehen lassen.«

Doch tief in ihrem Inneren wusste Almut Kaminski, dass sie nichts würde ausrichten können. Gar nichts. Manchmal gab es eben keine Gerechtigkeit.

1. KAPITEL

»Wenn ich gewusst hätte, was da auf uns zukommt, hätte ich mich niemals darauf eingelassen«, schimpfte Katharina Klein, Kommissarin bei der Kripo Münster, laut vor sich hin. Sie rutschte auf den Knien im Wohnzimmer herum und bearbeitete die Ränder des Parkettfußbodens mit einem Schleifgerät. Der dabei entstehende Schleifstaub kitzelte ihr unentwegt in der Nase und hatte schon zu tränenden Augen und mehreren Niesattacken geführt.

Ihr Freund Klaas reagierte nicht auf Katharinas Bemerkung. Ungerührt schob er im Zeitlupentempo eine Bandschleifmaschine diagonal durch den Raum. Dabei achtete er penibel darauf, so vorzugehen, wie es der Mitarbeiter des Baumarkts erklärt hatte.

»Klaas!«, brüllte Katharina gegen den Lärm der Schleifmaschine an.

Klaas schaute hoch und sah, wie Katharina mit der Hand in der Luft herumwedelte. Er stellte die Maschine aus und nahm die Ohrenschützer ab. »Was ist denn jetzt wieder?«

»Wollen wir nicht eine Pause machen und etwas essen?«

Klaas schüttelte den Kopf. »Ich mache noch ein bisschen weiter. Sonst werden wir nie fertig.«

Katharina stieß einen Seufzer aus. Sie war von Anfang an skeptisch gewesen, als Klaas voller Begeisterung vorgeschlagen hatte, den gesamten Fußboden in ihrer neuen Wohnung selber abzuschleifen. »Das Geld können wir besser sparen und woanders reinstecken. In eine neue Coach zum Beispiel«, hatte er Katharina zu überzeugen versucht.

Katharinas Zweifel wurden dadurch nicht ausgeräumt. »Das ist total aufwendig«, war ihr Gegenargument gewesen. »Ich habe das bei Edith mitbekommen. Das ist nicht damit getan, einfach mal so mit einer Schleifmaschine über den Boden zu rutschen.«

»Das ist mir schon klar. Aber mein Bruder hat das auch selber gemacht. So kompliziert kann das also nicht sein.«

»Dein Bruder werkelt jedes Wochenende an seinem Haus herum. Der ist Heimwerker durch und durch. Das können wir beide von uns nicht gerade behaupten.«

Doch schließlich stimmte Katharina zu. Immerhin hatte sie sich schon bei der Auswahl der neuen Wohnung durchgesetzt. Ursprünglich wollten Klaas und sie in ein kleines Häuschen im Herz-Jesu-Viertel ziehen. Heiner Keller, ein Kollege von Katharina, hatte den Kontakt zu seiner Schwester hergestellt, die zusammen mit ihrem Mann aus beruflichen Gründen aus Münster wegziehen wollte. Das Häuschen und die Lage gefielen Katharina und Klaas gut, aber im allerletzten Augenblick war alles geplatzt. Kirsten hatte Katharina angerufen und ihr mitgeteilt, dass sie Hamburg sausen ließen. Ihr Mann könne sich von seinem geliebten Münster nicht trennen.

Von ihrem jetzigen Zuhause, einer Erdgeschosswohnung mit Garten und akzeptabler Miete, waren sie auch von Anfang an begeistert gewesen. Die Wohnung befand sich in der Staufenstraße, einer ruhigen Wohnstraße, gesäumt von den für das Erphoviertel typischen Giebelhäusern.

Einziger Haken, wenn auch nur aus Klaas' Sicht, waren die drei Pitbull-Terrier, die dem Nachbarn zur Linken gehörten. Bei der Erstbesichtigung der Wohnung hatten sie die drei Muskelprotze im Garten nebenan einen Fußball zerfleddern sehen. Danach hatte Klaas die Wohnung ohne ein weiteres Wort verlassen. Seit einem Beißunfall in seiner Kindheit hatte er panische Angst vor größeren Hunden.

Nachdem es aber mit dem kleinen Haus im Herz-Jesu-Viertel nicht geklappt hatte, bestand Katharina darauf, die Wohnung in der Staufenstraße noch mal in Betracht zu ziehen. So kam es, dass Katharina Klaas dazu überredete, die Wohnung ein zweites Mal zu begutachten und zu überlegen, ob die Vorzüge nicht die Anwesenheit von drei Hunden im Nachbarhaus in den Schatten stellten. Kurz nach dem zweiten Besichtigungstermin hatten sie den Mietvertrag unterschrieben. Anfang Dezember waren sie eingezogen und seitdem mit der Renovierung der Wohnung beschäftigt.

Bis Weihnachten hatten sie es geschafft, die Wohnung zu streichen. Im Januar hatten sie sich beide Urlaub genommen. Katharina eine Woche, Klaas zwei. In dieser Zeit wollten sie sich um den Fußboden kümmern. Die erste Woche war bereits um. Da im Kommissariat 11 aber nicht viel los war, hatte Katharina ihren Urlaub um eine halbe Woche verlängert. Es hatte sich nämlich herausgestellt, dass die Aufarbeitung des Fußbodens viel aufwendiger war, als sie sich das vorgestellt hatten. Bislang hatten sie nur das Schlafzimmer geschafft. Katharina war der Verdacht gekommen, dass Klaas sich mittlerweile auch fragte, ob es nicht besser gewesen wäre, sie hätten das Abschleifen des Bodens einem Profi überlassen.

Gerade als Katharina das Schleifgerät wieder in Betrieb nehmen wollte, klingelte es an der Tür und gleichzeitig ihr Handy. Klaas, der schon wieder seine Ohrenschützer aufgesetzt hatte, bekam weder das eine noch das andere mit. Katharina zog ihr Handy aus der Gesäßtasche und ging zur Wohnungstür. Im Display sah sie, dass ihre Mutter Edith sie anrief. »Hallo Mama.«

Wie immer redete ihre Mutter sofort drauf los. »Katharina, du musst mir helfen!«, schniefte Edith in den Hörer. Ihre Stimme klang eigenartig erstickt.

»Was ist los?«, fragte Katharina alarmiert. »Ist etwas passiert?«

Mit dem Hörer in der einen Hand betätigte sie mit der anderen den automatischen Türdrücker und öffnete die Wohnungstür.

»Ja, das kann man so sagen. Ich habe eine Katzenhaarallergie. Ich habe das gar nicht gewusst, aber ich reagiere so heftig auf Mr. Spook, dass er keinen Tag länger hierbleiben kann.«

Katharina, die Schlimmeres erwartet hatte, atmete erleichtert auf und nickte grüßend ihrer Nachbarin Brigitte zu, die mit einem Korb über dem Arm die fünf Stufen zur Wohnungstür heraufkam.

»Du hast Veras Kater bei dir? Warum?« Vera war Ediths ältere Schwester.

»Weil die liebe Vera für eine Woche hier in Münster einen Freund besucht und sie niemanden gefunden hat, der den Kater bei ihr zu Hause versorgt. Da hat sie mich gefragt, ob er für diese Woche bei mir wohnen kann. Aber, wie gesagt, ich reagiere absolut allergisch auf seine Haare. Ich habe einen Hautausschlag im Gesicht und auf den Armen, der mich fast wahnsinnig macht. Außerdem höre ich überhaupt nicht mehr auf zu niesen.«

»Und was soll ich da jetzt machen?« Katharina ließ ihren Blick durch den Flur schweifen. »Zu uns kann er auf gar keinen Fall. Hier ist Chaos. Der einzige Raum, wo es einigermaßen wohnlich ist, ist die Küche.«

»Ja, ja, ich weiß von eurer Dauerbaustelle. Er soll nicht zu euch. Es geht nur darum, ob du den Kater zu Vera ins Kreuzviertel bringen kannst. Sie weiß schon Bescheid. Es ist wohl kein Problem, dass Mr. Spook dort hinkommt.«

Katharina zögerte. Eigentlich hatte sie genug zu tun. Andererseits … Ihr Blick fiel auf Brigitte. Ihre Nachbarin war etwas kleiner als Katharina, hatte ihr graues Haar zu einem sportlichen Kurzhaarschnitt schneiden lassen und strahlte Katharina gut gelaunt aus ihren lebhaften, blauen Augen an. Für den kurzen Weg hatte sie sich weder eine Jacke noch richtige Schuhe angezogen. Sie trug eine dunkelblaue Jogginghose mit drei pinken Streifen an der Naht, Hausschuhe aus Filz und einen gemütlich aussehenden Pullover. Die Nachbarin gab ihr mit Gesten zu verstehen, dass sie etwas zu Essen dabeihabe. Katharina nickte ihr zu und deutete auf die Küchentür. Hoffentlich nicht auch wieder Prosecco, dachte sie. Die frisch verrentete Brigitte wohnte rechts von ihnen. Seit sie mitbekommen hatte, dass sie tagsüber zu Hause waren, kam sie mindestens einmal am Tag mit Suppe, Salat oder frisch gebackenem Kuchen zu ihnen herüber. Anfangs hatte Katharina sich darüber gefreut, bedeutete es doch, dass sie sich bei der ganzen Renoviererei nicht auch noch ums Essen kümmern musste. Inzwischen aber ging ihr Brigitte ziemlich auf die Nerven. Das Problem war, dass die Nachbarin, wenn sie einmal da war, so schnell nicht mehr ging. Sie suchte Gesellschaft, das war Katharina spätestens nach Brigittes viertem Besuch klargeworden.

»Was ist denn jetzt?«, fragte Edith ungeduldig.

Katharina hatte sich entschieden. Klaas, der sich über Brigittes Besuche immer freute wie ein Schneekönig, konnte mit ihr zusammen Kartoffelsalat oder was auch immer essen, sie würde in der Zeit den Kater zu ihrer Tante Vera bringen.

Katharina fand einen Parkplatz direkt vor dem modernen Mehrparteienhaus, in dem ihre Mutter seit einigen Jahren im Dachgeschoss ein großzügiges Loft bewohnte.

Als Edith ihr die Wohnungstür öffnete, erkannte Katharina sie kaum wieder. Ihr Anblick war mitleiderregend. Die Augen waren verquollen, ihr Gesicht aufgedunsen und von einem hellroten Ausschlag überzogen. Die Quaddeln waren auch auf ihren Handrücken und Unterarmen zu sehen. Edith trug einen eng sitzenden, schwarzen Hausanzug aus Samt. Eigentlich ein Hingucker, jetzt aber übersät mit Katzenhaaren.

Nach der Begrüßung erklärte Edith mit kratziger Stimme: »Ich habe Mr. Spook schon in seine Transportbox verfrachtet. Wie man hört, gefällt es ihm nicht besonders gut.«

Von irgendwoher kam ein gedämpftes, langgezogenes Miauen. Katharina blickte sich um. In der einen Ecke des Flurs hatte Edith schon alle Katzenutensilien zum Abtransport bereitgestellt.

»Wo hast du ihn denn gelassen?«

»Draußen auf der Dachterrasse.«

Katharina folgte Edith ins Wohnzimmer. »Bei wem ist Vera eigentlich eingeladen?«

Edith zog am Griff der Terrassentür, die daraufhin geräuschlos aufglitt. »Du weißt doch, dass deine Tante mal während ihres Studiums für eine Zeitlang mit dem Lyriker Karl Wagner in einer WG gewohnt hat. Ich habe dich vor Jahren mal zu einer Lesung von ihm geschleppt. Erinnerst du dich?«

»Ja, vage.«

Edith verdrehte die Augen. »Auf jeden Fall lebt er immer noch in dem gleichen Haus wie damals und hat nun anlässlich seines Geburtstags Vera und die anderen Mitbewohner zu einem einwöchigen Aufenthalt nach Münster eingeladen.«

»Mir war gar nicht klar, dass Vera überhaupt noch Kontakt zu ihrer ehemaligen WG hatte. Das ist doch ewig her.«

»Doch, hatte sie. Zwar nur sporadisch, aber hin und wieder haben sie sich gesehen. Obwohl außer Karl Wagner niemand mehr in Münster wohnt. Zwei von denen leben sogar in Bayern, wenn ich mich richtig erinnere.«

Katharinas Blick glitt hinüber zu der Kunststoffbox, aus der die klagenden Töne kamen. »Dann will ich mal gleich los, damit Mr. Spook schnell wieder aus seinem kleinen Gefängnis herauskommt.« Sie umfasste den Tragegriff der Katzenbox. »Oh, die ist aber schwer.«

»Da sitzt ja auch ein properer Kerl drin«, sagte Edith und nieste dreimal hintereinander.

Das stimmte. Bei Mr. Spook handelte es sich um einen Kater der Rasse Maine Coon. Damit gehörte er zu den größten aller Rassekatzen. Vom Äußeren erinnerte er an einen kleinen Luchs. Nicht nur wegen seiner kräftigen Statur und dem langen, teilweise zottigen Fell, sondern auch wegen seiner breiten Ohren, die an ihren Enden pinselartige Fellbüschel aufwiesen. Von seinem Wesen glich Mr. Spook, wie für die Rasse typisch, eher einem Hund als einer Katze. Er suchte nach menschlicher Gesellschaft, war gutmütig und sehr verschmust.

Katharina ließ sich von Edith den schnellsten Weg zur Heerdestraße erklären. »Das Kreuzviertel ist ja eine Katastrophe mit dem Auto, aber in der Ecke geht es«, sagte Edith. »Das Haus ist leicht zu erkennen. Es steht ganz am Ende der Straße auf der Ecke. Roter Backstein und eine dunkelbraune Haustür.«

»Das finde ich«, sagte Katharina und verabschiedete sich.

2. KAPITEL

Das Kreuzviertel lag nur wenige Gehminuten nördlich von Münsters Innenstadt entfernt und war eine beliebte Wohngegend, mit der Heilig-Kreuz-Kirche als Mittelpunkt. Kein anderes Quartier in Münster wies eine so geschlossene Bebauung auf wie dieses Viertel. Viele Straßen waren gesäumt von prächtigen Altbauten der Gründerzeit, die sich nahtlos aneinanderreihten. So hübsch die Häuser anzusehen waren, so hoch waren auch die Mieten. Aus diesem Grund hatten Katharina und Klaas bei ihrer Suche nach einer gemeinsamen Wohnung das Kreuzviertel gar nicht erst in Betracht gezogen.

Bei Karl Wagners Haus handelte es sich zwar nicht um eines der typischen Jugendstilhäuser, aber es war sicherlich genauso alt. Das kastenförmige Einfamilienhaus stand mittig auf einem Grundstück in unmittelbarer Nähe zur Promenade. Eingefasst wurde es von einer dichten Hecke, deren Blätter jetzt im Januar braun und trocken waren. Die Hecke war so hochgewachsen, dass man von der Straße aus nur die Fenster des ersten Stocks und das Dach sehen konnte. Auf das Grundstück gelangte man durch ein verschnörkeltes, schmiedeeisernes Gartentor, das in die Hecke eingelassen war. Katharina drückte gegen das angelehnte Tor, das sich nicht mehr richtig schließen ließ und von dem die weiße Farbe an vielen Stellen abgeplatzt war. Ein mit unebenen Steinplatten ausgelegter Weg führte zum Haus. Die Backsteinfassade, die verwitterten Fensterläden und die düster wirkende Haustür machten einen wenig einladenden Eindruck.

Katharina hatte Karl Wagner als einen Mann mit grauer Haarmähne, einem Barett auf dem Kopf und mit schwarzer Hornbrille in Erinnerung. Auf der Lesung hatte er wild gestikulierend und mit überlauter Stimme aus einem schmalen Büchlein unzusammenhängendes Zeug vorgetragen. Das menschgewordene Klischee eines Verfassers von schrägen Gedichten und absurden Prosatexten, hatte Katharina damals gedacht. Es musste über zehn Jahre her sein, dass sie bei ihm auf der Lesung war.

Sie drückte auf den Klingelknopf, und während sie wartete, betrachtete sie die eindrucksvoll verzierte massive Holztür. Ein faustgroßer, etwas bizarrer Tierkopf, der sich unterhalb der blickdichten Glasscheibe befand, starrte ihr ausdruckslos entgegen.

Die Tür wurde mit einem Schwung aufgerissen, und Katharina stand ihrer Tante Vera gegenüber, die ein Sektglas in der Hand hielt und über das ganze Gesicht strahlte.

Vera Langenkämper hatte optisch nicht viel Ähnlichkeit mit ihrer jüngeren Schwester. Edith war mittelgroß und schlank. Ihrer Figur sah man das regelmäßige Pilatestraining an. Vera dagegen war eine große Frau, die seit ihrem fünfzigsten Lebensjahr mit einem deutlichen Übergewicht zu kämpfen hatte.

Ediths blond gefärbte Haare waren glatt und zu einem perfekt geschnittenen Pagenkopf frisiert. Veras Haare hatten dieselbe Länge, waren aber silbergrau, lockig und sahen immer etwas buschig aus. Edith achtete auf modische und jugendliche Garderobe. Vera mochte weite, flatternde Kleidung in zarten Pastelltönen. »Farben, die sie leider überhaupt nicht tragen kann«, wie Edith es nicht müde wurde, Katharina gegenüber anzumerken. Mindestens genauso oft teilte sie ihr Unverständnis darüber mit, dass es ihre Schwester nie geschafft hatte, mal ein paar Kilo abzuspecken. »Sie müsste sich einfach mehr bewegen«, pflegte Edith zu sagen. »Aber ihr Bewegungsdrang entspricht dem einer Parkbank.«

Katharina interessierten der Kleidungsstil und das Gewicht ihrer Tante herzlich wenig. Sie mochte Vera sehr, und so bequem sie war, umso beweglicher war ihr Geist. Katharina kannte kaum jemanden, der einen so analytischen und messerscharfen Verstand besaß wie Vera. Bis zu ihrer Pensionierung sieben Jahre zuvor war sie als Vorsitzende Richterin beim ersten Strafsenat des Oberlandesgerichts Hannover tätig gewesen.

»Hallo! Da seid ihr ja schon!« Mit ihrer freien Hand zog Vera Katharina an sich. Der vertraute, blumige Tante-Vera-Duft stieg Katharina in die Nase. »Wenn ich gewusst hätte, dass Edith so heftig auf Mr. Spooks Haare reagiert, hätte ich gleich gefragt, ob er hierherkommen kann. Das tut mir wirklich leid für sie.«

»Das konnte ja niemand wissen. Bei dir zu Hause hatte sie ja nie Probleme.«

Vera hielt Katharina die Tür auf. »Wir sind gerade beim Aperitif.«

»Um halb fünf nachmittags?«, fragte Katharina lächelnd. »Andere trinken um diese Zeit Tee.« Sie hatte die Transportbox abgestellt, und Vera machte sich sogleich daran, den Verschluss der Klappe zu öffnen.

»In unserem Alter verschiebt sich alles nach vorne. Um zehn Uhr sind wir ja schon wieder müde und wollen ins Bett.« Katharinas Tante ließ den Kater aus der Box. »Ich hoffe nur, dass hier nicht auch jemand unter einer bislang noch nicht entdeckten Katzenhaarallergie leidet.« Während sie das sagte, strich Mr. Spook seiner Besitzerin laut maunzend um die Beine. Sogleich blieben an Veras Stoffhose jede Menge Katzenhaare hängen. »Ach du dummer Kerl«, schimpfte Vera liebevoll und kraulte den Kater hinter den Ohren. »Gott sei Dank ist Mr. Spook nicht so ortsbezogen wie sein Vorgänger. Fritz hätte ich niemals für eine Woche einfach so in eine andere Umgebung mitnehmen können. Das wäre totaler Stress für den gewesen.«

Aus dem Inneren des Hauses ertönte eine Stimme. »Vera! Bring deine Nichte doch mit rein!«

Vera sah Katharina fragend an. »Das war der Gastgeber. Wie sieht's aus? Hast du noch ein halbes Stündchen Zeit?« Sie machte eine Kopfbewegung in Richtung Stimmengewirr. »Das ist wirklich eine nette Runde.«

Katharina zögerte einen Moment. Dann stimmte sie zu. »Aber wirklich nur kurz. Wir sind noch immer bei der Renovierung unserer Wohnung, und da will ich Klaas mal lieber nicht allzu lange alleine lassen.«

Im Wohnzimmer saßen in einer Sitzgruppe aus Leder drei Männer und zwei Frauen, die alle in Veras Alter waren und sich nun höflich umwandten, als Katharina und ihre Tante den Raum betraten. Als Erstes wurde Mr. Spook bewundert. Er war ihnen vorausgelaufen, seinen imposanten Schwanz steil aufgerichtet.

»Das ist ja ein Hübscher.«

»Diese Augen! Wunderschön.«

»Aber ein ganz schöner Brocken. Der braucht bestimmt viel Futter.«

»Wie bist du auf den Namen gekommen, Vera? Er hat gar nichts Spukiges an sich. Er wirkt eher gemütlich.«

Diese Frage hatte die kleinere der beiden Frauen gestellt. Sie hatte ein rundes Gesicht und kurze, rotbraune Haare, die frisch getönt aussahen. Ein Wirbel am Haaransatz sorgte dafür, dass ihre Haare dort wie kleine Stacheln zu allen Seiten abstanden. Auf Katharina wirkte das sympathisch.

»Also, eigentlich wollte ich ihn Paul nennen. Nach meinem verstorbenen Mann. Aber dann habe ich festgestellt, dass der Kater die Angewohnheit hat, ganz plötzlich wie aus dem Nichts von irgendwoher aufzutauchen. Gerade war er noch in der Küche, zwei Sekunden später räkelt er sich auf dem Sofa, und ich habe nicht mitbekommen, wie er so schnell dorthin gekommen ist. Am Anfang fand ich das wirklich unheimlich. Deshalb der Name.«

Karl Wagner betrachtete den stattlichen Kater versonnen. »Es gab ja schon mal eine Katze hier im Haus …« Er ließ den Satz auströpfeln. Niemand sagte ein Wort. Alle Blicke ruhten auf Mr. Spook, der ungerührt am Kaminsims schnupperte.

Katharina fragte sich, ob sie sich das nur einbildete, aber sie hatte den Eindruck, dass Vera plötzlich etwas besorgt aussah.

Ohne den Kater aus den Augen zu lassen, fuhr Wagner fort: »Wie hieß die noch gleich? Minni? Martha? Molly?«

Mr. Spook hatte vom Kamin abgelassen, gähnte und rieb sich an Veras Schienbeinen. Sie fasste mit beiden Händen unter den Bauch ihres Lieblings und hob ihn hoch. Mit abwesendem Blick pustete sie zwischen seine Ohren, die daraufhin lustig zuckten. »Sie hieß Minka.« Dann klärte sich Veras Blick wieder, sie setzte Mr. Spook ab und legte eine Hand auf Katharinas Arm. »Und das hier ist meine Nichte Katharina«, sagte sie betont munter.

Katharina nickte grüßend in die Runde, und die Spannung, die entstanden war, verflüchtigte sich. Während die Aufmerksamkeit Mr. Spook gegolten hatte, hatte Katharina sich ein wenig umgesehen. Im Kamin knisterte leise ein Feuer. Die breiten Landhausdielen und die vollgestopften, deckenhohen Bücherregale gaben dem Raum zusätzlich eine gemütliche Note. Allerdings hatte das Zimmer, wie wahrscheinlich das gesamte Erdgeschoss, auch etwas Düsteres. Durch die kleinen Sprossenfenster drang nicht viel Licht ins Haus. Zusätzlich standen nahe am Haus eine Menge immergrüne Büsche und Sträucher, die das Tageslicht schluckten.

»Hallo! Einfach hinsetzen. Möchtest du etwas trinken?«

Es war Karl Wagner, der Katharina angesprochen hatte. Die Hornbrille und die kleine Schirmmütze, die schräg auf seinem Kopf saß, gehörten offenbar immer noch zu seinen Markenzeichen. Ansonsten hatte er aber in den vergangenen zehn Jahren sichtlich abgebaut. Seine Haare waren dünn und wirkten stumpf. Das Gesicht des Lyrikers war eingefallen, und ein mobiles Sauerstoffgerät erleichterte ihm über einen Schlauch und eine Nasenbrille das Atmen. Trotzdem strahlte er eine gewisse Vitalität aus.

»Gerne, aber bitte keinen Sekt.«

»Wir trinken Champagner, nicht einfach Sekt«, erklärte Karl Wagner, »aber du kannst natürlich auch gerne Orangensaft haben.« Er prostete Katharina zu. »Wir halten uns hier nicht mit Förmlichkeiten auf. Ich bin Karl.«

Katharina setzte sich auf das Sofa, und Vera drückte ihr ein Glas Saft in die Hand. Nacheinander deutete sie auf ihre übrigen Studienfreunde. »Ich darf kurz vorstellen. Das sind Antje, Gabriele, Hans und Theo.« Die vier älteren Herrschaften hoben ebenfalls ihre Gläser.

Antje, die Frau mit den kurzen Haaren und dem Wirbel, sagte: »Die Familienähnlichkeit ist nicht zu übersehen. Du hast die gleichen grünen Katzenaugen wie Vera und den gleichen Lockenkopf. Aber Vera war früher blond, nicht brünett.«

Katharina nippte an ihrem Orangensaft und lächelte höflich. Im letzten Sommer hatte sie sich einen kurzen Bubikopf schneiden lassen, inzwischen waren ihre Locken aber wieder kinnlang und somit war ihre Frisur der von Vera tatsächlich nicht unähnlich. Antje erwiderte ihr Lächeln und Katharina dachte, dass sie sich bestens als flotte, gutgelaunte Seniorin auf jeder *Apotheken-Umschau* machen würde. Fehlte nur noch eine Dose mit Vitaminkapseln in ihrer Hand.

Gabriele machte auf Katharina einen weniger lockeren Eindruck. Ihre Schultern waren kantig, als würde der Strickpullover, den sie trug, auf einem Kleiderbügel hängen. Zwischen ihren Augenbrauen hatte sich eine steile Falte eingegraben, die ihrem Gesicht einen besorgten Ausdruck verlieh. Durch ihre Goldrandbrille schaute sie Katharina mit ernsten, grauen Augen an.

Hans erinnerte Katharina von der Statur her an ihren Chef. Er war genauso hager und hochgewachsen. Sein Haar war altersentsprechend ergraut, aber immer noch voll und akkurat geschnitten. Die vielen Fältchen in seinem sonnengebräunten Gesicht und um die Augen herum machten ihn nicht alt, sondern attraktiv.

Der Mann, den Vera als Theo vorgestellt hatte, hatte einen Schultergürtel wie ein Eishockeyspieler. Sein Jackett spannte in diesem Bereich etwas. Nachdem er Katharina zugeprostet hatte, lehnte er sich zurück, schlug die Beine übereinander und legte einen Arm auf der Sofalehne ab. Seine Bewegungen waren immer noch fließend. An seinem Handgelenk befand sich eine klobige Sportuhr, die aussah, als hätte sie noch viel mehr Funktionen, als nur die Anzahl der Schritte zu zählen.

Katharina konnte sich vorstellen, dass Theo sein Leben lang Sport getrieben hatte, aber gutes Essen und

Wein auch nicht verachtete. Sein Bauch wölbte sich unübersehbar über den Bund seiner Hose.

Eine Weile wurde darüber geplaudert, was Karls Gäste in den ersten zwei Tagen bereits von Münster gesehen hatten und was sie noch besichtigen wollten. Bei allen, außer bei Vera, lag der letzte Münsterbesuch schon einige Jahre zurück.

Katharina erfuhr, dass Antje in München und Gabriele in Brühl lebten. Hans hatte es nach seiner Studienzeit nach Passau verschlagen, und Theo wohnte in der Nähe von Frankfurt.

Antje sah Katharina neugierig an. »Vera hat schon öfters erwähnt, dass ihre Nichte bei der Kripo arbeitet. Ich schaue ja liebend gerne den *Tatort* aus Münster und natürlich *Wilsberg*. Sind die Fälle, mit denen du zu tun hast, auch so spannend?«

»Ehrlich gesagt, schaue ich weder *Tatort* noch *Wilsberg*, und meine Arbeit besteht oft aus viel Routine und sehr kleinteiliger Ermittlungsarbeit.«

»Verstehe«, sagte Antje und sah etwas enttäuscht aus.

Katharina, die keine Lust verspürte, mehr ins Detail zu gehen, wandte sich an Karl. »Vera hat mal erwähnt, dass dir das Haus schon damals gehörte. Ist das hier dein Elternhaus?«

Der Lyriker erklärte, dass das Haus seinem Onkel gehört habe, der alleinstehend gewesen sei. »Für ihn lag es nahe, mir das Haus zu vererben. Meine Eltern waren ja versorgt, und es gab sonst niemanden außer mir. Mit Hans habe ich dann die WG gegründet. Es war natürlich komfortabel, mit zwanzig Jahren schon ein Haus zu besitzen. Zumal die Wohnungssituation für Studenten

Anfang der siebziger Jahre auch in Münster eine Katastrophe war. Das Haus hatte aber vor fünfzig Jahren überhaupt noch nicht den Wert, den es heute hat, allein aufgrund seiner Lage.«

Hans fügte hinzu: »Ganz bestimmt nicht. Das war ein sanierungsbedürftiger Altbau, so wie fast alle Häuser hier im Viertel.«

»Man kann es sich heute kaum vorstellen, aber in den siebziger Jahren war das Kreuzviertel sehr von Studenten geprägt.« Vera steckte sich eine Olive in den Mund. »Billige Studentenbuden und Wohngemeinschaften gab es hier in Hülle und Fülle. Erst Ende der siebziger Jahre wurde das Viertel durch entsprechende Sanierungsprogramme auf Vordermann gebracht.« Katharinas Tante piekste mit einem Zahnstocher eine weitere Olive auf. »In einem Zeitungsbericht habe ich mal gelesen, dass in Münsters Kreuzviertel ein Bevölkerungsmix herrscht. Aber was ich bisher so wahrnehme, so wohnen hier doch vor allem gutverdienende, junge Eltern, die ihre Kinder mit dem Lastenrad zur Kita bringen, dann auf dem Biomarkt einkaufen und vorher noch einen Latte Macchiato mit Hafermilch trinken. Oder täuscht das, Karl?«

»Vielleicht ein wenig zugespitzt«, erwiderte der Angesprochene lächelnd.

»Bist du denn immer hier wohnen geblieben?«, wandte sich Katharina an den Gastgeber.

Der Lyriker nickte. »Im Februar 1973 hatten wir im Keller einen Brand. Danach war das Haus für eine Weile nicht bewohnbar. Die anderen haben sich etwas anderes gesucht, und ich hatte dann keine Lust mehr auf

WG im eigentlichen Sinn. Ich habe das komplette Erdgeschoss an ein Hippiepärchen mit Kind und Hund vermietet und habe mich in den ersten Stock zurückgezogen. Wir haben nur die Küche gemeinsam genutzt. Später habe ich dann nur noch mit meiner jeweiligen Freundin hier gewohnt.« Er lächelte verschmitzt. »Und noch mal später wurde mein Haus zu einem beliebten Treffpunkt für liebe Kollegen und Kolleginnen von überallher. Das ganze Jahr über war das hier ein Kommen und Gehen. Ich habe das sehr genossen. Meine Beziehungen haben meist nicht lange gehalten, aber so war ich fast nie alleine. Erst in den letzten fünf Jahren ist es ruhiger geworden.« Er deutete auf das Sauerstoffgerät. »Was vor allem an meiner Krankheit liegt. Ich kann einfach nicht mehr so wie früher. Aber zu meinem Siebzigsten wollte ich mir noch mal ein bisschen Leben in die Bude holen und ein kleines Revival organisieren. Da Hans und Antje so weit weg wohnen, habe ich gleich für eine ganze Woche eingeladen. Es soll sich ja auch lohnen und nicht in Strapazen ausarten. Platz genug habe ich ja.«

»Das war ein sehr schöner Einfall von dir, Karl«, sagte Vera. »Auch die Idee, uns für mehrere Tage einzuladen. Das ist einfach etwas ganz anderes, als sich nur für einen Nachmittag in einem Restaurant zu treffen.«

»Ich freue mich, dass ihr gekommen seid«, sagte Karl. »Auf uns und eine schöne gemeinsame Zeit!« Wieder stießen die Gläser hellklingend aneinander.

Katharina ließ ihren Blick derweil über den Couchtisch gleiten. Er war übersät mit alten, zum Teil zerknitterten Fotos. Dazwischen stapelten sich Fotoalben und

Kartons unterschiedlicher Größe. »Wenn ihr also nicht gerade die Stadt besichtigt, dann schwelgt ihr in alten Erinnerungen«, stellte sie fest und nahm wahllos eine Schwarz-weiß-Aufnahme in die Hand.

»Ja, bei unseren vorherigen Treffen ist das immer zu kurz gekommen«, sagte Gabriele. »Diesmal haben wir alle unsere alten Alben und Fotos mitgebracht.«

»Und auch schon herzlich gelacht«, ergänzte Vera. »Mein Gott, wie wir aussahen. Und wie jung wir waren.« Sie tippte mit ihrem Zeigefinger gegen ihre Wange. »Falten, Altersflecken und unansehnliche Äderchen waren da noch Lichtjahre von uns entfernt.«

»Ach, komm, Vera«, protestierte Gabriele milde. Sie strich sich über ihr langes Haar, das die gleiche Farbe hatte wie ihr grau-weißer Pullover. »Du hast doch nichts von alledem.« Das stimmte. Der Vorteil von Veras vollen Wangen war, dass ihre Haut immer noch verhältnismäßig straff und frisch wirkte.

»Irgendeinen Vorteil muss so ein Übergewicht ja auch haben«, sagte Vera gut gelaunt.

Katharina betrachtete das Foto in ihrer Hand. Es zeigte drei Männer und vier Frauen Anfang zwanzig, die sich in einer unaufgeräumten Küche um einen Tisch herum fläzten. Die meisten von ihnen hielten Zigaretten in der Hand. Dass die Aufnahme aus den siebziger Jahren stammte, war unverkennbar. Zwei der Männer hatten lange Haare. Einer von ihnen hatte eine Sonnenbrille im John-Lennon-Stil auf der Nase und blies eine Rauchwolke in Richtung des Fotografen. Obwohl das Foto knapp fünfzig Jahre alt sein musste, erkannte Katharina in den beiden langhaarigen Männern Karl und

Hans. Der dritte Mann hatte einen kurzen, dichten Lockenkopf und schaute als Einziger von den sieben nicht in die Kamera, sondern zur Seite.

Eine der Frauen stand hinter ihm und hatte ihre Arme um seine Schultern geschlungen. In ihrem Haar steckte eine riesige Sonnenbrille.

Vera schaute Katharina über die Schulter. »Ah, das ist eins der wenigen Bilder, wo wir alle zusammen drauf sind.«

Katharina tippte auf die junge Frau hinter dem Stuhl. »Bist du das, Vera?«, fragte sie amüsiert.

»Ja. Damals noch rank und schlank, wie du siehst. Und der junge Mann, dem ich mich da um den Hals geworfen habe, ist Theo.«

Katharina warf dem heutigen Theo einen Blick zu. »Das hätte ich jetzt nicht gedacht.«

Theo zwinkerte ihr vergnügt zu und klopfte leicht mit der flachen Hand auf seine glänzende Vollglatze, die in einem eigenartigen Kontrast zu seinen auffälligen, fast schwarzen Augenbrauen stand. »Na, das ist wohl kein Wunder.«

»Antje und Gabriele erkenne ich auch, aber wer ist das?«

Katharina zeigte auf eine junge Frau mit langen, dunklen Haaren, die, der damaligen Mode entsprechend, in der Mitte gescheitelt waren.

Vera nahm Katharina das Foto aus der Hand. »Das ist Margit Meyer, genannt Margo. Sie war eine Weile mit Karl zusammen und hat hier gewohnt, bis sie sich heimlich, still und leise verkrümelt hat und wir nie wieder etwas von ihr gehört haben.«

Katharina entging nicht, dass sich bei Erwähnung des Mädchens die Atmosphäre im Raum ein weiteres Mal veränderte. Wieder breitete sich ein Schweigen aus. Die starre Stille hielt an, bis sie von Vera unterbrochen wurde. Sie hatte den Blick immer noch auf das Foto geheftet. »Das könnte sogar die letzte Aufnahme mit ihr sein. Das war doch der Abend der Party. Kurz vor Weihnachten muss das gewesen sein.«

Antje streckte die Hand nach dem Foto aus, und Vera reichte es ihr über den Tisch hinweg. »Stimmt. Ich erinnere mich. Onno war es, der das Bild gemacht hat. Kurz danach war Margo dann weg.« Antje gab das Foto weiter.

Als Hans einen Blick auf die Aufnahme warf, sagte er leise: »Mein Gott, die Margo.« Mit einer Hand rieb er sich über sein Kinn.

»Ich war nicht böse drum, als sie weg war«, erklärte Antje. »Es war wirklich nicht leicht, friedlich mit ihr zusammenzuwohnen. Wer weiß, wo das noch alles hingeführt hätte.«

»Nein, leicht war es wirklich nicht«, bestätigte Vera.

Da niemand etwas hinzufügte, griff Katharina nach einem in Kunstleder gebundenen Fotoalbum. »Darf ich mal reinschauen?«

»Natürlich«, sagte Hans.

Katharina blätterte eine Seite nach der anderen um. Die Fotos zeigten die ehemalige WG beim gemeinsamen Kochen, beim Essen oder im Wohnzimmer bei Sit-Ins mit anderen jungen Leuten in Schlaghosen und engen Pullovern. Weiter hinten gab es auch Aufnahmen, wo einige der WG-Mitglieder auf Demos zu sehen waren. In Jeans, Parka und mit gemusterten Tüchern um den Hals gewickelt.

»Eine WG zu gründen beziehungsweise in einer WG zu leben«, klärte Karl die Kommissarin auf, »war im Grunde ein politisches Statement. Es war Ausdruck einer linksalternativen Lebensweise. Damals galt der Satz: Jeder, der auch nur ein bisschen politisch konsequent ist, wohnt in einer WG.«

Katharina legte das Fotoalbum zurück. »Das ist wirklich ein Stück Zeitgeschichte«, sagte sie begeistert. »Wenn ich das so sehe, bereue ich fast, dass ich nie in einer WG gewohnt habe.«

»Es war teilweise aber auch ziemlich anstrengend«, sagte Antje. »Vieles von dem damaligen WG-Kult wurde später auch ziemlich verklärt. Wenn ich nur an die ewige Diskutiererei abends in der Küche denke.« Sie winkte ab.

»Oh, ja«, pflichtete ihr Gabriele bei. »Bis zum Umfallen haben wir alles, aber auch wirklich alles auseinandergepflückt.«

»Das gehörte halt dazu«, warf Vera ein. »Die Diskussion an sich galt nun mal als Austauschmedium jenseits der hierarchisch-autoritären Strukturen, von denen wir uns ja um jeden Preis abgrenzen wollten.«

In diesem Augenblick betrat eine junge Frau das Wohnzimmer. Anmutig, fast lautlos bewegte sie sich durch den Raum. Ihr Haar trug sie streng nach hinten gekämmt und zu einem festen Dutt hochgesteckt. Dadurch kamen ihr fein geschnittenes Gesicht und die halbmondförmigen Augenbrauen perfekt zur Geltung. Sie hielt eine Dose mit Tabletten in der Hand.

»Ah, Agnieszka, ist es schon wieder so weit?«

Die Angesprochene lächelte und nickte. »Ja, Herr Wagner, vier Stunden sind um.« Selbst bei diesem kurzen Satz war der starke Akzent der Frau nicht zu überhören.

Karl griff nach einem Wasserglas und nahm zwei Tabletten entgegen. »Meine Lungenfibrose ist nicht zu heilen, aber gegen den Lungenhochdruck kann man immerhin etwas tun«, sagte er zu Katharina, bevor er sich die Tabletten auf die Zunge legte und mit einem Schluck Wasser hinunterspülte. Mit Blick auf die junge Frau, die abwartend neben ihm stand, setzte er hinzu: »Seit einiger Zeit kümmert sich Agnieszka um den Haushalt und um mich. Es wurde doch zu mühsam, alles alleine zu bewältigen. Sie ist ein Segen für mich.«

Katharina grüßte die Haushaltshilfe freundlich und warf dann einen Blick auf ihr Handy. »Oh, ich muss mal langsam wieder los. So lange wollte ich gar nicht wegbleiben. Es hat mich aber sehr gefreut, euch alle kennenzulernen.« Sie erhob sich. »Ich wünsche euch noch eine schöne Zeit zusammen.«

Vera stemmte sich vom Sofa hoch. »Ich bringe dich noch zur Tür.«

Im Flur umarmte Katharina ihre Tante und drückte ihr einen Kuss auf die Wange.

»Danke, dass du Mr. Spook vorbeigebracht hast«, sagte Vera, »und viel Erfolg noch beim Renovieren. Edith sagte, es sei ganz schön viel zu tun.«

Katharina winkte ab. »Ich mag gar nicht darüber nachdenken. Ab Mittwoch muss ich auch wieder arbeiten.« Vera tätschelte Katharina den Arm. »Ihr macht das schon. Und wenn alles fertig ist, komme ich mal zum Tee vorbei.«

3. KAPITEL

September 1972

»Also, Leute, das ist Margo. Sie zieht nächste Woche für Klaus hier ein.«

Karl hatte die Küche betreten. Er zog den Reißverschluss seines Parkas auf und hängte ihn über eine Stuhllehne. Anschließend fischte er aus seiner Hosentasche ein Gummiband, griff in sein schulterlanges, welliges Haar und fasste es zu einem Zopf zusammen.

Die junge Frau in seinem Schlepptau ließ ein knappes »Hallo« hören und schaute sich dann mit unbeteiligtem Gesichtsausdruck in der Küche um.

Vera, Antje, Gabriele und Hans musterten die Neue überrascht.

»Das ging ja schnell«, sagte Antje.

»Hallo Margo«, kam es von Hans.

Vera runzelte die Stirn. »Entschuldige, Margo, nichts gegen dich, aber …«, sie wandte sich an Karl, »wollten wir nicht gemeinsam entscheiden, wer hier einzieht? Auch wenn das dein Haus ist und du der Vermieter bist, finde ich es nicht gut, dass du das einfach allein bestimmst. Schließlich bilden wir hier eine gleichberechtigte Gemeinschaft, dachte ich zumindest.«

Karl zog einen Stuhl zu sich heran. »Die liebe Vera wieder. Immer hat sie irgendetwas zu nörgeln.«

»Wieso?«, sprang Antje ihrer Mitbewohnerin zur Seite. »Es stimmt doch, was sie sagt.«

Karl verdrehte die Augen und ließ sich übertrieben seufzend auf dem Stuhl nieder. Mit einer Handbewegung bedeutete er Margo, es ihm gleichzutun. »Seit wann reiten wir hier so auf Prinzipien herum? Ich habe immer gedacht, zu unserem politischen Selbstverständnis gehört auch ein großes Maß an Toleranz. Im Grunde sollte es so sein, dass man, egal mit wem, in einer WG zusammenleben kann.«

Jetzt war es Vera, die die Augen verdrehte. »Du hättest trotzdem heute Morgen mal den Mund aufmachen können.«

Gabriele, die seit zwei Wochen an einem Ungetüm von Schal arbeitete, legte ihr Strickzeug zur Seite. »Möchtest du einen Tee, Margo?«, fragte sie und blickte den Gast mit ihren treuen Augen an, die durch ihre dicken Brillengläser noch vergrößert wirkten.

»Ja klar, warum nicht«, antwortete Margo. Zu Vera sagte sie: »Wenn du ein Problem hast, mit Leuten zusammenzuwohnen, die du nicht seit dem Kindergarten kennst, dann suche ich mir halt etwas anderes. Aber dann solltest du dich mal fragen, ob du das WG-Prinzip verstanden hast.«

Vera hob die Hände. »Ist ja gut. Ich habe ja gesagt, das geht nicht gegen dich.« Sie schob das rote Haarband zurecht, das dafür sorgte, dass ihr die langen Locken nicht ständig ins Gesicht fielen.

Gabriele hatte sich erhoben und suchte in einem Küchenschrank nach einer Tasse für Margo. »Ich finde, wo Margo jetzt schon mal hier ist, kann sie auch hier bleiben.«

Vera wandte sich an Hans. »Wusstest du denn davon?«

Hans strich sich über sein Kinn, obwohl er, im Gegensatz zu Karl, keinen Bart trug. Dafür ließ er sich aber seit einiger Zeit Koteletten stehen, und sein Haar war inzwischen deutlich über die Ohren und den Nacken hinausgewachsen. Er schüttelte den Kopf, ohne seinen Blick von Margo abzuwenden.

Gabriele wurde im Küchenschrank fündig und schenkte Margo Kräutertee aus einer bauchigen, dunkelgrünen Keramik-Teekanne ein.

Mit der Tasse zwischen den Händen blickte Margo sich in der Küche um. Ihr langes Haar fiel ihr dabei zu beiden Seiten wie ein dunkler Vorhang ins Gesicht. Vera entging nicht, dass auch Karl die neue Mitbewohnerin taxierte. Sie konnte nicht verstehen, was ihre beiden Mitbewohner an dieser düsteren Person attraktiv fanden. Nicht nur Margos Haare waren schwarz, auch ihr Pullover und die Cordhose mit dem weiten Schlag.

»Margo ist ein seltener Name«, meinte Antje, die irgendetwas sagen wollte. »Ist das eine Abkürzung?«

»Ja«, antwortete Margo, ohne ihren Blick von einem Che-Guevara-Poster abzuwenden, das die Innenseite der Küchentür zierte. »Von Margit. Aber Margo ist mein Rufname. Der wird übrigens mit der Betonung auf dem O ausgesprochen. Bitte nicht Maaaargo.«

»Ah«, sagte Antje. »Dann weiß ich Bescheid. Wo hast du denn vorher gewohnt? Kommst du aus Münster? Oder bist du gerade erst hergezogen? In welchem Semester bist du?«

Margo zog ihre rechte Augenbraue fast bis zum Haaransatz hoch. »Kann es sein, dass du ziemlich neugierig bist?« Sie sah Karl an. »Du hast mir nicht gesagt, dass deine Mitbewohner erst einen Lebenslauf sehen wollen, bevor man hier einziehen kann.«

Antje wurde rot, während Karl grinste. »Ach was. Du kannst auch hier wohnen, ohne deine komplette Lebensgeschichte zu beichten.«

Margo stieß einen Seufzer der Erleichterung aus. »Da bin ich aber froh.«

»Margo klingt schön«, sagte Gabriele. »Richtig französisch.«

Margo nickte ihr flüchtig zu und rang sich ein schwaches Lächeln ab.

Vera musste sich eingestehen, dass Margo eine interessante Aura umgab. Ihr war aufgefallen, dass der Stoff von Margos Pullover am Ellenbogen fast durchgescheuert war und das Palästinensertuch, das sie sich mehrfach um den Hals geschlungen hatte, wirkte verschlissen. Aber anstatt, dass sie deshalb ärmlich oder heruntergekommen wirkte, unterstrich das nur Margos Persönlichkeit. Sie machte den Eindruck, als wäre es ihr völlig egal, was andere von ihr hielten – und das beeindruckte Vera. Ansonsten konnte sie allerdings jetzt schon sagen, dass sie mit dieser Mitbewohnerin sicherlich nicht warm werden würde. Es sei denn, Margo würde ihr unfreundliches und distanziertes Verhalten noch ablegen.

»Studierst du auch Germanistik?«, fragte Hans, der seine Sprache offenbar wiedergefunden hatte. »Oder ist das jetzt auch zu neugierig?«

»Ich studiere Sozialwissenschaften. Karl und ich kennen uns vom Aktionsbündnis *Mehr Beteiligung*. Ihr wisst, dass es einen heißen Herbst geben soll? Es ist einiges geplant.«

»Ja, klar, wissen wir das«, sagte Vera. Die anderen nickten.

Margo nickte zufrieden. »Gut. Es wird höchste Zeit, dass wir darauf aufmerksam machen, wie wenig Mitspracherecht wir Studenten haben. Wir haben weniger Rechte als Soldaten in der Bundeswehr. Die haben ja wenigstens eine Beschwerdestelle.«

Hans nickte eifrig. »Es ist ganz wichtig, rechtzeitig auf diesen Missstand aufmerksam zu machen. Wenn die neue Uni-Satzung erst mal steht, ist es zu spät.«

Margo warf ihm einen anerkennenden Blick zu. »Genauso ist es.«

Daraufhin strahlte Hans über das ganze Gesicht, während Vera im Geiste die Augen verdrehte.

Margo fuhr fort: »Und diesmal wird es auch richtig zur Sache gehen. Wir wollen das müde Münster mal ein bisschen aufwecken und klarmachen, dass es uns langsam reicht.«

»Was soll denn da laufen?«, fragte Antje.

Doch bevor Margo die Frage beantworten konnte, wurde die Küchentür aufgestoßen. Theo, in einem blau-roten Trainingsanzug und einer Sporttasche über der Schulter, betrat die Küche. Seine Wangen waren gerötet und sein Lockenschopf wild verstrubbelt.

»Da kommt unser Handballer«, sagte Karl. »Margo, das ist Theo. Der Letzte im Bunde. Theo, Margo wohnt ab morgen bei uns.«

Margo nickte Theo flüchtig zu, der stehen geblieben war und Margo überrascht anstarrte. »Habe ich irgendetwas verpasst?«, fragte er. Er ließ seine Sporttasche zu Boden gleiten und ging hinüber zum Kühlschrank.

»Nein«, antwortete Karl. »Wir brauchten einen Nachmieter für Klaus, und nun haben wir jemanden, der kurzfristig hier einziehen kann. Das ist alles.«

Theo hatte eine Flasche Mineralwasser aus dem Kühlschrank genommen und drehte sie auf. Er stand mit dem Rücken zum Tisch, als er sagte: »Das ist doch prima.«

Hans streckte Margo die Hand über den Tisch hin. »Na dann, herzlich willkommen in der WG Heerdestraße. Du wirst dich hier wohlfühlen. Hier gibt es keinen Ärger, dafür aber viel Spaß.«

Da Hans seinen Blick nicht von Margo löste, entging ihm, dass sich in Veras Mundwinkeln ein skeptisches Lächeln zusammenbraute.

4. KAPITEL

»Ich möchte mich noch mal bei euch bedanken.« Karl ließ sich angestrengt seufzend auf dem Sofa nieder. Sein Sauerstoffgerät stellte er neben sich auf dem Boden ab. »Dafür, dass ihr meiner Einladung gefolgt seid – und natürlich für eure Geschenke. Es war wirklich ein schöner Tag.«

»Das freut uns, lieber Karl«, sagte Gabriele. »Immerhin ist es dein Ehrentag heute.«

»Wir haben uns bei dir zu bedanken«, erklärte Antje und ließ sich neben Karl auf das Sofa fallen.

Es war Sonntagabend, Karl und seine Gäste waren gerade erst von der Geburtstagsfeier des Lyrikers zurückgekehrt, die er in der *Trattoria Salvatore* ausgerichtet hatte. Das alteingesessene, familiengeführte Restaurant befand sich nur wenige Gehminuten von der Heerdestraße entfernt und lag schräg gegenüber der legendären Kneipe *Mutter Birken,* in die sie schon als Studenten eingekehrt waren.

Karl hatte bereits zur Mittagszeit eingeladen, doch die Feierlichkeiten hatten sich bis in den frühen Abend gezogen. Keiner verspürte mehr den Wunsch nach einem Abendessen, aber Karl hatte darauf bestanden, dass sie vor dem Kamin noch ein Glas Wein zusammen tranken. Er hatte Agnieszka gebeten, rechtzeitig eine Flasche zu dekantieren.

»Es war eine schöne Feier«, fuhr Antje fort. »Sehr kurzweilig, und das Essen war hervorragend.«

Vera griff nach der Karaffe und schenkte den Wein aus. »Ich fand es auch sehr interessant, einige von deinen Kollegen kennenzulernen. Wann hat man schon mal die Gelegenheit, so viele Schriftsteller zu treffen. Der Heiner Rother hat ja auch wirklich ein tolles Gedicht zu deinen Ehren vorgetragen«, sagte sie an Karl gewandt.

Karl nickte. »Ja, das stimmt. Heiner hat auch gerade erst wieder etwas veröffentlicht. Der ist wirklich emsig gewesen in den letzten Jahren. Na gut, er ist auch fünfzehn Jahre jünger.«

»Der ist erst Mitte fünfzig?«, fragte Antje. »Der sieht aber viel älter aus.«

»Auf jeden Fall bin ich froh, dass ihr euch wohlgefühlt habt und dass es nicht langweilig war. Ihr kanntet ja sonst niemanden.« Karl hielt sein Glas in die Höhe.

»Nein, es war überhaupt nicht langweilig«, versicherte Theo. »Ich habe mich beim Empfang und später beim Kaffee mit einigen deiner Gäste sehr gut unterhalten.«

Die anderen hatten auch nach ihren Gläsern gegriffen. »Auf uns, die Gesundheit und ein langes Leben«, sagte Karl. Klirrend stießen ihre Gläser aneinander.

Gabriele räusperte sich. »Ich für meinen Teil habe mal wieder festgestellt, dass die Leute aus dem Literaturbetrieb zwar interessant sind, sich aber auch sehr wichtig nehmen. Nichts für ungut, Karl, aber ich komme mir zwischen denen immer ein bisschen fehl am Platze vor. Als ich diesem Typ mit dem Udo-Lindenberg-Hut erzählte, dass ich bis vor drei Jahren eine Praxis für Psychotherapie hatte, fragte er mich ganz erstaunt: ›Ach, Sie schreiben gar nicht?‹«

»Das ging mir ähnlich«, sagte Hans schmunzelnd. »Ich wurde von dieser Frau in dem giftgrünen Kleid angesprochen, die die ganze Zeit mit ihrer Partnerin Händchen gehalten hat. Sie hat mich gefragt, an was für einem Projekt ich gerade arbeiten würde. Meine Antwort, dass ich in Passau Leiter des Grünflächenamts gewesen bin und seit meiner Verrentung geführte Wanderungen im Passauer Land anbiete, konnte ihr nur ein mitleidiges Lächeln entlocken. Um sie dann gleich aller Illusionen zu berauben, habe ich ihr auch noch verraten, dass Vera eine Richterin a. D. ist und es sich bei euch dreien«, Hans zeigte auf Theo, Antje und Gabriele, »um eine pensionierte Lehrerin, einen Bauingenieur und eine Psychologin handelt. Daraufhin meinte sie, sie habe gar nicht gewusst, was der Karl so für Leute kenne, und ist mit ihrer Freundin im Schlepptau abgerauscht.«

Karl winkte nachsichtig ab. »Ja, manche Kollegen sind schon sehr in ihrer Blase gefangen.«

Während Theo eine weitere Flasche Wein öffnete, schwärmte Gabriele von ihren Achtsamkeits- und Entspannungswochenenden im tiefsten Brandenburg, die sie sich seit Jahren regelmäßig gönnte.

In Vera weckte das die Erinnerung an ein Wochenendseminar, das ihr Edith anlässlich ihres Ruhestands geschenkt hatte. Das Seminar hatte unter der Bezeichnung »Schweigen im Wald« gestanden und war noch viel schlimmer gewesen, als Vera befürchtet hatte. Für die Richterin a. D., die es Zeit ihres Lebens gewohnt gewesen war, zu diskutieren, abzuwägen, zu analysieren und zu verkünden, war es unerträglich gewesen, zwei Tage nicht zu reden.

»Bei Brandenburg fällt mir etwas ein«, sagte Antje. »Soll ich euch mal eine richtig gruselige Begebenheit erzählen?« Sie stellte ihr Glas vor sich auf dem Tisch ab, nicht ohne dabei mit dem Fuß des Glases gegen die Tischkante zu stoßen. »Ups«, kicherte sie. »Jetzt zerdeppere ich schon beinahe die guten Kristallgläser.« Kurzes Auflachen erfolgte, dann wurde Antje aufgefordert, ihre Geschichte zu erzählen.

»Also«, setzte Antje an. »Einer meiner Neffen hat im Spreewald ein altes Haus gekauft. Es war ein Schnäppchen und stand ziemlich lange leer. Der Makler hatte wohl Schwierigkeiten, es loszuwerden. Beim Renovieren haben mein Neffe und seine Frau dann eine überraschende Entdeckung gemacht. Sie sind auf einen unterirdischen Raum gestoßen. Der Eingang befand sich in der Küche unter einer Bodenluke. Es handelte sich um einen winzigen Raum. Er war nicht möbliert. Es befand sich nicht mal ein Fußboden darin. Unmöglich zu sagen, wozu er mal genutzt wurde.«

»Und es gab keinen Hinweis, der hätte Aufschluss geben können?«, fragte Hans.

Vera sah unter schweren Lidern zu ihm hinüber. Ihr

war aufgefallen, dass er am wenigsten von allen getrunken hatte.

Mit dramatischer Geste hob Antje einen Zeigefinger. »Der Raum war leer, bis auf zwei Dinge. In der Mitte, mit dem Gesicht zur Tür, saß auf dem Boden ein altmodischer Spielzeugaffe. Ihr wisst schon, die mit einer Kappe auf dem Kopf und einem Becken in den Händen. Er sah ziemlich ramponiert aus. Das Fell war löchrig und stumpf, und ihm fehlte ein Auge. Vor ihm lag ein verblichenes Polaroidfoto.«

»Ein Foto?«, fragte Vera. Sie spürte einen wohligen Schauer im Nacken. Die Richterin a. D. war ein großer Fan von gut erzählten Grusel- und Horrorgeschichten.

»Nicht ganz so viel, aber es ist wirklich zum Gruseln. Das Foto wurde in dem Raum aufgenommen. Das kann man deutlich erkennen. Ansonsten ist es ziemlich unscharf. Was man sieht, sind die Umrisse einer kleinen, schemenhaften Gestalt. Auf den Rand der Aufnahme hatte jemand mit krakeliger Handschrift geschrieben: *Er ist zurück!*«

»Das ist wirklich unheimlich, Antje!« Gabriele schaute so ernst und furchtsam drein, dass Vera lachen musste. »Ich glaube eher, da hat sich jemand einen Scherz erlaubt«, meinte die Richterin a. D. »*Er ist wieder zurück.* Das ist wirklich gut.«

Gabriele neigte bedächtig ihren Kopf von rechts nach links. »Es gibt mehr zwischen Himmel und Erde, als wir uns vorstellen können. Ich habe mal ein Geisterseminar besucht. Seitdem bin ich überzeugt davon, dass …«

Doch Vera interessierten Gabrieles spirituelle Erfahrungen nicht. »Haben dein Neffe und seine Frau herausgefunden, was es mit dem Raum und dem Foto auf sich hatte?«, fiel sie ihrer ehemaligen Mitbewohnerin ins Wort. »Also, ich hätte alles in Bewegung gesetzt, um dahinterzukommen, wer sich so einen Quatsch ausdenkt.«

Antje lächelte. »Das glaube ich dir, Vera. So warst du ja früher schon. Allem musstest du auf den Grund gehen.«

Vera unterdrückte einen Schluckauf. »Von solchen Räumen habe ich schon öfters gehört. Vor allem in Ostdeutschland hat man in den neunziger Jahren bei der Sanierung von alten Häusern oft solche geheimen Verstecke entdeckt. Manchmal waren es sogar mehrere Räume. Ich habe darüber mal eine sehr interessante Dokumentation gesehen. In einem Fall hat man rekonstruiert, dass in einem solchen Versteck, während der Nazizeit, über mehrere Jahre eine jüdische Familie untergebracht worden ist.«

»So etwas gibt es aber nicht nur im Osten«, ließ sich Karl vernehmen. Er hatte Schwierigkeiten, deutlich zu sprechen, und Vera registrierte, dass sie nicht die Einzige war, die etwas zu tief ins Glas geschaut hatte.

»Alte Häuser sind immer für eine Überraschung gut«, stellte Karl klar. »Nicht nur im Osten. Was meinst du, wie viele unterirdische Räume und Gänge es hier in den alten Häusern im Kreuzviertel gibt?« Mit glasigem Blick schaute er Vera an.

»Keine Ahnung. Gehört habe ich noch nie davon.«

»Tse, tse«, machte Karl und schüttelte den Kopf. »Dabei hast du sogar mal in einem solchen Haus gewohnt.«

»Was meinst du? Du willst mir doch nicht erzählen, dass es hier im Haus einen geheimen Raum gibt?«

»Wer redet denn von einem Raum? Dieses Haus besitzt einen unterirdischen Keller!«

»Quatsch«, sagte Vera entschieden. »Das denkst du dir doch jetzt aus.«

Eine empörte Röte stieg in Karls fahle Wangen. Auffordernd sah er in die Runde. »Könnt ihr mal der Frau Richterin bestätigen, dass ich die Wahrheit sage? Dieses Haus besitzt einen Kriechkeller.«

Die anderen nickten bestätigend.

»Wieso weiß ich davon nichts?«, fragte Vera aufgeregt. »Das ist ja spannend! Das ist ein unterirdischer Keller, oder?«

»Ja, und er ist sogar ziemlich groß«, sagte Karl.

»Was ist das denn genau? Ein Kriechkeller. Ich kenne den Begriff, aber wie kann ich mir das vorstellen?« Vera, die das Gefühl hatte, mal zwischendurch ein Glas Wasser trinken zu müssen, drehte eine Wasserflasche auf.

»Ein Kriechkeller ist ein niedriger Keller unter dem eigentlichen Keller«, kam Hans Karl zuvor. »Man findet ihn vor allem bei Häusern aus den Zwanziger- und Dreißigerjahren. Er wurde angelegt, um das Gebäude nicht in direkten Kontakt mit der Bodenfeuchte des Erdreichs zu bringen.«

»Man nennt diese Art Keller auch Versorgungskeller«, ergänzte Karl und nickte, als Vera ihm fragend die Wasserflasche reichte. »Häufig verliefen dort die gesamten Rohr- und Stromleitungen. Das ist aber bei diesem Haus nicht so. Die befinden sich alle in den Wänden. Der Kriechkeller hat hier lediglich die Funktion, den eigentlichen Keller und damit auch den Fußboden des Erdgeschosses trocken zu halten. Dafür wurde unter dem Haus ein Labyrinth aus Gängen und Räumen angelegt, die aber gar nicht weiter genutzt wurden.«

Antje wandte sich an Vera. »Kannst du dich denn nicht mehr an den Kriechkeller erinnern? Ganz am Anfang unserer WG-Zeit haben wir uns doch ab und zu einen Spaß daraus gemacht, am Ende einer Party da unten herumzugeistern.«

»Mein Gott, ja«, stimmte Theo amüsiert zu. »Wenn der Alkoholpegel oder bei manchen«, er deutete grinsend auf sich selbst, »der THC-Gehalt im Blut einen bestimmten Level erreicht hatte, kamen uns schon komische Ideen.«

»Das muss vor meiner Zeit hier gewesen sein«, versicherte Vera. »Ich bin ja als Letzte eingezogen, da habt ihr alle schon zwei oder drei Semester hier gewohnt.«

»Wir waren auch nur ein paar Mal da unten«, erklärte Hans. »Das hat schnell seinen Reiz verloren. Später endeten unsere Feiern eher in wilden Tanzereien im Wohnzimmer oder im Garten als mit Exkursionen durchs Haus.«

»Wisst ihr noch, diese spießigen Nachbarn von gegenüber, die immer ›Ruhe‹ aus ihren Fenstern brüllten?«, fragte Gabriele, und ihr Gesicht verlor ein wenig von seinem ernsten Ausdruck. »Und ab und zu rückte auch die Polizei an.«

»Ich würde den Keller ja gerne mal sehen«, sagte Vera.

»Da gibt es nicht viel zu sehen«, erwiderte Gabriele prompt und zog schaudernd die Schultern hoch. »Man kann nicht mal aufrecht darin gehen.«

»Ich habe keine Idee, wo der Eingang sein könnte.« Vera trank einen großen Schluck Wasser.

»Erinnerst du dich an den Stauraum unterhalb der

Treppe?«, fragte Karl. »Ganz hinten in der toten Nische befindet sich die Tür zum Kriechkeller.«

Vera wusste sofort, von welchem Stauraum Karl sprach. Eine dunkle Ecke neben der Kellertreppe, vollgestellt mit ausrangierten Gegenständen. Abrupt stellte sie ihr Glas ab. Ein unternehmungslustiges Glitzern flammte in ihren Augen auf. »Können wir nicht runtergehen und uns den Eingang zum Kriechkeller ansehen?«

Karl winkte ab. »Da müssten wir uns erst den Weg freischaufeln. Ich glaube, da hat heute Abend keiner mehr Lust zu.«

»Nicht so träge!«, insistierte Vera. »Meine Güte, es geht doch nicht um eine Zwanzig-Kilometer-Wanderung, nur ein kleiner Abstecher in den Keller. Und wir werden es ja wohl noch schaffen, ein bisschen altes Gedöns zur Seite zu räumen. Ich habe noch nie so einen unterirdischen Keller gesehen. Nicht zu fassen, dass ich damals nichts davon geahnt habe!«

Theo seufzte übertrieben und sagte zu Hans. »Sie wird keine Ruhe geben. Gönnen wir ihr den Spaß und lassen wir sie einen Blick in das alte Gewölbe werfen.«

Vera sah Karl an und legte dabei ihre Handflächen aneinander. »Bitte, bitte, bitte.«

Karl zögerte immer noch, doch dann gab er widerstrebend nach. »Okay, von mir aus. Ich zeige dir den Keller. Ich bin aber seit damals nie wieder da reingegangen. Wahrscheinlich ist die Tür so verzogen, dass wir sie gar nicht aufbekommen.«

Vera fegte diese Bedenken einfach mit einer Handbewegung zur Seite und sagte: »Also wenn, dann gehen wir selbstverständlich alle!«

Gabriele verdrehte die Augen. »Vera Langenkämper, du bist wirklich noch genau wie früher. Wenn du dir mal was in den Kopf gesetzt hast, dann ...« Sie beendete den Satz nicht, sondern seufzte ähnlich laut wie Theo zuvor.

Auch die anderen brachen nicht gerade in Begeisterung aus. Antje erklärte, dass sie eigentlich reif fürs Bett sei. Hans schüttelte nur den Kopf, schenkte sich Wein nach und sagte: »Karl, ganz ehrlich. Meinst du, es ist eine gute Idee, wenn du in einem unterirdischen Gang herumkriechst, wo es kaum Sauerstoff gibt? Ich will dir ja nicht zu nahetreten, aber ich würde schon gerne die restlichen Tage hier mit dir zusammen verbringen.«

»Da hast du was falsch verstanden, lieber Hans«, entgegnete Karl. »Ich habe nicht vor, eine Besichtigungstour durch den Keller zu veranstalten.«

»Um Himmels willen, nein!«, pflichtete Vera ihm bei. Sie stemmte sich etwas ungelenk vom Sofa hoch. »Ich will da nur einen Blick hineinwerfen, und danach gehen wir schlafen.«

5. KAPITEL

Vera schaffte es tatsächlich, alle zu überreden, mit in den Keller zu kommen. Karl hängte sich sein tragbares Sauerstoffgerät um, und alle zusammen stiegen sie die Treppe hinunter. Vera bildete das Schlusslicht, da alle anderen flotter waren als sie. Mit der Hand am schmiedeeisernen Handlauf der Treppe, schritt sie Stufe für Stufe die Kellertreppe hinab.

Als sie unten ankam, wurde sie nicht nur von ihren früheren Mitbewohnern empfangen, die im Kellergang auf sie warteten, sondern auch von dem typischen Kellergeruch, der durch schlechte Belüftung, alten Sperrmüll, leere Flaschen und eingelagerte Lebensmittel entsteht.

Als Erstes fiel Veras Blick auf die angelehnte Tür gegenüber der Treppe. Dahinter war vor fünfzig Jahren die unglückselige Gefriertruhe in Brand geraten, was dem WG-Leben in der Heerdestraße 38 ein jähes Ende bereitet hatte.

Karl hatte bereits die Taschenlampe seines Smartphones aktiviert, denn das matte Licht der Deckenlampe reichte nicht weit. Er deutete auf den toten Winkel neben der Treppe. Genau wie früher diente er immer noch als Abstellplatz für Dinge, die längst auf den Sperrmüll gehört hätten. »Der Eingang zum Kriechkeller befindet sich ganz hinten. Wie gesagt, wir müssen den Kram hier erst zur Seite räumen.«

Vera spürte eine Berührung an ihrem Bein. »Na, das war ja klar.« Sie schaute auf Mr. Spook hinunter. »Ich habe mich die ganze Zeit schon gefragt, wo du bleibst.« Der Kater antwortete mit einem schlichten Miau und strich ein weiteres Mal um Veras Beine. Anschließend machte er eine halbe Drehung und verschwand in Nullkommanichts zwischen dem Gerümpel unter der Treppe.

»So wie es aussieht, weiß er bereits, was wir vorhaben. Ich verstehe jetzt, warum dir dein Kater manchmal etwas unheimlich ist, Vera«, meinte Antje kopfschüttelnd.

Mit vereinten Kräften räumten sie Gartenmöbel, Autoreifen, Fahrräder, Stühle, eine Kommode und was sonst noch so von Karl unter der Treppe verstaut worden war, zur Seite und schufen so einen schmalen Gang. Am Ende des Stauraums, bevor er einen scharfen Knick machte und unter der Treppe ins Leere lief, befand sich der Eingang zum Kriechkeller. Eine ins bröckelige Mauerwerk eingelassene Eisentür, die mit einem Riegel verschlossen war. Davor war genug Platz, um bequem zu sechst nebeneinander stehen zu können.

Als sie die Tür erreichten, wurden sie bereits von einem ungeduldigen Mr. Spook erwartet. Unruhig stolzierte er vor der Tür auf und ab.

»Mein Güte, was tun wir hier?«, fragte Gabriele und blickte sich um.

»Das frage ich mich auch«, sagte Theo und ließ das Licht seines Handys an den Wänden entlanggleiten.

»Allein die Vorstellung, dass sich unter dem Keller ein weiterer Keller befindet, ist doch schon faszinierend«, sagte Vera ungerührt. »Verläuft er unter dem ganzen Haus?«

Karl verneinte. »Nicht ganz. Der Kriechkeller hat ungefähr die Größe von drei Vierteln der Gesamtgrundfläche.«

»Was immer noch viel ist«, sagte Vera beeindruckt. Sie rüttelte an dem Riegel, der sich keinen Zentimeter bewegen ließ. Sie übergab ihr Handy Gabriele und umfasste den Türschieber mit beiden Händen. Mit einigem Krafteinsatz gelang es ihr, den Riegel nach oben zu drücken. Als sie die Tür aufzog, hielt sie vor Aufregung den Atem an. Hinter der Tür befand sich nichts als tiefe Schwärze. Alle starrten auf den Eingang.

»Licht gibt es dort wohl nicht, oder?«, fragte Vera, während der Lichtschein ihres Handys fünf Treppenstufen beleuchtete, die nach unten führten.

Karl gab ein kleines Lachen von sich. »Nein. Mit Elektrizität kann ich nicht dienen.«

»Allein diese alten Steine«, sagte Vera beeindruckt. Mit den Fingern fuhr sie über das Mauerwerk. Kleine Steinchen und Mörtel lösten sich und fielen auf die oberste Treppenstufe.

»Älter als das Haus und das ist von 1905«, sagte Karl, und ein wenig Stolz schwang in seiner Stimme mit.

Vera machte einen Schritt nach vorne. Sie hielt ihr

Handy über den Kopf, damit der Lichteinfall größer war. Vera sah einen Gang, der in einem leichten Bogen nach rechts verlief. Die kalte Luft, die ihr entgegenströmte, ließ sie frösteln. Ohne sich umzublicken, sagte sie: »Was dieser Keller wohl schon alles erlebt hat?«

»Das werden wir nie erfahren«, sagte Gabriele nüchtern. »Können wir bitte wieder nach oben gehen?«

»Ganz meine Meinung«, stimmte Antje zu und gähnte übertrieben.

In diesem Augenblick huschte Mr. Spook wie ein lautloser Schatten an Vera vorbei, flitzte die Stufen hinab und verschwand in der Dunkelheit.

»Spook! Verdammt noch mal«, rief Vera ärgerlich hinter ihm her. »Spookey, sofort zurück! Komm zu Frauchen. Na los!«

Doch der Kater tauchte nicht wieder auf.

»So ein Mist«, fluchte Vera. »Warum habe ich ihn nicht auf den Arm genommen?«

Karl hatte sich neben Vera geschoben und leuchtete ebenfalls in den Gang. »Ich hoffe, dein Kater hat einen guten Orientierungssinn. Wie gesagt, der Keller besteht aus einem Geflecht von Gängen.«

Daraufhin fluchte Vera erneut. Dann rief sie wieder den Namen ihres Katers.

»Katzen sind ja bekannt für ihre Fähigkeit, gerade im Dunkeln gut sehen zu können«, sagte Hans. »Der wird schon gleich wieder auftauchen.«

»Hoffentlich«, murmelte Vera. Der unterirdische Keller interessierte sie plötzlich nicht mehr. Sie wollte nur noch, dass Mr. Spook zurückkam. Es war ihr nicht wohl bei dem Gedanken, dass der Kater alleine durch die

Gänge stromerte. Wer wusste schon, was für Gefahrenquellen da lauerten.

Sie warteten noch eine Weile, in der Gabriele mehrfach ankündigte, dass sie schon mal nach oben gehen würde, da ihr so kalt sei, es dann aber doch nicht tat.

»Du hast ja jetzt den Keller gesehen, Vera«, sagte Theo schließlich, »wie wäre es, wenn wir alle nach oben gehen und die Tür hier und oben auflassen. Spätestens wenn Mr. Spook Hunger bekommt, wird er seinen Ausflug schon abbrechen.«

Vera schüttelte den Kopf. Was ihren geliebten Gefährten anging, verstand sie keinen Spaß. »Ich gehe auf gar keinen Fall ohne den Kater hier weg. Wenn er in ein paar Minuten nicht kommt, gehe ich da rein und hole ihn.«

Gabriele schnappte nach Luft. »Spinnst du? Du kannst doch nicht da reingehen.«

Vera sah die Psychologin verständnislos an. »Warum nicht? Was soll passieren?«

»Was weiß ich. Schau dir die Decke an. Stell dir vor, es fällt dir was auf den Kopf. Und gibt es da überhaupt genug Sauerstoff?«

»Sauerstoff ist kein Problem«, erklärte Karl. »Der Kriechkeller wird mit Hilfe von mehreren Schächten belüftet, die durch den Sockel des Hauses nach draußen führen. Zwei davon enden auch hier im Keller.«

Ein mehrfach aufeinanderfolgendes kurzes, aber kräftiges Miauen ließ Vera erstarren. Sie kannte die unterschiedlichen Stimmungslagen und die dazugehörenden Laute ihres Katers in- und auswendig. Das gerade gehörte Maunzen deutete auf Aufregung oder sogar Verstörung hin. So hatte Mr. Spook Laut gegeben, als er im letzten Herbst eine dicke, alte Ratte in einem Spalt zwischen Garage und Gartenmauer entdeckt hatte, die sich dort vor ihm in Sicherheit gebracht hatte.

Vera fackelte nicht lange. »Mir reicht es jetzt!«, sagte sie entschlossen. »Ich hole das verflixte Viech da jetzt raus.«

»Ich komme mit«, entschied Karl. »Auch wenn ich nicht oft hier unten war, habe ich den Verlauf der Gänge ein wenig im Kopf. Ich habe mir oft genug die Grundrisspläne des Hauses angesehen, wenn ich für irgendwelche Behörden oder Ämter Angaben machen musste.«

»Dann begleite ich euch«, sagte Hans sofort. »Mit Verlaub, ihr beiden, aber ich lasse einen schwerkranken Mann nicht in Begleitung einer einzigen Person, die nicht gerade für ihre gute Kondition bekannt ist, in einem unterirdischen Keller herumlaufen.«

Vera hörte ihn schon gar nicht mehr. Sie war bereits auf dem Weg nach unten.

»Gut«, sagte Theo zu Karl und Hans. »Wir warten hier auf euch. Wenn ihr Hilfe braucht oder nicht mehr zurückfindet, einfach rufen. Dann komme ich euch entgegen.«

Während Vera den Gang entlangschritt und zur Sicherheit mit einer Hand immer wieder Halt an der Wand suchte, versuchte sie weiterhin, Mr. Spook zu sich zu locken. Sie rief seinen Namen und schnalzte mit der Zunge, wie sie es machte, wenn sie eine Dose Katzenfutter öffnete. Doch der Kater blieb, wo er war. Allerdings miaute er weiter. Das war immerhin etwas, denn es half Vera, Hans und Karl bei der ersten Abzweigung, die richtige Entscheidung zu treffen. Der Gang gabelte sich und alle drei waren sich einig, dass das Maunzen eher von rechts als von links kam.

Vera hatte angenommen, dass es in dem Keller feucht und modrig sein würde, aber das war nicht der Fall. Im Gegenteil. Der Lehmboden war hart und trocken und auch die Wände waren nicht feucht. Allerdings war es empfindlich kalt. Vera spürte auch hin und wieder einen unangenehmen Luftzug. Wahrscheinlich entstand der durch die Schächte, die Karl erwähnt hatte.

Es war keine große Anstrengung, sich in dem Kriechkeller fortzubewegen. Die Decke war zwar sehr niedrig, aber in gebückter Haltung kam man gut voran. Nur für Hans mit seinen 1,98 war es etwas mühsamer.

Nach ein paar Metern endete der Gang in einem quadratischen Raum, von dem wiederum zwei Gänge abgingen.

Vera versuchte es noch mal mit Rufen, und Mr. Spook antwortete mit seinem Miauen. »Dem zieh ich gleich die Ohren lang«, grummelte Vera hinter zusammengebissenen Zähnen.

Karl zeigte auf den linken Gang. »Da lang, wenn ihr mich fragt.«

Sie durchquerten den leeren Raum und gelangten in den nächsten Gang. Nach einigen Metern endete er abermals in einem Raum, der etwas größer war als der vorherige. Vera, die noch immer die kleine Truppe anführte, stieß einen leisen Schrei aus. Der Lichtschein ihres Handys hatte Mr. Spook erfasst. Er saß in einer Ecke des Raums und starrte mit aufgerissenen Augen seiner Besitzerin entgegen. Dann wandte er sich eifrig ab und begann, mit seiner Vorderpfote etwas aus der Ecke zu bugsieren. Vera wusste, dass Mr. Spook ihr seinen Fund nun gleich voller Stolz präsentieren würde. Ein Geschenk für das beste Frauchen der Welt!

Sie machte einen Schritt nach vorne und meinte, einen fleckigen, braun-gelben, mittelgroßen Ball zu erkennen, dem der Kater nun einen energischen Schlag mit der Pfote versetzte. Mit hohlem Gepolter rollte der Ball Vera vor die Füße. Nun sah sie, dass es sich nicht um einen Ball handelte. Zu Veras Füßen lag ein Totenschädel, dessen leere Augenhöhlen zu ihr hochstarrten.

6. KAPITEL

September 1972

»Hat jemand mein Feuerzeug gesehen?« Margo schlurfte in die Küche. Sie trug ein T-Shirt von Karl, das ihr bis zur Mitte ihrer nackten Oberschenkel reichte, und ausgelatschte Frotteeschlappen.

»Guten Morgen«, sagte Vera, ohne von der Zeitung aufzublicken. Auch nach drei Wochen war sie noch nicht mit Margos Angewohnheit warmgeworden, immer gleich mit einer Bemerkung oder Frage zu kommen, anstatt erst mal zu grüßen.

»Keine Ahnung, wo das ist«, gab Gabriele zur Antwort, während sie sich eine Scheibe Graubrot mit gelber Marmelade bestrich. Gabriele und Vera waren die Einzigen, die in der Küche saßen. Antje und Theo waren bereits auf dem Weg zu ihren Vorlesungen.

»Ich suche es schon seit gestern und bin mir ziemlich sicher, dass ich es zuletzt hier in der Küche hatte.«

»Ich habe es auch nicht gesehen«, sagte Vera. Sie faltete die Zeitung zusammen und legte sie neben ihren Teller. »Frühstückt ihr jetzt? Dann können wir die Sachen ja stehen lassen.« Ihre Frage schloss auch Karl mit ein. Margo hatte nur die ersten drei Nächte in ihrem Zimmer geschlafen. Seitdem übernachtete sie bei Karl. Vera, die das Zimmer über Karl bewohnte, konnte deshalb nur noch mit Watte in den Ohren einschlafen, denn die beiden waren beim Sex alles andere als leise.

»Ich ja. Karl schläft noch. Ich glaube, er muss heute Vormittag nicht zur Uni.« Während Margo sprach, kramte sie zwischen verschiedenen Gegenständen herum, die am Ende des langen Küchentisches auf einem Haufen lagen. Aber zwischen den Kleidungsstücken, Büchern, Zeitschriften und haltbaren Lebensmitteln, die Theo am Vortag eingekauft, aber noch nicht weggeräumt hatte, tauchte ihr Feuerzeug auch nicht auf. »Ach, egal. Kannst du mir mal die Streichhölzer geben?«, wandte sich Margo an Gabriele und fing die Packung geschickt auf, die Gabriele ihr quer über den Tisch zuwarf. Sie ließ sich auf einen Stuhl fallen und zündete sich eine Zigarette an. Über ihre Kaffeetasse hinweg beobachtete Vera, wie Margo den Kopf in den Nacken legte, den Rauch erst tief in ihre Lungen sog und dann durch Mund und Nase wieder ausblies. Margo war Linkshänderin. Vera konnte nicht anders, als auf Margos Hand zu starren. Auch wenn die neue Mitbewohnerin geschickt darin war, es zu verbergen, manchmal dachte sie nicht daran. Vera hatte freien Blick auf Margos Ringfinger, an dem die letzten zwei Glieder fehlten. Als Margo die Hand nach vorne streckte, um abzuaschen, sah Vera woanders hin. »Antje hat gestern den ganzen Abend ihr Buch gesucht, in dem sie gerade liest«, bemerkte sie. Mit Blick auf das Durcheinander am Ende des Küchentischs fügte sie hinzu: »Vielleicht wäre es nicht schlecht, wenn ab und zu mal aufgeräumt würde. Dann müssten wir nicht ständig irgendwas suchen.«

Margo sah Vera einige Sekunden an, ohne die Miene zu verziehen. Dann zog sie wieder an ihrer Zigarette, ließ Vera aber weiterhin nicht aus den Augen. »Ich finde, dass es in dieser WG ziemlich ordentlich ist. Ich habe das schon ganz anders erlebt. Natürlich wird es hier niemals so picobello sein wie bei Mutti, aber wir leben hier ja auch nicht die tradierten Vorstellungen unserer Eltern, was Sauberkeit und Ordnung angeht, oder?«

Vera stand auf. Sie spürte eine schwarze Welle des Ärgers auf sich zu rollen. Wie schaffte es diese Person nur, sie so schnell auf hundertachtzig zu bringen? Bevor sie etwas dagegen tun konnte, kamen die Worte schon aus ihrem Mund. »Soweit ich weiß, hast du doch gar keine Eltern mehr.« Sie biss sich so fest auf die Lippen, dass es schmerzte. Verdammt! War sie noch ganz gescheit? Warum konnte sie sich nicht zurückhalten?

Margo starrte Vera an.

»Tut mir leid«, sagte Vera eilig. »Das war blöd von mir.« Sie zeigte auf die Abstellfläche der Spüle, wo sich das Geschirr der letzten drei Tage stapelte. »Aber meiner Ansicht nach sind wir von Muttis Ordnungsprinzipien ganz weit weg.« Mit diesen Worten verließ sie die Küche.

Margo drückte die Zigarette im überquellenden Aschenbecher aus. Mit einer Stimme so kalt wie Butter sagte sie: »Bilde ich mir das ein, oder duldet Vera Langenkämper keine andere Meinung als ihre?«

Gabriele zuckte mit den Schultern und blies gegen ihren Pony, der ihr bis über die Augenbrauen fiel und dringend geschnitten werden musste. Genau wie Margo und Vera hatte Gabriele Haare, die ihr weit über die Schultern fielen, aber sie war die Einzige, die einen Pony trug. »Ich weiß nicht, ob man das so sagen kann. Für mich ist sie eine typische Juristin. Geradlinig und strukturiert, möchte gerne andere von ihrer Meinung überzeugen und nimmt alles sehr genau. Das meine ich jetzt aber nicht negativ.« Gabriele stellte ihr Frühstücksgeschirr zusammen. »Außerdem ist sie die älteste von drei Schwestern. Sie ist Papas Liebling und Mamas großes Mädchen. Auf ihr lastet ein enorm hoher Druck, was ihr Studium und ihre spätere Karriere angeht. Vera hat immer alles gemacht, was Mama und Papa wollten. Mit ihrer Entscheidung, in eine WG zu ziehen, anstatt in ein ordentliches Studentenwohnheim, hat sie sich zum ersten Mal den Vorstellungen ihrer Eltern widersetzt. Ihr Einzug hier war eine späte, aber längst fällige Abgrenzung gegenüber ihrem Elternhaus.«

Margo musterte Gabriele verblüfft. »Mensch, Gabi! Du erstellst ja schon richtige Psychogramme. Da möchte ich lieber nicht wissen, was für Gedanken du dir schon zu mir gemacht hast. Ich gebe sicher auch einiges her mit meiner Herkunft, oder?« Margo beugte sich vor. »Lass mal hören. Wie würdest du mich beurteilen?«

Gabriele zeigte ein schiefes Lächeln. »Ein anderes Mal.« Sie erhob sich. »Ich muss jetzt los.« In ihrer typisch ernsten Art schob sie noch nach: »Und bitte nenne mich nicht immer Gabi.«

»Hast du auch eine Vorlesung?«, fragte Margo.

»Erst um zwei. Jetzt treffe ich mich mit einer Gruppe aus der Fachschaft Psychologie. Wir gehören alle dem Arbeitskreis *Kritischer Konsum* an und sind dabei, für eine geplante Demo im November ein Flugblatt zu entwerfen.«

Margo hatte sich aus der Warmhaltekanne einen Schluck Kaffee in eine Tasse gegossen. »Sieh an. Die Psychos. Sehr engagiert.«

Gabriele suchte für ihr Geschirr eine freie Stelle neben dem Spülbecken. Da sie keinen Platz fand, stellte sie die Sachen auf dem Herd ab. »Vera hat schon recht«, sagte sie. »Zumindest über das Spülen sollten wir mal reden.«

»Ihr könnt das ja bei der nächsten WG-Aussprache anbringen. Es steht doch sicher bald wieder eine an.«

Gabriele nickte. »Sicher.« Sie stand schon an der Küchentür, als Margo fragte: »Ist eigentlich an dem Vorurteil etwas dran, dass alle Psychologen selber auch 'ne Meise haben?«

* * *

Als Vera am späten Nachmittag von einer zähen Vorlesung in Verwaltungsrecht kam, traf sie in der Küche auf Karl, Hans und Gabriele. Wie in fast allen WGs war auch in der WG Heerdestraße die Küche der Lebensmittelpunkt. Dort wurde nicht nur gekocht und gegessen, sondern auch gelesen, für die Uni gearbeitet und diskutiert. Obwohl sie im Wohnzimmer viel mehr Platz hatten, saßen sie dort nur, wenn Besuch kam und sie für die Küche zu viele waren.

Wie meistens am späten Nachmittag standen eine große Kanne Tee und ein Teller mit Keksen auf dem Tisch.

In der Regel war es Gabriele, die dafür sorgte. Sie war es auch, die Teelichter und Räucherstäbchen anzündete, sobald es draußen dämmrig wurde. Im Radio, das zum besseren Empfang oben auf einem Regal stand, wurde ein Lied von *Abba* gespielt.

Gabriele begrüßte Vera und deutete mit dem Kinn auf eine Teetasse. »Nimm dir einen Tee. Jetzt ist er noch heiß. Ist ja schon wieder so fieses Wetter draußen.«

Vera goss sich etwas Pfefferminztee ein und ließ sich neben Gabriele nieder. Sie hatte zwar noch eine Weile über ihre unbedachte Bemerkung gegenüber Margo geflucht, aber je weiter der Tag vorangeschritten war, hatte sich noch ein anderer Gedanke aufgedrängt. Es war nicht allein ihre Schuld, dass sie immer wieder mit Margo aneinanderrasselte. Die neue Mitbewohnerin gab sich durchweg mürrisch und herablassend. Vor allem ihr, Gabriele und Antje gegenüber – und Vera war nicht bereit, dieses Verhalten auf Dauer hinzunehmen.

Sie sollte die Gunst der Stunde nutzen, dass Karl hier ohne Margo saß, dachte sie und tauchte den Butterkeks in den Tee. Gabriele strickte immer noch an ihrem Schal, Karl und Hans hatten die Tageszeitung unter sich aufgeteilt. Hans hatte kurz hochgeschaut, als sie die Küche betreten hatte, und ihr flüchtig zugelächelt. »Na, alles klar?« Er hatte die Antwort nicht abgewartet, sondern sich gleich wieder in den Artikel vertieft, den er gerade las. Karl hatte sich nicht die Mühe gemacht, Vera zu begrüßen. Seit Margo eingezogen war, war er nicht mehr der Alte, fand Vera.

»Ich habe mich heute etwas ungeschickt gegenüber Margo verhalten«, begann sie.

Fast gleichzeitig ließen ihre beiden Mitbewohner die Zeitung sinken. Gabriele strickte ungerührt weiter, nachdem sie Vera einen kurzen Blick zugeworfen hatte. Vera erzählte, wie die Unterhaltung zwischen Margo und ihr abgelaufen war.

»Das war nun wirklich überhaupt nicht nett von dir«, sagte Karl, und der Vorwurf war nicht zu überhören. »Sie hat uns doch gesagt, dass sie nicht gerne über ihre Zeit im Kinderheim redet. Warum musst du denn dann noch darauf herumhacken?«

Hans fügte hinzu: »Wer weiß, was sie da erlebt hat. Das war sicher kein Zuckerschlecken.«

»Vielleicht hat sie ja da auch ihren Finger verloren.« Gabrieles Augen funkelten betroffen hinter ihren Brillengläsern.

Vera konnte nicht anders. Sie verdrehte die Augen. »Ja, wahrscheinlich hat man den ihr da abgehackt.«

»Das ist überhaupt nicht lustig, Vera«, tadelte Hans sie. »Man liest ja immer mal wieder etwas darüber, wie es in den Heimen zugeht.«

»Ja, sicher. Aber ich glaube nicht, dass Kindern dort die Finger abgetrennt werden.«

Gabriele hatte wieder ihre Stricknadeln aufgenommen. »Das wollte ich auch überhaupt nicht sagen«, brummte sie eingeschnappt.

»Auf jeden Fall habe ich mich bei Margo entschuldigt«, sagte Vera. »Aber eigentlich wollte ich auf etwas anderes hinaus. Ich will ehrlich sein, Karl. Ich finde, es war keine gute Idee, Margo in die WG einziehen zu lassen. Vielleicht fällt dir das gar nicht auf, aber sie ist uns anderen gegenüber barsch und unfreundlich. Es ist egal, um was für ein Thema es geht, immer gibt es von ihr eine patzige Antwort oder Bemerkung dazu. Ich weiß, dass ich auch manchmal so sein kann. Aber ich mache das nicht ununterbrochen.«

Karl stöhnte auf. »Du bist aber wirklich empfindlich. Freu dich lieber, dass du aus so einem behüteten Elternhaus kommst, und zeig ein wenig Verständnis für jemanden, der es nicht so gut hatte.«

»Ich gebe Vera recht«, schaltete sich Gabriele plötzlich ein. »Wir haben alle mal einen schlechten Tag und sind nicht immer nett zueinander. Doch Margo kann richtig gemein sein. Es tut mir sehr leid für sie, dass sie in einem Kinderheim leben musste und keine Eltern mehr hat. Aber das gibt ihr nicht das Recht, sich hier so ruppig aufzuführen. Mich belastet das genauso wie Vera. Ich spüre ihre schlechte Aura, und das bereitet mir ein sehr ungutes Gefühl.«

Jetzt verdrehte Karl genervt die Augen und wandte sich an Hans. »Bitte sag etwas dazu.«

Hans räusperte sich. »Am besten ist es, wenn wir das offen kommunizieren. Lasst uns heute Abend mit allen darüber sprechen. Was nützt es, wenn wir da nur zu viert drüber reden und Margo sich gar nicht dazu äußern kann?«

»Ja, aber was denkst du darüber?«, fragte Vera gereizt. »Stimmst du mir und Gabriele zu, dass Margo sich oft im Ton vergreift? Findest du nicht, dass sie hier die ganze Stimmung vergiftet?«

»Ich bin der Meinung, dass eine Gemeinschaft es aushalten muss, wenn nicht alle gleich sind und es Abweichungen im Verhalten gibt. Wie gesagt, lasst uns heute Abend in Ruhe darüber sprechen. Vielleicht nimmt Margo ja was davon an, wenn man sie direkt darauf anspricht. Das hast du ja bislang noch nicht getan, oder?«

Vera schüttelte den Kopf. »Nein. Ich wollte erst mal ein bisschen abwarten, und es hat sich auch nicht ergeben. Aber ich glaube nicht, dass sie sich sehr einsichtig zeigen wird.«

7. KAPITEL

Während Vera Langenkämper in einem über hundert Jahre alten Kriechkeller auf einen Totenschädel hinabblickte, saßen sich Katharina und Klaas in der gemeinsamen Küche gegenüber und löffelten schweigend den Rest von der Gulaschsuppe, die ihnen ihre Nachbarin zubereitet hatte. Die Stimmung war gedämpft. Brigitte hatte die Suppe am frühen Nachmittag vorbeigebracht. Klaas hatte sich überschwänglich für die willkommene Stärkung bedankt, und Brigitte strahlte daraufhin wie die Sonne. Sie verkündete, dass sie schnell einen Teller mitessen werde. So saßen sie kurz darauf zu dritt in der Küche. Klaas und Brigitte kamen ins Plaudern. Katharina trug nur hin und wieder etwas zur Unterhaltung bei. Um halb vier warf sie einen Blick auf ihr Handy und stand abrupt auf. »Wenn wir noch etwas schaffen wollen, Klaas, dann müssen wir *jetzt* weitermachen.«

Brigitte hatte sich auch erhoben. »Macht das.« Sie zeigte auf die leeren Teller und Gläser. »Ich räume das schnell auf. Dann könnt ihr gleich loslegen.«

Katharina hatte nur ein knappes »Danke« gemurmelt und war aus der Küche verschwunden.

Jetzt riss sie ein Stück von dem Baguette ab, das vom Nachmittag übriggeblieben war, und fuhr damit über ihren Teller. Während sie kaute, betrachtete sie Klaas' Gesicht. Er sah müde und abgekämpft aus und wirkte älter als sonst. In seinen Wimpern, Augenbrauen und Haaren hingen Reste vom Schleifstaub. Diesmal hatten sie nicht bei Einbruch der Dunkelheit mit der Arbeit aufgehört, sondern noch eine ganze Zeit weitergemacht. Um besser sehen zu können, hatten sie die Stehlampe aus dem Schlafzimmer geholt.

»Ich möchte nicht«, unterbrach Katharina ihr Schweigen, »dass Brigitte in unserer Küche das Geschirr aufräumt.«

Klaas stöhnte laut und verdrehte die Augen. »Fängst du jetzt wieder damit an?«

Katharina blitzte ihn über den Tisch hinweg an. Es war ihr klar, dass sie dabei war, einen handfesten Streit zu provozieren, aber das war ihr egal. Sie hatte es einfach satt und suchte ein Ventil für ihren Frust. »Ich sage es dir noch mal, wir müssen uns gegenüber Brigitte abgrenzen. Sie ist lieb und nett und hilfsbereit. Aber sie kennt keine Grenzen. Demnächst haben wir sie schon zum Frühstück hier sitzen.«

»Quatsch«, sagte Klaas entschieden. Er legte seinen Löffel zur Seite. »Du hast doch mitbekommen, was sie uns heute Nachmittag erzählt hat. Sie hat ihren Mann verloren. Hast du denn gar kein Mitleid mit der armen Frau? Sie möchte einfach ein bisschen Gesellschaft.«

»Klaas!«, explodierte Katharina. »Sie hat ihren Mann vor fünf Jahren verloren! Das ist traurig, aber hier liegt kein aktueller Trauerfall vor. Ich empfinde ihr Verhalten als übergriffig. Sie fragt nicht mal, ob sie stört oder ob uns das passt, dass sie hier ständig auf der Matte steht. Sie macht es einfach!«

Klaas starrte seine Freundin verständnislos an. »Aber was ist dabei?«

In diesem Augenblick klingelte Katharinas Handy. Ein kurzer Blick aufs Display und Katharina nahm das Gespräch sofort an. »Vera?« Sie lauschte eine Weile den aufgeregten Worten ihrer Tante. Als Vera geendet hatte, sagte sie ruhig: »Okay. Bleibt alle, wo ihr seid. Geht nicht wieder in den Keller zurück! Das ist ganz wichtig. Ich komme jetzt sofort zu euch.«

* * *

Wie bei Katharinas letztem Besuch öffnete Vera ihr die Tür zu Karl Wagners Haus. Nur hatte ihre Tante diesmal kein breites Lächeln aufgesetzt, sondern schaute sie mit vor Aufregung geweiteten Augen an. Ihr Haar war noch buschiger als sonst. Als hätte sie nach dem Haarewaschen einen Fön dagegengehalten und sich anschließend das Kämmen gespart. »Du bist die Erste, die mir eingefallen ist«, sagte Vera ohne eine weitere Begrüßung. »Wir hätten natürlich auch direkt bei der Polizei anrufen können, aber die anderen meinten auch, ich sollte dich …«

»Schon gut«, unterbrach Katharina ihre Tante. Sie ordnete an, dass Hans sie begleiten solle. Vera und Karl bat sie, bei den anderen im Wohnzimmer zu warten. Sie hatte nicht vor, mit einer ganzen Karawane in den Kriechkeller zu ziehen, und Hans war mit Abstand der Fitteste von den dreien. Eine starke Taschenlampe, die sie von zu Hause mitgebracht hatte, leuchtete ihnen den Weg.

In dem niedrigen, kühlen Raum angekommen, begutachtete Katharina den grausigen Fund. Es handelte sich tatsächlich um ein vollständig erhaltenes menschliches Skelett einer erwachsenen Person. Reste von Kleidung befanden sich noch an den Gliedmaßen, was das ganze Szenario noch makabrer machte.

Der Schädel, der farblich etwas heller war als die übrigen Knochen, lag ein Stück entfernt. »Das war der Kater«, erläuterte Hans, als Katharina darauf hinwies.

Katharina ließ den Schein der Taschenlampe in die übrigen Ecken des Raums gleiten, entdeckte aber nichts von Belang. Als sie abschließend den Lichtkegel noch mal über das Skelett gleiten ließ, hielt sie an einer Stelle inne. Sie beugte sich zu den sterblichen Überresten hinunter und starrte auf die skelettierte Hand. Wenn man sie anhob, dachte Katharina, dann würde sie wohl umgehend in ihre Einzelteile zerfallen. Die Finger waren wie eine Vogelkralle gekrümmt, und was darunter zu erkennen war, hatte Katharinas Aufmerksamkeit auf sich gezogen. Es waren fünf deutlich sichtbare Rillen von ungefähr fünfzehn Zentimetern Länge. Kratzspuren, schoss es Katharina durch den Kopf.

Zurück im Erdgeschoss bat sie Hans, zu den anderen ins Wohnzimmer zu gehen. »Ich komme gleich dazu«, sagte sie. »Aber erst rufe ich meinen Chef an, um das weitere Vorgehen abzustimmen.« Katharina verzog sich zum Telefonieren in die Küche, die blitzblank geputzt und aufgeräumt war.

Wie immer meldete sich der Leiter des Kommissariats 11, Klaus Dieter Franke, nach dem zweiten Klingeln. Katharina erklärte, wo sie sich befand, und berichtete, was von ihrer Tante und ihren Freunden im Keller des Hauses entdeckt worden war.

»Kannst du etwas zur ungefähren Liegezeit der Knochen sagen?«

Katharina wusste, warum ihr Chef das fragte. Sollten die Knochen älter als siebzig, achtzig Jahre sein, dann war davon auszugehen, dass zur Untersuchung des Skeletts ein forensischer Anthropologe nötig war. Nach so langer Zeit war der Erhaltungszustand der Knochen erfahrungsgemäß so schlecht, dass die Rechtsmedizin an ihre Grenzen stieß. Katharina war keine Expertin, was sterbliche Überreste anging. Bei den Toten, mit denen sie normalerweise konfrontiert wurde, handelte es sich in der Regel nicht um skelettierte Leichen. Dennoch wusste sie genug, um eine grobe Einschätzung abgeben zu können.

»Von der Farbe und Oberfläche her würde ich sagen, die Knochen liegen da schon mehrere Jahrzehnte. Aber ich glaube nicht, dass das Skelett älter ist als siebzig, achtzig oder neunzig Jahre. Genau kann ich es natürlich nicht einschätzen. Ich habe nichts berührt, deshalb kann ich auch nichts zum Gewicht oder zur Struktur der Knochen sagen.«

»Alles klar. Wir versuchen es zunächst mit der Rechtsmedizin. Ich werde mich gleich morgen früh darum kümmern. Frag du mal bei den Herrschaften nach, wie es zu dem Fund der Leiche kam.«

»Das hätte ich sowieso gemacht«, gab Katharina zur Antwort. »Ich denke, die SpuSi sollte auch einen Blick auf den Fundort werfen. Ich bin mir ziemlich sicher, dass ich Kratzspuren auf dem Boden gesehen habe.«

»Ich rechne damit, dass uns spätestens morgen Abend erste Ergebnisse vorliegen. Ich würde in dem Fall gerne für Dienstag um neun Uhr eine Besprechung ansetzen. Wäre es ein Problem, wenn du deinen Urlaub einen Tag eher beendest?«

»Überhaupt nicht«, antwortete Katharina ohne das geringste Zögern.

Als Katharina das Wohnzimmer betrat, sah sie sich einer Gruppe aufgebrachter Senioren gegenüber. Agnieszka saß auch mit in der Runde. Sie trug einen zweiteiligen Jogginganzug aus dickem Sweatshirtstoff. Ihr Haar war nachlässig im Nacken mit einem Gummiband zusammengefasst. Ihre Hände lagen fest um einen dampfenden Becher. Auf Katharina machte die Haushaltshilfe den Eindruck, als wäre sie schon im Bett gewesen und dann wieder aufgestanden, als sie die Aufregung mitbekommen hatte. Die Polin war die Einzige, die Tee trank. Ihr Arbeitgeber und seine Gäste hatten auf einen Beruhigungsschnaps zurückgegriffen.

»Unfassbar!« Antje kippte den Alkohol in einem Zug hinunter. Anschließend schüttelte sie sich.

»Gegen den Anblick da unten im Keller«, sagte Vera zu ihr, »ist ein Spielzeugaffe und ein verblichenes Polaroidbild ein liebliches Stillleben, das kannst du mir glauben.«

»Ganz sicher.« Auf Gabrieles Gesicht spiegelte sich Fassungslosigkeit. »Man muss sich das mal vorstellen. Ein Skelett! In deinem Keller, Karl! Wer weiß, wie lange das da schon liegt? Vielleicht befand es sich da schon, als wir hier alle noch gewohnt haben.«

Karl sah ratlos in die Runde. »Tja, das ist wirklich ein Ding.«

»Da bekommt der Spruch ›eine Leiche im Keller haben‹ gleich eine ganz andere Bedeutung, was Karl?«

»Theo!« Der empörte Ausruf kam von Antje. »Wie kannst du jetzt nur so zynisch sein?«

Karl lächelte schief. »Na ja, er hat nicht ganz unrecht.«

Hans hatte die Arme auf seine Knie gestützt, die weit über die Sofakante hinausragten. Er blickte Katharina an. »Kannst du sagen, wie lange der- oder diejenige da ungefähr liegt?«

»Mehrere Jahrzehnte auf jeden Fall. Morgen werden die Knochen abgeholt und in der Rechtsmedizin untersucht. Dabei wird es um das Alter der Leiche und die Todesursache gehen. Und dann natürlich auch um die Identifikation.« Die Kommissarin wandte sich an Karl. »Da das Skelett in deinem Keller liegt, werden wir sicher auf dich zurückkommen müssen.«

Karl, der in der letzten halben Stunde wieder vermehrt gehustet hatte, bekam von der fürsorglichen Agnieszka ein Glas Wasser gereicht. »Besser als Schnaps«, murmelte sie. Er dankte ihr und sah Katharina an. »Um das gleich klarzustellen, ich habe keine Ahnung, wer das ist und wie diese Person in meinen Keller geraten ist. Am wahrscheinlichsten scheint mir, dass die Knochen schon da lagen, als ich damals mit Hans hier eingezogen bin. Sie müssen aus der Zeit stammen, als mein Onkel noch hier gelebt hat. Vielleicht liegt das Skelett da noch aus Kriegszeiten?«

»Ja, vielleicht«, sagte Katharina unbestimmt. »Was hat euch denn überhaupt in den Kriechkeller verschlagen?«

Vera informierte ihre Nichte darüber, wie es dazu gekommen war, und erklärte, dass sie eigentlich nur einen Blick in den unterirdischen Keller habe werfen wollen, aber das Mr. Spook beschlossen habe, sich selbstständig zu machen. »So hatte ich dann gar keine andere Wahl, als den Ausreißer wieder einzufangen.«

Katharina nickte. »Im Grunde hat es zum jetzigen Zeitpunkt nicht viel Sinn, darüber zu spekulieren, wie lange der- oder diejenige schon da unten liegt. Da muss man jetzt erst mal abwarten, was für Hinweise die Untersuchungen liefern.«

Theo wollte wissen, ob es stimme, dass man anhand der Beckengröße das Geschlecht erkennen konnte. Katharina bejahte die Frage und erklärte, dass die Breite und die Form des Beckens tatsächlich darüber Auskunft geben könne, ob jemand weiblich oder männlich war. »Frauen«, sagte sie, »haben zum Beispiel längere und scharfkantigere Schambeine und ein gerades Kreuzbein, die einen deutlich breiteren Beckenkanal bilden. Ein weiblicher Schädel hat außerdem eine eher fliehende Stirn, während nur bei männlichen Schädeln ein ausgeprägter Wulst über der Stirn vorhanden ist.«

»Die Kleidung kann ja vielleicht auch Auskunft geben«, sagte Hans, »obwohl es sich ja eigentlich nur noch um Fetzen handelt.« Er schüttelte sich. »Wenn ihr mich fragt, dann war die halb verrottete Kleidung das Furchtbarste an dem ganzen Anblick.«

»Ja, der Verwesungsprozess hat dem Stoff ordentlich zugesetzt«, sagte Katharina. »Normalerweise braucht Kleidung sehr lange, bis sie vollständig verrottet ist.«

Antje, die ziemlich blass um die Nase geworden war, verkündete, dass sie jetzt nichts mehr von scharfkantigen Schambeinen und Schädelformen hören wolle. »Ich werde zwar kein Auge zu machen, aber ich muss mich dringend hinlegen.«

Damit wurde die Runde aufgelöst, und Katharina machte sich auf den Heimweg.

8. KAPITEL

Als Katharina am Dienstag pünktlich um kurz vor neun das Besprechungszimmer betrat, wurde sie von ihren Kollegen Tim Novak und Jörn Kuttner fröhlich begrüßt. Eva Mertens, mit der Katharina nicht nur zusammenarbeitete, sondern auch eng befreundet war, und Birgit Prigge, die älteste Kollegin im engeren Team von KD, waren noch nicht da.

Tim und Jörn waren verheiratet und hatten jeweils zwei kleine Kinder, über deren einzelne Entwicklungsstadien sich die beiden Väter nicht nur untereinander austauschten, sondern auch gerne ihre Kollegen darüber auf dem Laufenden hielten. Gelegentlich fand Katharina die Geschichten über die letzte Vorsorgeuntersuchung beim Kinderarzt, über die unsensible Erzieherin in der Kita oder die diversen Nahrungsunverträglichkeiten der Kleinen etwas ermüdend, trotzdem konnte sie beide Männer gut leiden.

Mit Tim hatte sie immer schon mehr zu tun gehabt als mit Jörn. Seit Tim allerdings Vater geworden war, fanden die früheren Feierabend-Treffen in *Casi's Kling-Klang* zusammen mit Eva immer seltener statt.

»Wann steigt die Einweihungsparty?«, wollte Tim wissen und rückte einen Stuhl für Katharina zurecht. »Wir müssen uns rechtzeitig um einen Babysitter kümmern.« Er trug einen hellgrauen Hoodie, auf dem vorne auf der Brust ein Fleck prangte. Pastinakenbrei vermutete Katharina, denn Möhren aß Tims Jüngste nicht, wie er erst vor Kurzem berichtet hatte.

Auf Tims Frage hin winkte sie ab. »Wenn es so weitergeht wie bisher, dann lade ich euch Ostern zum Brunch ein.«

»Was treibt ihr denn da?« Jörn zog fragend eine Augenbraue hoch. Im Gegensatz zu Tim trug er niemals Freizeitkleidung bei der Arbeit. Er galt als bestgekleideter Mitarbeiter des Kommissariats und Katharina und Eva waren sich einig, dass er wirklich gut anzusehen war mit seinen kurzen, dunklen Haaren und dem Hipsterbart, den er seit einem Jahr trug. Jörn stammte aus München und war als Letzter zu ihnen gestoßen. Seinen süddeutschen Akzent hatte er komplett abgelegt, nur wenn ihn jemand aus der Heimat anrief, sprach er in einem Dialekt, den keiner von seinen Kollegen verstand. »Ihr seid doch schon im November eingezogen. So lange kann doch die Renovierung einer Drei-Zimmer-Wohnung nicht dauern. Oder macht ihr ein komplettes Makeover? Mit neuen Wänden und so?«

»Nein, wir schleifen nur den Parkettboden ab. Sonst nichts.«

»Ahhhh.« Jörn wartete darauf, dass Katharina noch etwas hinzufügte, aber das Thema war für sie erledigt.

Sie konzentrierte sich bereits auf den Chef des KK 11, der mit langen Schritten den Raum betreten hatte.

Hinter ihm erschienen Eva und Birgit in der Tür. Eva winkte Katharina zu, die beim Anblick ihrer Freundin stutzte. Normalerweise trug Eva ihr hellblondes schulterlanges Haar zu einem hohen Pferdeschwanz frisiert. Der munter hin und her schwingende Zopf gehörte für Katharina zu ihrer Freundin genauso dazu, wie ihre fröhliche Art und die Vorliebe für Süßes. Heute fiel Evas Haar offen über ihre Schultern. Nur die vorderen Strähnen waren mit Gummibändern, die aussahen wie Spiralen, auf Höhe der Schläfen zu zwei Zöpfen zusammengefasst.

»Neuer Look?«, fragte sie, als Eva sich neben sie setzte. »Du erinnerst mich an Britney Spears, aus dem Video mit der Schulmädchenuniform.«

Eva lachte und winkte ab. Sie zog mit einem Ruck die Gummibänder aus ihren Haaren und fasste sie mit mehreren schnellen Griffen zum gewohnten Pferdeschwanz zusammen.

»Nike meinte, meine Frisur sei grottenlangweilig und ich müsste mal etwas anderes ausprobieren. Ich konnte sie nicht davon abhalten, mich heute Morgen zu frisieren.« Nike war die jüngste Tochter von Evas Mann Jesse und beschäftigte sich, laut Eva, mit nichts anderem als mit den neuesten Mode- und Frisurentrends, die sie erst an sich ausprobierte und dann auf ihrem Instagram-Account postete. Mit einigem Erfolg, wenn man ihre Followerzahlen besah.

»Ah, okay«, antwortete Katharina und nickte grüßend zu Birgit hinüber.

Die ältere Kollegin arbeitete seit Beginn des Jahres nur noch in Teilzeit. Sie war zwei Monate zuvor zum ersten Mal Großmutter geworden und hatte sich im letzten Jahr dazu entschieden, arbeitstechnisch etwas kürzer zu treten. Birgit hatte vier erwachsene Kinder und war durch und durch ein Familienmensch. Katharina hatte die Entscheidung der Kollegin sehr bedauert. Sie schätzte Birgits besonnene und freundliche Art, und vor dem Hintergrund, dass sie im Team sowieso nur so wenige waren, würde ihre zielgerichtete und akribische Vorgehensweise bei den Ermittlungen ganz bestimmt fehlen.

KD setzte sich an eins der kurzen Enden des Besprechungstisches. Klaus Dieter Franke war ein hagerer Mann mit einer Körpergröße von über 1,90 Meter. Sein grauschwarzes Haar trug er auf drei Millimeter gekürzt. Er war seit einigen Jahren Witwer, aber seit dem letzten Sommer mit der Staatsanwältin Helene Reinbeck zusammen. KD legte sein Handy, sein iPad und einen flachen Stapel Papier vor sich ab und grüßte flüchtig in die Runde. Anschließend griff er nach den Kopien, nahm die ersten drei Seiten herunter und reichte den Rest an Birgit weiter. »Wie ihr dem Bericht entnehmen könnt, handelt es sich bei dem Skelett um eine erwachsene, weibliche, mittelgroße Person. Anhand des Grads der Gelenkabnutzungen und einer mikroskopischen Analyse des Zahnzements schätzen Peitz und ihre Kollegen, dass es sich um eine Frau in den Zwanzigern handelt. Sie haben das Alter vorläufig auf zwanzig bis fünfundzwanzig Jahre geschätzt. Die umfangreiche Untersuchung der Knochen hat ergeben, dass die Liegezeit des Skeletts zwischen vierzig und fünfzig Jahren betragen muss. Viel länger nicht.

Gestützt wird diese Schätzung von der Analyse der Kleiderreste.« KD legte die erste Seite des Berichts vor sich auf den Tisch. »Jetzt wird es interessant. Tatjana hat eine Fraktur am Hinterkopf der Toten entdeckt, verursacht durch einen Sturz oder einen heftigen Schlag. Die Kopfverletzung ist so gravierend, dass unsere Rechtsmedizinerin davon ausgeht, dass sie zum Tod geführt hat. Allerdings«, KD hob seine Stimme, sodass alle aufblickten, »muss sie noch eine Weile gelebt haben.«

»Woher weiß man das?«, fragte Jörn.

»Das habe ich dem Bericht der SpuSi entnommen. Man hat Kratzspuren im Boden gefunden, die eindeutig von der Toten stammen. Sie war wahrscheinlich zu schwach, um aufzustehen, aber sie muss im Liegen mit den Fingern Rillen in den Boden gekratzt haben. Katharina hat sie sogar mit bloßen Augen erkennen können. Die Kopfverletzung, zusammen mit der Auffindesituation, weisen deutlich in eine Richtung. Wir müssen von Totschlag oder Mord ausgehen. Ob der Fundort auch der Tatort ist, lässt sich nicht eindeutig sagen. Aber es spricht einiges dafür, dass die Frau in dem Kriechkeller schwer verletzt abgelegt wurde. Der Eisengehalt im Boden müsste sonst viel höher sein. Ich habe schon Kontakt zur Staatsanwaltschaft aufgenommen. Staatsanwältin Reinbeck leitet ein Ermittlungsverfahren ein.«

»Das wäre dann das erste Mal, dass wir in einem Fall ermitteln, der so lange zurückliegt, oder?« Tim warf seinem Chef einen fragenden Blick zu.

»Zumindest, seit wir in dieser Konstellation zusammenarbeiten. Birgit wird sich sicher noch an den Fall Rosa Greiling erinnern. Sie wurde fünfundzwanzig

Jahre nach ihrem gewaltsamen Tod mumifiziert auf dem Dachboden ihres Hauses entdeckt.«

Birgit winkte ab. »Einer der Fälle, die ich nicht vergessen werde.«

»Es ist durchaus möglich und kommt immer wieder vor, dass auch Rätsel um lang zurückliegende Verbrechen gelöst werden«, sagte KD.

Katharina hatte ihrem Chef konzentriert zugehört. Gleichzeitig vernahm sie die Stimme ihrer Tante, die sagte: »Das ist Margit Meyer, genannt Margo. Sie war eine Weile mit Karl zusammen und hat hier gewohnt, bis sie sich heimlich, still und leise verkrümelt hat und wir nie wieder etwas von ihr gehört haben.«

Die Kommissarin räusperte sich und berichtete dann von der Mitbewohnerin Margit Meyer, die im Alter der Toten gewesen war, als sie von einem Tag auf den anderen aus der WG verschwand.

»Und die haben nie wieder etwas von ihr gehört?«, vergewisserte sich Birgit.

»So haben sie es zumindest gesagt.«

»Eine vom Erdboden verschluckte Mitbewohnerin im Alter der Leiche? Das klingt doch schon sehr vielversprechend.« KD blätterte zur letzten Seite des Berichts. »Es gibt nämlich noch einen Befund, den man in diesem Zusammenhang nur als Glücksfall ansehen kann. Der Toten fehlen am linken Ringfinger die ersten beiden Glieder. Die Verknöcherung des Gelenks weist darauf hin, dass der Finger zum Zeitpunkt des Todes schon seit vielen Jahren in diesem Zustand war. Es müsste also leicht zu klären sein, ob es sich bei unserer Toten um die besagte Mitbewohnerin handelt.«

Ohne Zögern griff Katharina nach ihrem Handy. »Darüber können wir uns jetzt sofort Gewissheit verschaffen. Ein Anruf bei meiner Tante, und wir wissen Bescheid.« Sie sah KD fragend an, der eine auffordernde Handbewegung machte.

Katharina rief ihre Anrufliste auf und tippte auf Veras Namen. Als ihre Tante das Gespräch entgegennahm, erklärte Katharina kurz, um was es ging. Die Kommissarin hatte den Lautsprecher aktiviert, sodass die Kollegen Veras Reaktion auf die Neuigkeit mithören konnten. Zunächst stieß Vera einen Ausruf der Fassungslosigkeit aus. »Das gibt es doch gar nicht!«, rief sie und fügte dann hinzu: »Das kann doch gar nicht sein! Margo wollte weg aus Münster. Nach Berlin oder Frankfurt!«

Als sie sich von der ersten Überraschung erholt hatte, bestätigte sie, dass Margo zwei Glieder ihres linken Ringfingers gefehlt hatten. »Es kann sich nur um Margo handeln«, erklärte Vera, »aber zur eindeutigen Identifikation könnt ihr vielleicht auf Margos damaligen Zahnarzt zurückgreifen. Sie war bei demselben wie ich, und ich könnte mir vorstellen, dass es die Praxis noch gibt. Ich habe gehört, dass sein Sohn Ludger sie übernommen hat. Mit etwas Glück kommt ihr noch an Patientenunterlagen von ihr heran. Manche Arztpraxen handhaben das ja erstaunlich akribisch.«

Katharina notierte sich den Namen und die Adresse der Praxis und nahm dann ihrer Tante das Versprechen ab, ihren ehemaligen Mitbewohnern vorerst nichts von dem Telefonat zu sagen. Mit einem Glitzern in den Augen wandte sie sich an ihre Kollegen. »Bei der Leiche handelt es sich um eine Frau zwischen zwanzig und fünfundzwanzig, der zwei Glieder des linken Ringfingers fehlen. Wir können davon ausgehen, dass wir die Identität der Toten zwar noch nicht bewiesen, aber zumindest geklärt haben.«

»Die Praxis gibt es noch«, meldete Jörn sich zu Wort. »Als wir noch an der Steinfurter Straße gewohnt haben, war ich da mal notfallmäßig.«

KD nickte Katharina zu. »Ich denke auch, dass wir es hier mit der Mitbewohnerin Margit Meyer zu tun haben, die allerdings nicht ausgezogen ist, sondern Opfer eines Gewaltverbrechens wurde.«

Katharina spürte ein Kribbeln im Nacken, wie immer, wenn sich ein neuer Fall auftat. »Jetzt müssen wir nur noch herausfinden, wer das zu verantworten hat.«

»Was ja kein großes Ding ist«, bemerkte Eva trocken.

Katharina beachtete ihre Freundin nicht. Stattdessen wandte sie sich an KD. »Wie geht's jetzt weiter?«

Der Leiter des KK 11 hatte den Bericht aus der Hand gelegt und rieb seine Hände aneinander, als hätte er kalte Finger. »Für die Anfangsermittlungen sollte es reichen, wenn ich dich und Eva auf diesen Fall ansetze, mit Birgit als Unterstützung im Hintergrund. Jörn und Tim, ihr kümmert euch erst mal weiter um den Toten vom Bremer Platz aus der Silvesternacht. Ihr habt die Unterstützung von den Kollegen des KK 13.« Er wandte sich wieder an Katharina und Eva. »Ihr könnt gleich loslegen. Liegen gebliebenen Schreibkram müsst ihr zwischendurch erledigen.«

»Ich kann Kontakt zu der Zahnarztpraxis aufnehmen«, bot Birgit sich an.

Ihr Chef nickte ihr zu. »Das wäre prima.«

Katharina schob mit beiden Händen die Kopien zusammen. Etwas zögernd fragte sie: »Siehst du kein Problem darin, dass meine Tante Vera eine der Mitbewohnerinnen des Opfers war und somit zu dessen engerem sozialen Umfeld gehörte? Ich meine, von wegen Befangenheit und so.«

KD hatte sich schon erhoben. »Im Gegenteil. Ich hoffe doch, dass sich das als hilfreich entpuppt und euer vertrautes Verhältnis uns nutzen kann. Ich denke, wir können ohne Wenn und Aber ihre Unschuld voraussetzen. Deine Tante hätte sich wohl kaum für den Keller interessiert, wenn sie wusste, was dort zu finden ist. Das würde nur jemand machen, der nicht bei Verstand ist. Und das«, jetzt trat ein schwärmerischer Ausdruck in KDs Augen, »kann man von Dr. Vera Langenkämper ja wohl nicht behaupten. Sie hat in den Neunziger- und Nullerjahren in der *Kriminalistik Zeitschrift* viel beachtete Artikel zur Strafverfolgung und Strafprozessen veröffentlicht. Die waren sogar für Nichtjuristen interessant zu lesen. Ich weiß von einem Freund, der ebenfalls Strafrichter ist, dass sie wegen ihrer Erscheinung immer chronisch unterschätzt wurde, aber bei Gericht muss sie unschlagbar gewesen sein. Eine tolle Frau! Und falls sich doch ein Anfangsverdacht gegen deine Tante ergeben sollte, kann ich immer noch reagieren und dich von den Ermittlungen abziehen. Aber dazu wird es nicht kommen.«

Als alle das Zimmer verlassen hatten, rief KD Katharina noch mal zurück. Katharina schlug Eva vor, schon mal vorzugehen, und kehrte in KDs Büro zurück.

Ohne weitere Umschweife sagte KD: »Im Grunde genommen ist es schon ein bisschen heikel, eine Ermittlerin mit einem Fall zu betrauen, in den ihre Tante auf welche Weise auch immer verwickelt ist. Aber ganz ehrlich, Katharina, es ist mir scheißegal. Ich habe für das Kommissariat und speziell für diese Abteilung immer weniger Leute zur Verfügung. Wir sind seit Jahren unterbesetzt und meine Bitte, personell aufzustocken, stößt oben auf taube Ohren.« KD stand hinter seinem Schreibtisch und schaute Katharina an. »Vor einigen Jahren hatten wir ja schon mal eine ähnliche Situation. Da ging es um den Mord an einer Frau aus deiner Jugendclique.«

»Ja, stimmt.«

KD blickte Katharina jetzt so eindringlich in die Augen, dass es der Kommissarin schon ein wenig unangenehm war. »Es hätte ja auch die Möglichkeit bestanden, Birgit in die erste Reihe zu stellen und du kümmerst dich um das Beschaffen von Hintergrundinformationen, aber Birgit steht ja leider nicht mehr Vollzeit zur Verfügung. Doch abgesehen davon, und das habe ich dir schon mal gesagt, als du deinen Undercovereinsatz auf dem Campingplatz vor zwei Jahren hattest, du bist meine beste Mitarbeiterin, Katharina. Ich halte sehr große Stücke auf meine Leute, auf jeden einzelnen. Aber um mal einen Spruch meines Großvaters zu bemühen, es reicht nicht, nur ein Fuchs zu sein, man muss sich auch im Wald auskennen. Und du kennst dich aus.«

Katharina spürte, wie ihr vor Freude über das Kompliment das Blut in die Wangen stieg. »Danke, KD«, sagte sie schlicht. »Wir werden unser Bestes geben.«

* * *

Eine Stunde später saßen Katharina und Eva im Wohnzimmer von Karl Wagner, der seine ehemalige WG um sich geschart hatte. Katharina fasste Evas kurze Wiedergabe der rechtsmedizinischen Untersuchung nochmals zusammen. Sie resümierte: »Wir gehen davon aus, dass in dem Kriechkeller die sterblichen Überreste eurer früheren Mitbewohnerin Margit Meyer lagen.«

Diese Nachricht löste verschiedene Reaktionen aus. Katharina und Eva entging keine einzige. Die von Karl fiel am deutlichsten aus. Mit der flachen Hand schlug er sich auf den Oberschenkel. »Nicht zu fassen! Das ist ja wirklich nicht zu fassen!«

Karls Gäste reagierten auf die Neuigkeit etwas weniger impulsiv. Gabrieles Augen weiteten sich, und ihr Mund formte sich zu einem stillen O. Antjes Hand war zu ihren Haaren geglitten, als wollte sie überprüfen, ob sie noch ordentlich lagen. Eine reine Übersprungshandlung, vermutete Katharina. Theo zog hörbar Luft ein, während Hans' Gesichtsausdruck zu versteinern schien. Vera, die ja bereits eingeweiht war, reagierte überhaupt nicht, sondern betrachtete nur aufmerksam ihre ehemaligen Mitbewohner.

»Das ist ja furchtbar«, hauchte Gabriele entgeistert. »Wir dachten, Margo sei ausgezogen – stattdessen befand sie sich die ganze Zeit tot im Keller?«

Hans rieb sich mit der flachen Hand über sein glattrasiertes Kinn, was eine blasse, rote Stelle dort hinterließ. Diese Geste hatte Katharina schon einmal bei ihm wahrgenommen, und sie drückte zweifellos nicht nur Ratlosigkeit, sondern auch Unsicherheit oder Nervosität aus. »Ich gebe zu, die Wahrscheinlichkeit, dass es sich um Margo handelt, ist hoch, aber braucht es denn zur Identifizierung einer Leiche nicht einen noch eindeutigeren Beweis als das passende Geschlecht und Alter und einen fehlenden halben Ringfinger?«

»Doch«, bestätigte Eva. »Da sind wir dran. Eine Kollegin hat Kontakt mit Margos Zahnarzt aufgenommen. Wenn es Gebissabdrücke oder Röntgenaufnahmen gibt, kann die Identität zweifelsfrei festgestellt werden. Ein Gebiss ist so einzigartig wie ein Fingerabdruck. Ohne offizielle Bestätigung ist es nur eine Annahme, dass es sich um Margit Meyer handelt.«

Katharina übernahm wieder das Wort. »Die Hinweise sprechen dafür, dass hier Mord oder Totschlag vorliegt. Da Mord nicht verjährt, hat die Staatsanwaltschaft bereits ein Ermittlungsverfahren eingeleitet, und deshalb sind wir hier.«

Unbehagen machte sich breit. Ein leises Hüsteln hier, ein unauffälliges Räuspern dort. Sitzpositionen änderten sich. Beine wurden übereinandergeschlagen, Finger ineinander verschränkt. Das waren normale Reaktionen, und dennoch zeigten sie den Kommissarinnen, dass es sich um einen sensiblen Sachverhalt handelte.

»Gelten wir etwa als verdächtig, Margo umgebracht zu haben?«, fragte Antje. In ihrem Gesicht spiegelten sich Sorge und Angst.

Diese Frage wurde den Kommissarinnen im Zuge ihrer Ermittlungen immer wieder gestellt, und sie begegneten ihr geduldig und mit den üblichen Erläuterungen. Sie legten die Notwendigkeit dar, sich intensiv mit dem sozialen Umfeld des Opfers befassen zu müssen, da statistisch gesehen die Täter eines Gewaltverbrechens überwiegend aus dem engsten Kreis des Opfers stammten. Sofern sich nicht andere Spuren aufdrängten, fokussierten sich die Ermittlungen anfangs immer auf die nahestehenden Personen. Sie versicherten darüber hinaus, sich zunächst nur einen ersten Eindruck verschaffen zu wollen und erklärten, dass das Fragen zur Routine ihrer Arbeit gehöre.

»Wer oder was hinter dem Tod von Margit Meyer steckt, ist zum jetzigen Zeitpunkt völlig offen. Ihr müsst euch erst mal gar keine Gedanken machen.« Katharina wandte sich an Karl, doch Theo unterbrach sie, indem er ungehalten aufstöhnte.

»Man, man, man, was für eine Geschichte.« Er blickte zu Karl. »Ich habe es ja damals schon gesagt, wir hätten uns viel ersparen können, wenn du Margo damals nicht angeschleppt hättest. Viele schlimme Dinge wären nicht passiert.«

Karl reagierte nicht auf Theos Kommentar. »Was wolltest du sagen, Katharina?«

»Wir würden die Befragungen gerne mit dir beginnen.«

Auf diese Reihenfolge hatten sich die Kommissarinnen im Vorfeld geeinigt. Es erschien ihnen nur logisch, dass Karl den Anfang machte, weil es sein Haus war, in dem das Skelett gefunden worden war und auch weil Vera erwähnt hatte, dass er und Margo mal ein Paar gewesen waren.

Katharina fiel jetzt erst auf, dass der Lyriker viel schlechter aussah als bei den vorangegangenen Zusammentreffen. Seine Haut war trocken und spannte über den Wangenknochen, und in einem Mundwinkel schien sich ein Herpesbläschen zu bilden. Ein weiteres Anzeichen seiner schlechten körperlichen Konstitution. Möglicherweise war aber auch psychischer Stress dafür verantwortlich, überlegte Katharina. Zu erfahren, dass über Jahrzehnte eine Leiche im eigenen Keller gelegen hatte, konnte einen schon etwas mitnehmen. In Karls Augen allerdings machte Katharina ein lebhaftes Glimmen aus und als Karl antwortete, war seine Stimme deutlich und fest.

»Ist mir recht, aber eine Sache noch.« Er sah zu Eva hinüber. »Ich bitte dich, uns ebenfalls zu duzen. Es ist albern, wenn eine von euch Du sagt und die andere uns siezt. Außerdem ist es ein Prinzip von mir, dass sich in meinem Haus nicht gesiezt wird.«

Eva zögerte, doch dann stimmte sie zu. »Na gut. Wenn es ein Prinzip ist, will ich mich nicht dagegenstellen.«

9. KAPITEL

Oktober 1972

In der WG Heerdestraße war die Atmosphäre so schlecht wie das Wetter. Seit zwei Tagen klatschte der Regen ununterbrochen gegen die kleinen Fenster des Hauses. Draußen schien es gar nicht richtig hell zu werden, was es notwendig machte, bereits mittags das Licht anzuknipsen.

Vera saß in ihrem Zimmer im ersten Stock an einer ausgemusterten Schulbank, die sie ergattert hatte, als die Realschule im Kreuzviertel sich neue, moderne Tische für ihre Schüler zugelegt hatte. Vera liebte den zerkratzten, alten Holztisch. Manchmal stellte sie sich vor, wie Generationen von Schülern daran gesessen und Aufsätze, Gedichtanalysen, Mathearbeiten und Biologietests geschrieben hatten. Sie fragte sich dann auch, wie viele emotionale Hochs und Tiefs von Jungen und Mädchen er mitbekommen hatte. So einige, wenn man die Kritzeleien und eingeritzten Sprüche auf der Tischplatte zum Maßstab nahm.

An diesem Dienstagabend war es nicht nur regnerisch, sondern auch sehr stürmisch. Vera konnte den Wind ums Haus pfeifen hören. Gedankenverloren fuhr sie mit dem Finger einem gemalten Herz mit Pfeil nach, in dessen Mitte *M + P* zu lesen war. Sie versuchte dabei, den bohrenden Schmerz hinter ihren Schläfen zu ignorieren. Am liebsten würde sie sich jetzt ins Bett legen, aber das ging natürlich nicht. Schließlich war sie es gewesen, die auf eine erneute WG-Aussprache am heutigen Abend gedrängt hatte. Da konnte sie schlecht einen Rückzieher machen.

Die letzte Aussprache hatte schon nichts gebracht, was würde heute dabei herauskommen? Aber das Thema war zu wichtig, als dass sie damit noch länger warten könnte.

Sie warf einen Blick auf ihre Armbanduhr. Sie hatten sich für 21 Uhr verabredet. Dann würden Theo vom Training und Antje von ihrem Gitarrenkurs zurück sein. Zehn Minuten hatte Vera noch Zeit. Sie warf einen letzten Blick auf ihren Stichpunktzettel. Hier stand alles, was sie heute anbringen wollte. Der größte Teil waren alte Kamellen, aber ein Punkt, den sie heute ansprechen würde, war neu und würde ganz sicher weiteren Diskussionsstoff liefern. Vera seufzte, massierte sich mit zwei Fingern die Schläfen und verwarf den Gedanken, eine Kopfschmerztablette zu nehmen. Das konnte sie später immer noch machen. Erst mal den Abend hinter sich bringen.

Sie erhob sich und warf automatisch einen Blick in den Spiegel, der neben ihrem Bett an der Wand hing. Ein blasses, müdes Gesicht schaute ihr entgegen. Sie nahm eine Haarbürste von der Kommode und fuhr mit ruhigen Strichen durch ihr langes, blondes Haar. Zwanzigmal auf jeder Seite. Haare zu bürsten hatte schon immer eine wohltuende Wirkung auf sie gehabt. Anschließend schob sie sich ein breites Band ins Haar, das sich trotz des Bürstens schon wieder zu locken begann, knipste die kleine Lampe auf ihrem Schreibtisch aus und verließ ihr Zimmer.

Als Vera in die Küche kam, war Gabriele schon da. »Du hast aufgeräumt?« Vera ließ ihren Blick stirnrunzelnd über die Küchenzeile gleiten. Das benutzte Geschirr, das sich dort noch vor zwei Stunden gestapelt hatte, war gespült und in den Schrank geräumt worden. Das Spülbecken und die Ablage waren sauber und trocken gewischt, der Lappen hing ordentlich über dem Wasserhahn. »Es wäre besser gewesen, du hättest es so gelassen. Es hätte meine Argumentation sehr gut veranschaulicht.«

Gabriele zuckte mit den Schultern. »Ich weiß, ich wäre nicht dran gewesen. Ich habe gestern Morgen erst gespült, aber ich hatte nach dem Abendbrot Zeit und konnte den Geschirrberg einfach nicht mehr sehen. Und da wir ja gleich reden, habe ich mir gedacht, heute übernehme ich den Spüldienst noch mal außer der Reihe.« Gabriele hatte auch Platz auf dem Esstisch geschaffen. Außerdem hatte sie ein buntes, ungebügeltes Halstuch als Tischdecke aufgelegt, Tee gekocht und Salzstangen bereitgestellt. Als sie sich daranmachte, ein paar Räucherstäbchen anzuzünden, sagte Vera: »Bitte nicht. Ich habe etwas Kopfschmerzen.«

»Dann belassen wir es bei den Kerzen«, erwiderte Gabriele und hielt das Streichholz an eine halb heruntergebrannte Stabkerze, die in einer leeren Weinflasche steckte. Getrappel und Stimmengewirr vor der Küchentür kündigten die Ankunft der anderen an. Antje, Hans, Margo, Karl und Theo kamen herein. Theo schleppte eine Wasserkiste, die er aus dem Keller geholt hatte, und stellte sie neben dem Kühlschrank ab. Nach dem Training pflegte er mindestens anderthalb Liter zu trinken. Kurz darauf saß die gesamte WG um den Tisch herum.

»Also«, begann Vera und schob den Zettel mit ihren Stichpunkten zurecht. »Bei unserer letzten WG-Aussprache vor vier Wochen hatten wir bereits darüber diskutiert, wie wir es hinbekommen könnten, dass sich alle gleichermaßen an den notwendigen Tätigkeiten im Haushalt und den Einkäufen beteiligen. Obwohl eine Mehrheit für eine Spüluhr und einen Putz- und Einkaufsplan war, haben wir das nicht umgesetzt, weil«, Vera deutete auf Karl und Margo, »ihr dagegen gewesen seid.«

Karl nickte bedächtig mit dem Kopf, während er dabei mit einer Hand über seinen Bart strich.

»Das Ergebnis ist«, fuhr Vera fort, »es kümmern sich immer die gleichen Leute um diese Dinge, und wenn sie es nicht tun, dann versinken wir hier im Dreck, und der Kühlschrank bleibt leer. Ich möchte deshalb noch mal dafür plädieren, dass wir Maßnahmen einführen, die gewährleisten, dass sich die Hausarbeit und das Einkaufen gerecht auf alle Schultern verteilen.«

Margo hatte ihr provozierend nachsichtiges Lächeln aufgesetzt. »Du redest schon wie eine Oberrichterin.«

Antje, die nach ihrem Gitarrenunterricht Hunger verspürte und gerade nach einem dritten Keks gegriffen hatte, hob die Hand. »Ich bin dafür.«

Karl nahm seinen Arm zurück, der um Margos schmale Schultern gelegen hatte, und setzte sich aufrechter hin. Nach einem übertrieben langen Seufzer begann er zu sprechen. »Vielleicht müssen wir doch noch mal ganz grundsätzlich reden. Ich habe diese WG mit Hans gegründet, um der bundesrepublikanischen Gesellschaft, die man nicht anders als eine Zwangsveranstaltung ansehen kann, eine Alternative entgegenzusetzen, und zwar in Form eines natürlichen und freien Lebensentwurfs. Wir wollten mit dieser Wohnform uns und anderen die Möglichkeit geben, freiwillig eingegangene Sozialbeziehungen zu erweitern, individuelle Weiterentwicklung zu ermöglichen und dabei gleichzeitig Rückhalt, Sicherheit, Hilfe und Solidarität innerhalb einer Gruppe erfahrbar machen.« Karl hatte jetzt beide Arme auf dem Tisch abgelegt und beugte sich vor. Er ließ seinen Blick von einem zum anderen wandern. »Außerdem ging es uns darum, familiäre Prägungen hinter uns zu lassen und mit bürgerlichen Werten hinsichtlich Sauberkeit, Ordnung und Anstand zu brechen. Und«, jetzt streckte Karl einen Zeigefinger in die Luft, »wir wollten auch flexiblere Formen des Zusammenlebens jenseits traditioneller Rollen- und Geschlechtermuster etablieren.«

Vera reckte ihr Kinn vor. Sie hatte diese Phrasen schon hundert Mal aus Karls Mund gehört. »Das klingt in der Theorie wirklich großartig. Aber die Praxis sieht leider anders aus. Nämlich so, dass einige von uns sich entspannt zurücklehnen, während die anderen die anfallende und notwendige Arbeit verrichten. Und mal am Rande eine Bemerkung zu deinem letzten Punkt. Du willst traditionelle Rollenmuster überwinden? Warum sehe ich dann Margo euer Bett abziehen und die Wäsche in die Waschmaschine stopfen und nicht dich? Warum bist du es nicht, der ein paar Brote schmiert, wenn ihr Hunger habt? Nein, das macht deine Freundin, während du die Zeitung studierst. Wenn ihr, wie letztens, draußen Blätter zusammenharkt, dann hält Margo den Sack auf, während du dich mit Rechen und Schaufel abmühst. Warum nicht umgekehrt? Ich sage dir, warum.« Vera hatte sich jetzt in Rage geredet. »Weil hier kein bisschen eine geschlechtsspezifische Arbeitsteilung gelebt wird. Es läuft genauso ab wie bei meinen Eltern zu Hause.«

Margo funkelte Vera an. »Finde ich ja interessant, wie du deinen Fokus auf meine und Karls Beziehung hast. Aber gut, wenn das eigene Liebesleben so scheiß langweilig ist, dann konzentriert man sich halt auf andere.«

»Du kannst mir glauben, dass mir eure Beziehung völlig schnuppe ist«, fuhr Vera Margo an. »Was mich interessiert, ist eine gerechte Arbeitsteilung. Und da greife ich einen anderen Punkt von dir auf, Karl. Solidarität! Die kommt mir hier im Moment tatsächlich zu kurz. Oder ist es etwa solidarisch, wenn sich ein Teil der WG auf dem Rücken der anderen ausruht? Um das noch mal klarzustellen: Es geht mir nicht um einen tadellos geführten Haushalt. Es geht mir darum, dass Toilettenpapier da ist, wenn ich auf dem Klo sitze. Dass ich eine Tasse Milch trinken kann, wenn mir danach ist und dass ich nicht jedes Mal eine verkrustete Pfanne schrubben muss, wenn ich mir mal ein Spiegelei braten will.«

Antje räusperte sich. Bevor sie etwas sagte, spülte sie erst die restlichen Plätzchenkrümmel mit einem Schluck Tee hinunter. »Ich sehe das genau wie Vera. Ich bin das auch alles leid. Ein Beispiel. Ich habe vor zwei Tagen Brot gekauft. Als ich mir gestern Morgen eine Schnitte machen wollte, war nichts mehr da. Keine einzige Scheibe. Es ist bis jetzt aber noch niemand auf die Idee gekommen, welches nachzukaufen.«

Theo hob beide Hände. »Ich bin unschuldig. Ich habe in den letzten Tagen gar kein Brot gegessen.«

Gabriele lächelte Theo milde über ihr Strickzeug hinweg an. Inzwischen war sie dabei, für ihre ganze Familie zu Weihnachten Socken zu stricken. »Wir wissen, dass du morgens nur Kaffee trinkst. Aber es geht jetzt nicht darum, wer im Einzelnen was wann wo gegessen oder gemacht oder nicht gemacht hat. Jetzt müssen wir übergreifender denken und dürfen uns nicht in Details verlieren.« Sie konzentrierte sich wieder auf ihre klappernden Stricknadeln. »Ich bin auch für Veras Vorschlag. Habe ich ja auch schon beim letzten Mal gesagt.«

Hans meldete sich, und Karl, der schon den Mund aufgemacht hatte, überließ seinem Mitbewohner das Wort. »Also, ich muss sagen, dass ich inzwischen auch der Meinung bin, dass wir die Zuständigkeiten für die alltägliche Arbeit regeln sollten. Ich denke, dass verbindliche Absprachen, die wir gerne auch schriftlich festhalten können, nicht im Konflikt mit unserem politischen Anspruch an die WG und unserem Zusammenleben stehen. Sie werden uns den Alltag erleichtern und wieder mehr Raum geben für die wirklich wichtigen Dinge. Wir haben in letzter Zeit so viel Energie in diese elendige Diskussion gesteckt, dass wir gar nicht mehr dazu kommen, uns über die wirklich wichtigen Dinge auszutauschen.« Er wandte sich direkt an Karl. »Wir haben anfangs mal gesagt, Beschlüsse können nur einstimmig gefasst werden. Davon würde ich abrücken. Lass es uns demokratisch regeln und abstimmen. Denn das war auch ein Ansatz, dem wir folgen wollten. Demokratie zu leben.«

Karl machte wieder Anstalten, etwas zu sagen, aber diesmal kam ihm Margo zuvor. Sie hatte ihre Arme vor der Brust verschränkt und ihre Hände in die Ärmel ihres Pullovers gezogen. »Was Hans sagt, klingt gar nicht so dumm«, sagte sie und warf dem hochgewachsenen Hans einen Blick zu.

Der wurde bei ihrem Lob tatsächlich ein klein wenig verlegen und kratzte sich über eine seiner Koteletten.

Margo sah ihren Freund von der Seite an. »Die Vorstellung, sich wieder mehr auf Wichtigeres konzentrieren zu können, gefällt mir. Schließlich haben wir noch einiges vor, bevor das ›Fest des Konsums‹ vor der Tür steht. Lassen wir ihr ihren Willen.«

Beim letzten Satz wollte Vera sofort protestieren und klarstellen, dass es hier nicht um das Durchsetzen ihres persönlichen Willens gehe, aber diesmal war Karl schneller. Mit einer resignierten Handbewegung sagte er: »Also, von mir aus versuchen wir es mit Spüluhr, Putz- und Einkaufsplan. Nimmt zwar dem Alltag jegliche Spontanität und drückt uns in ein Zeitkorsett, aber egal.«

»Das ist doch totaler …«, fing Vera an, aber Hans legte ihr eine Hand auf den Arm. »Ist gut jetzt, Vera. Wir sind uns einig, und dabei belassen wir es.«

Vera schluckte ihren Ärger herunter. Wahrscheinlich hatte Hans recht. Immerhin hatte sie ihr Ziel erreicht, und Karl und Margo konnten der Hausarbeit nicht mehr klammheimlich aus dem Weg gehen. Außerdem hatte sie ja noch ein weiteres Anliegen. Sie warf einen kurzen Blick auf ihren Zettel. »Bevor ihr jetzt alle ins Bett geht, habe ich noch eine andere Sache, die ich leider ansprechen muss. Oder eigentlich zwei. Ich fange mal mit der weniger brisanten an. Ich weiß, dass wir jetzt nicht auch noch einen Aufräumplan aufsetzen können, aber ...«

»Jetzt dreht sie durch«, warf Margo dazwischen.

»Aber«, fuhr Vera unbeirrt fort, »bitte, bitte lasst nicht immer alles überall liegen. In diesen Bergen von allem möglichen Kram geht zu viel verloren, und diese Sucherei nach Klamotten oder wichtigen Dingen ist nervig. Antjes Buch, das sie seit vier Wochen vermisst, ist noch nicht wieder aufgetaucht. Ebenso wenig ein Füller und eine Mütze von mir.«

»Mein Feuerzeug auch nicht.« Margo sah Vera herausfordernd an. »Und? Schlage ich deswegen Alarm? Nein!«

Vera ignorierte Margo und sprach weiter. »Versteht das einfach als Bitte von mir. Wir könnten alle davon profitieren. Irgendeiner von uns sucht doch immer etwas.«

Hans nickte. »Gut. Und was gibt es noch?«

Vera wurde etwas unbehaglich zumute, denn jetzt kam sie zu dem heiklen Thema. Sie zögerte noch einen Moment, dann gab sie sich einen Ruck und sagte: »Ich habe festgestellt, dass ab und zu Geld in der Haushaltskasse fehlt.« Während sie das sagte, hielt sie die Augen gesenkt und konzentrierte sich auf den Bogen Papier, der vor ihr auf dem Tisch lag. Dort hatte sie festgehalten, an welchen Tagen ihrer Meinung nach welche Summe gefehlt hatte.

Vera spürte die Blicke der anderen fast körperlich und als sie den Kopf hob, starrten sie sechs Augenpaare verblüfft an. Sie zuckte mit den Schultern. »Mir ist bewusst, dass das eine unangenehme Angelegenheit ist, aber was soll ich machen? Ich kann das einfach nicht länger ignorieren.«

»Auf gar keinen Fall«, pflichtete ihr Antje bei. »Das ist ja unglaublich!«

»Nun mal langsam«, mahnte Hans. Er sah Vera an. »Kannst du das mal konkretisieren? Und über welche Beträge reden wir?«

Die Studentin nahm den Zettel mit ihren Notizen in die Hand. Es war ihre selbsternannte Aufgabe, die Haushaltskasse der WG im Auge zu behalten. Im Grunde ging es nur darum, dafür Sorge zu tragen, dass alle WG-Mitglieder am Anfang eines Monats die vereinbarten fünfzig Mark einzahlten. Das Geld kam in eine dafür vorgesehene Zigarrenkiste, die in der obersten Schublade des Küchenschranks aufbewahrt wurde. Immer wenn jemand für die WG einkaufen ging, konnte er sich dort den benötigten Betrag herausnehmen. Vera hatte angeregt, nach einem Einkauf nicht nur das Restgeld wieder in die Kiste zurückzulegen, sondern auch den Bon. So konnte sie ab und zu nachhalten, wie viel Geld für bestimmte Dinge ausgegeben wurde. Niemand fand das zwingend nötig, aber die sorgfältige Vera ließ nicht locker und so hatten sich alle damit einverstanden erklärt.

»Das erste Mal ist mir das vor zwei Wochen aufgefallen. Ich wusste genau, wie viel Geld wir noch hatten, und als ich mir etwas nehmen wollte, fehlten fünf Mark. Ich würde das beim Leben meiner Mutter beschwören, dass die vorher noch da waren.«

»Vielleicht war ja jemand zwischendurch einkaufen«, warf Gabriele ein.

»Eben nicht«, sagte Vera. Sie schaute wieder auf ihre Notizen. »Obwohl ich mir ziemlich sicher war, dass das Geld fehlte, habe ich die Sache erstmal auf sich beruhen lassen. Allerdings habe ich die Haushaltskasse mit etwas größerer Aufmerksamkeit im Auge behalten. Wenige Tage später fehlte wieder Geld. Diesmal war es ein Zehnmarkschein, den aber niemand zum Einkaufen verwendet hatte. Und das gleiche vorgestern. Da waren es sieben Mark. Sie waren mittags noch in der Kiste, abends aber nicht mehr.«

»Willst du jetzt etwa sagen«, begann Margo und sah Vera kalt an, »dass jemand von uns Geld aus der verfluchten Haushaltskasse klaut?«

Vera hielt Margos Blick stand. »Wenn du genau zugehört hättest, dann wüsstest du, dass ich zunächst nur gesagt habe, dass Geldbeträge fehlen. Aber ja, wenn sich niemand meldet und sagt, dass er sich das Geld geliehen hat, weil er schnell etwas gebraucht hat, dann sind wir genau an dem Punkt.« Sie beugte sich ein Stück nach vorne. Die Spitzen ihres frisch gebürsteten Haars berührten dabei die Tischplatte. Vera ließ Margo weiterhin nicht aus den Augen. »Und ich schwöre, ich werde herausbekommen, wer das Geld genommen hat.«

Ohne auf Veras letzten Satz einzugehen, fragte Karl in die Runde: »Also, hat sich jemand Geld aus der Kasse geliehen?« Mit ernster Miene sah er von einem zum anderen. »Nicht? Dann haben wir ein Problem.«

»Da sind wir dann mal einer Meinung«, sagte Vera.

»Du bist aber sicher, dass du die Finanzen auch wirklich richtig überschaust?«, hakte Gabriele nach. »Nichts für ungut, aber vielleicht hast du dich auch einfach nur vertan.«

Vera schüttelte den Kopf und lachte freudlos. »Du kannst dir sicher sein, dass ich niemals so etwas auf den Tisch bringen würde, wenn ich nicht absolut sicher wäre.«

»Ich denke, was das angeht, können wir uns auf Vera verlassen«, meinte Theo, und Vera bemerkte, wie er Margo nachdenklich betrachtete.

Hans nickte zustimmend. »Andererseits ist es kaum vorstellbar, dass einer von uns sich heimlich an der Haushaltskasse bedient. Ich bin im Moment für eine pragmatische Lösung und schlage vor, dass Vera das Geld mit in ihr Zimmer nimmt, und wer etwas benötigt, muss sie halt ansprechen. Ich glaube, mehr können wir derzeit nicht tun.«

Margo zog einen Flunsch. »Einkaufen also nur noch von Kaiserlichen Gnaden? Na, toll!«

Karl warf seiner Freundin einen, wie Vera fand, genervten Blick zu. »Der Vorschlag ist gut. Wir können das Geld nicht mehr offen herumstehen lassen. Und wer immer das gewesen ist, sollte sich hinter die Löffel schreiben, dass so etwas der letzte Scheiß ist.«

»Okay«, sagte Hans. »Kurze Abstimmung. Wer ist dafür, dass Vera die Kasse vorerst an sich nimmt?«

Alle bis auf Margo hoben die Hand. Hans lächelte sie nachsichtig an. »Du bist dagegen?«

Margo schüttelte den Kopf und ihr schwarzes Haar fiel ihr dabei ins Gesicht. »Nein, aber ich bin auch nicht dafür. Ich enthalte mich, denn«, jetzt trat ein spöttischer Ausdruck in ihre intensiven, blauen Augen, »diese Idee ist für die Katz, wenn Vera selber das Geld aus der Kasse genommen hat.«

10. KAPITEL

»Wenn du nichts dagegen hast, dann zeichnen wir das Gespräch auf.« Katharina hatte bereits ihr Telefon entsperrt und öffnete die entsprechende App für die Aufnahme der Befragung. Die Notizbücher und Kugelschreiber der Kommissarinnen lagen schon bereit.

»Ja, ja, nur zu«, sagte Karl.

»Es ist uns bewusst«, begann Katharina, »dass unsere Fragen eine Lebensphase von euch betreffen, die Jahrzehnte zurückliegt. Zwischen dem Zusammenleben mit Margo und heute liegen immerhin fünfzig Jahre. Damals standet ihr am Anfang und hattet alles noch vor euch.«

Karl nickte ungeduldig, aber Katharina ließ sich davon nicht beeindrucken.

»Es ist aber nicht nur die zeitliche Distanz, die den Blick auf unsere Vergangenheit beeinflusst. Es sind auch die Lebenserfahrungen, die schönen wie die schlechten, die unsere Sicht der Dinge verändern. Für uns ist es allerdings von Bedeutung, dass wir ein möglichst unverstelltes Bild von damals erhalten. Wenn wir jetzt also über Margo sprechen, dann versuch doch bitte, das nicht nur mit den Augen des erfolgreichen Lyrikers Karl Wagner zu tun, sondern auch aus der Sicht des Studenten Karl von 1972.«

»Gut. Ich probiere es. Was wollt ihr wissen?«

»Wie würdest du Margo beschreiben? Wie war sie, was hat sie ausgemacht?«

»Sie war auf jeden Fall besonders. Allein schon deshalb, weil sie nicht, wie der Rest von uns, aus einem wohlbehüteten, gutbürgerlichen Elternhaus kam. Sie war in einem Kinderheim in Dortmund aufgewachsen. Ihre Eltern waren beide tot. Wann die gestorben sind und wie es dazu kam, weiß ich nicht. Darüber hat Margo nicht gesprochen. Ich weiß auch nicht, wo sie zwischen ihrem achtzehnten und zwanzigsten Geburtstag gelebt hat. Sie hat nur erzählt, dass sie sofort aus dem Heim ausgezogen ist, als sie volljährig war und mit zwanzig nach Münster gezogen ist. Sie hat angefangen Sozialwissenschaften zu studieren, hat in verschiedenen WGs gewohnt, bis ich sie im Sommersemester 1972 kennengelernt habe und sie dann im September des gleichen Jahres bei uns eingezogen ist.« Karl unterbrach seine Ausführungen für einen Moment und setzte dann hinzu: »Sie war also kein typisches Wohlstandskind, von denen die linksalternative Szene geprägt war. Den Prozess des Lösens vom Elternhaus hin zu einem autonomen Selbstmanagement, den musste sie gar nicht in der Weise durchlaufen wie wir anderen. Wir haben uns daran abgearbeitet, die bürgerlichen Wertvorstellungen und traditionellen Rollenbilder unserer Eltern hinter uns zu lassen und uns vom sogenannten Establishment abzuheben. Margo brauchte das gar nicht, da sie die Zwänge einer Kleinfamilie nie kennengelernt hat und in einem Milieu aufgewachsen war, das sowieso meilenweit davon entfernt war, gesellschaftlich etabliert zu sein.« Er lächelte entschuldigend. »Die letzten Bemerkungen sind natürlich die Einschätzungen eines älter gewordenen Mannes. So reflektiert und detailliert war mein Blick auf Margo damals nicht. Aber es waren genau diese beiden Aspekte, die ich so faszinierend fand an Margo, und du hast ja gefragt, wie sie war. Sie war autonom und unabhängig. Ganz anders als wir. Ich kann mich noch gut erinnern, dass zumindest zu Beginn unserer WG-Zeit doch immer mal wieder das ein oder andere Elternteil hier aufgekreuzt ist. Außer Hans' Eltern, die ich, warum auch immer, nie zu Gesicht bekommen habe. Natürlich haben wir auch ab und zu mit unseren Eltern telefoniert, auch wenn es nur darum ging, nach ein bisschen Kohle zu fragen.« Karl überlegte kurz und fügte dann leicht verwundert hinzu: »Komisch. Wenn ich recht darüber nachdenke, kann ich mich nicht mal daran erinnern, dass Hans seine Eltern mal angerufen hätte. Na ja, sei's drum. Es geht ja um Margo. Sie konnte über unsere Abhängigkeiten von unseren Eltern jedenfalls nur lächeln. Ihr war es auch völlig egal, was andere von ihr hielten. Sie bemühte sich kein bisschen, gut anzukommen. Entweder man kam mit ihr klar oder eben nicht.«

»Als ich das erste Mal hier war«, hakte Katharina ein, »da erwähnte Antje, es sei nicht leicht gewesen, mit Margo friedlich zusammenzuleben.«

»Damit hat sie recht. Margo war nicht gerade umgänglich. Außerdem konnte sie sehr bissig und scharfzüngig sein. Manchmal auch zynisch. Aber sie war auch sehr klug. Sie las unheimlich viel und besuchte die unterschiedlichsten Seminare. Außerdem war sie in zig verschiedenen Arbeitsgruppen und Foren engagiert. Mir hat das sehr imponiert damals.«

»Wo hast du sie kennengelernt?«

»In einer der vielen AGs, die sich damals an der Uni gebildet haben. Ich weiß nicht mehr genau, wie die hieß. Aber wir haben zusammen eine Demo organisiert.«

»Sie ist also zum Wintersemester 72/73 bei euch eingezogen. Wart ihr da schon ein Paar?«

Karl lächelte leicht. »Nein. Aber es hat dann nicht mehr lange gedauert. Gott, was habe ich auf dieses Mädchen gestanden. Gerade diese brüske und abweisende Art hat mich gereizt und ab und zu, da konnte sie auch ganz anders sein.«

»Nach dem Motto: harte Schale, weicher Kern?«, fragte Eva.

Karl wiegte den Kopf hin und her. »Harte Schale ja, und vielleicht trifft halbweicher Kern besser zu. Auf jeden Fall war sie hart im Nehmen. Ein Stehaufmännchen. Aber manchmal blitzte dann doch die ein oder andere schwache Stelle bei ihr durch.«

»Ich erinnere mich, dass Vera sagte, ihr wärt eine Weile zusammen gewesen. Für mich klingt das so, als war die Beziehung bereits vorbei, noch bevor Margo verschwand.«

»Ja, es stimmt. Margo und ich waren kein Paar mehr im eigentlichen Sinne.«

»Was meinst du mit ›im eigentlichen Sinn‹?«, wollte Eva wissen.

»Ein paar Wochen vor ihrem Verschwinden hat sie mir eröffnet, dass ihr das mit mir zu eng ist. Sie fand mich zu dominant und besitzergreifend. Sie wollte die Beziehung nicht komplett beenden, aber mehr Abstand. Ihr schwebte eine offene Beziehung vor ohne Besitzansprüche und Erwartungen. Mit anderen Worten, wenn es Margo in den Kram passte, haben wir noch miteinander geschlafen, waren aber nicht mehr fest zusammen.«

»War das dann also die hoch gelobte ›freie Liebe‹?«, fragte Eva interessiert.

»Ach, das ist auch so ein Mythos aus dieser Zeit und etwas völlig Überschätztes. Dieses ständige Gerede von befreiter, richtiger oder natürlicher Sexualität hat nur ein neues Normenkorsett geschaffen und verkomplizierte den sexuellen Umgang erheblich. Der Sexualität wurde im linksalternativen Milieu eine nahezu identitätsstiftende Kraft zugesprochen, die nur zu einer Überforderung der Beteiligten führte. Was mich und Margo anging, war es wahrscheinlich viel einfacher. Ich vermute, sie hatte sich in einen anderen Mann verliebt. Irgendwie kam das aber wohl nicht richtig in Gang, so dass sie mich nicht ganz absägen wollte.«

»Hast du das damals auch schon angenommen?« Katharina ließ ihren Kugelschreiber zwischen ihren Fingern hin und her schnellen.

»Ja. Ich dachte, es gehe dabei um Onno Jensen. Das war ein Kommilitone von Margo. Doch inzwischen glaube ich das nicht mehr. Wäre er der Mann gewesen, dann hätte er sich ja wohl bei uns erkundigt, wo Margo abgeblieben ist. Es muss ein anderer Mann gewesen sein. Jemand, den sie noch nicht so gut kannte, als dass er bei uns nach ihr gefragt hätte.«

Nachdem Katharina das notiert hatte, schaute sie auf und sagte: »Ich weiß, es ist nicht leicht, sich an einen bestimmten Tag seines Lebens zu erinnern, der fünfzig Jahre zurückliegt. Versuch es trotzdem mal. Was ist dir von dem Tag, an dem Margo aus der WG verschwand, in Erinnerung geblieben? Gab es zum Beispiel besondere Vorkommnisse?«

»Ich glaube nicht. Ich bin früh zur Uni gefahren und spät nach Hause gekommen. Margos Abwesenheit ist mir erst am nächsten Tag aufgefallen. Sie hat ja nicht mehr regelmäßig in meinem Zimmer übernachtet.« Karl zuckte mit den Schultern.

»Ist euch dieses sang- und klanglose Verschwinden nicht komisch vorgekommen?«, fragte Eva.

»Nicht übermäßig. Abzurauschen ohne ein Wort des Abschieds, das passte zu Margo. Sie hat immer gesagt, wenn sie in Berlin oder Frankfurt ein WG-Zimmer gefunden hat, dann müsste das alles sehr schnell gehen. Sie hatte schon angekündigt, dass sie dann im Nullkommanichts weg sei. Ich glaube, wir haben sie in dem Punkt nicht ganz ernst genommen und waren eher überrascht als irritiert, dass sie ihren Plan dann doch durchgezogen hat. Margo hatte viele Pläne, aber nicht immer die Möglichkeiten, diese auch zu verwirklichen.« Ein Schmunzeln umspielte Karls Mundwinkel. »Sie hatte sich zum Beispiel einer Gruppe von Leuten angeschlossen, die ein Kinderhaus eröffnen wollten. So haben sie das genannt. Das sollte eine Art privates Kinderheim werden, finanziert durch Spenden und Vereinsbeiträge. Eine Alternative zu den städtischen Einrichtungen, die laut Margo für Kinder unzumutbar waren.«

»Und wie war das mit ihren Sachen? Im Keller lag ja nichts weiter. Habt ihr euch nicht gewundert, dass sie nichts mitgenommen hat?«

»Es war ja einiges nicht mehr da, sodass wir davon ausgegangen waren, dass sie das Wichtigste mitgenommen hat. Ihre Mappe mit Ausweis- und Versicherungsdokumenten und auch die Hälfte ihrer Kleidung und persönliche Dinge fehlten. Den Rest, so haben wir angenommen, brauchte sie nicht mehr oder es war ihr zu lästig, alles mitzuschleppen. Die Möbel und so weiter gehörten ihr nicht. Wir hatten ihr das Zimmer möbliert vermietet.«

Eva nickte nachdenklich. »Das bedeutet, dass jemand die Sachen gezielt zusammengesucht und entsorgt hat, um den Eindruck zu untermauern, Margo sei auf und davon.«

»Ja, das muss so gewesen sein.«

»Was ist mit dem Rest passiert?«

»Wir haben einige Wochen abgewartet, ob Margo sich noch mal meldet. Vielleicht war es auch länger, das weiß ich nicht mehr genau. Danach habe ich mit Hilfe von Vera einen Teil zur Kleiderspende und zum Trödel geschleppt und Vera hat einen kleinen Rest in einen Karton und einen Koffer gepackt. Ich habe dann beides auf den Dachboden gebracht. Irgendwie kam es uns nicht richtig vor, alles wegzugeben.«

»Aber inzwischen ist alles weg, nehme ich an?«, fragte Katharina.

Karl schüttelte den Kopf. »Tatsächlich ist noch alles da.«

»Du behauptest ernsthaft, dass auf deinem Dachboden seit fünfzig Jahren ein Karton und ein Koffer mit den Klamotten deiner früheren Mitbewohnerin stehen?«, fragte Katharina erstaunt. »Hast du nie entrümpelt?«

»Nicht so richtig. Ich bin wohl eher ein Horter und Sammler. Der Dachboden ist bis in den letzten Winkel zugestellt mit altem Plunder. Wie das so ist bei Dachböden, die man sonst nicht weiter nutzt. Ich weiß sogar noch die Ecke, wo ich die Sachen abgestellt habe.«

»Sehr gut! Wir würden beides gern heute noch mitnehmen. Wenn du uns sagst, wo sie ungefähr stehen, können wir sie auch selbst vom Dachboden holen.«

»Ich kann auch Agnieszka bitten.«

»Okay, prima.« Katharina schaute auf ihre Notizen. »Hat eigentlich sonst niemand Margo vermisst? Es muss doch an der ein oder anderen Stelle aufgefallen sein, dass eure Mitbewohnerin urplötzlich nicht mehr da war?«

»Nein. Margo hatte keinerlei familiäre Bindungen, und ihre übrigen Kontakte waren alle eher lose und unverbindlich. Richtig enge Freundschaften hatte sie nicht. Sie hat immer davon gesprochen, nach Berlin zu wollen. Als sie dann nicht mehr aufgetaucht ist, werden sich wohl alle gedacht haben, dass sie ihren Plan in die Tat umgesetzt hat.« Karl griff nach der Wasserflasche, schenkte sich ein halbes Glas ein, ohne davon zu trinken. »Vielleicht hat an der Uni mal jemand nach ihr gefragt. Dann werden wir gesagt haben, dass sie in Berlin ist, und damit war die Sache ja geklärt. Ansonsten kann ich mich erinnern, dass ab und zu mal ein offizieller Brief für Margo kam. Mal von der Uni, mal von irgendwelchen Ämtern. Da wir aber keine Adresse hatten, haben wir sie irgendwann weggeworfen. Wir fühlten uns für Margos Post nicht verantwortlich.«

Katharina schaute erst auf ihre Notizen und fragte dann: »Wie war das für dich, dass Margo nicht mehr fest mit dir zusammen sein wollte?«

»Ich hätte es nie zugegeben, aber ich fand es furchtbar. Es hat allerdings weniger mein Herz verletzt als vielmehr meinen Stolz. Vor allem, weil ich mir sicher war, dass ein anderer Mann dahintersteckte. Es hat mich gewurmt, dass sie so ein Geheimnis daraus gemacht hat.«

Eva warf Katharina einen stummen Blick zu und gab dem Gespräch dann eine neue Richtung: »Es ist ja schon deutlich geworden, dass zumindest Antje das Zusammenleben mit Margo nicht leicht fand. Wie sah es mit dem Rest der WG aus?«

»Die sahen das genauso. Außer Hans vielleicht. Der hatte immer so eine Vermittlerrolle bei uns. Deine Tante«, Karl sah Katharina an, »hat sich überhaupt nicht mit Margo verstanden. Die beiden konnten sich von Anfang an nicht leiden. Die waren aber auch wie Feuer und Wasser. Antje war grundsätzlich immer auf Veras Seite. Theo und Margo waren sich auch nicht richtig grün, und Gabriele hatte irgendwie ein ambivalentes Verhältnis zu Margo.«

»Wie meinst du das mit Gabriele?«, wollte Katharina wissen. »Inwiefern ambivalent?«

»Ich hatte immer den Eindruck, dass sie ein bisschen Angst oder zumindest Respekt vor Margo hatte, gleichzeitig tat sie ihr aber auch leid, weil sie im Kinderheim groß geworden ist. Ich glaube, sie hat sich aus psychologischer Sicht für sie interessiert. Ein spannendes Fallbeispiel sozusagen.«

Katharina notierte sich das, während Karl wiederholte: »Margo war ruppig im Umgang und schwer zugänglich. Da gibt es gar nichts zu beschönigen. Und dann gab es da noch eine Sache …« Karl zögerte.

»Ja?«, fragten die Kommissarinnen gleichzeitig.

Doch bevor der Lyriker weiterreden konnte, überkam ihn ein Hustenanfall. Seine fahlen Wangen färbten sich hellrot und Schweiß trat auf seine Stirn. Die Klammer des Atemschlauches rutschte aus seinen Nasenlöchern. Zwischen den Hustenattacken versuchte Karl möglichst viel Luft durch den Mund in seine Lungen zu saugen, was durch ein rasselndes Geräusch begleitet wurde. Katharina reichte ihm das Wasserglas und erst als er das geleert hatte, ebbte der Husten ab.

Besorgt blickten die Kommissarinnen ihn an, als Karl sich mit zitternder Hand über die Stirn wischte.

»Das klingt aber gar nicht gut«, sagte Katharina.

Eva kramte aus ihrer Hosentasche ein Lakritzbonbon, das Karl dankbar entgegennahm. »Das hört sich schlimmer an, als es ist. Ich muss nur mehr trinken, damit dieser Hustenreiz gar nicht erst aufkommt. Wo waren wir stehen geblieben?«

»Du wolltest noch etwas im Zusammenhang mit Margo erzählen«, half Katharina weiter.

»Ja, stimmt. Das war eine sehr unschöne Angelegenheit. Kurz nachdem Margo eingezogen war, fehlte plötzlich Geld in unserer WG-Kasse. Vera, unsere Schatzmeisterin vom Dienst, hat das bemerkt und war auf hundertachtzig deswegen. Es wurde dann beschlossen, die WG-Kasse in ihrem Zimmer zu deponieren. Von da an stimmte die Kasse wieder.«

»Hatte Margo das Geld genommen?«, fragte Eva.

»Es ist nie herausgekommen, wer es war. Ich muss aber einräumen, dass einiges für Margo sprach. Bevor sie bei uns gewohnt hat, gab es solche Probleme nicht und … na ja … zuzutrauen war ihr das schon. Außerdem war sie ständig pleite. Im Grunde stand für uns alle fest, dass sie es gewesen ist. Das mit dem Geld und auch den anderen Dingen, die spurlos verschwanden.«

»Es verschwanden Dinge?«, fragte Eva nach. »Was für Dinge?«

»Persönliche Gegenstände, aber selten welche von Wert. Alles Sachen, die man gerne auch mal verlegt. Und genau das dachten wir ja auch eine ganze Weile. Aber irgendwann konnten wir nicht mehr daran vorbeisehen, dass jemand die Sachen an sich nahm. Das hat große Unruhe in die WG gebracht. Ich weiß noch, dass Theo sich immer wahnsinnig aufgeregt hat, wenn wieder etwas verschwand. Vor allem wenn es ihn betraf. Einmal ist ein silberner Drehbleistift von ihm abhandengekommen. Da konnte er sich kaum beruhigen, da das ein Geburtstagsgeschenk seiner Eltern zu seinem achtzehnten Geburtstag gewesen war.«

»Und auch hier hattet ihr Margo in Verdacht?«

Karl zuckte mit den Schultern. »Ja. Obwohl sich auch das nie bestätigt hat. Wir haben die Sachen später auch nicht bei ihr gefunden. Die waren einfach weg. Das war schon merkwürdig irgendwie. Theo hat immer zu uns gesagt, es brauche keine Beweise. Es sei sonnenklar, dass Margo dafür verantwortlich ist. Er hat es zwar ihr gegenüber nicht offen geäußert, aber sie wusste, dass er ihr keinen Meter über den Weg traute. Deshalb war da auch immer so eine Spannung zwischen denen.«

»Das klingt alles ganz schön kompliziert«, meinte Katharina und schaute auf ihre Notizen. »Lass uns zum Schluss noch mal ein Gedankenspiel machen. Du musst jetzt an Hans, Theo, Vera, Antje und Gabriele von vor fünfzig Jahren denken. Wer von ihnen hätte am ehesten einen Grund gehabt, mit Margo aneinanderzugeraten?«

Karl zögerte kurz, dann verzog er den Mund zu einem schiefen Lächeln. »Aus der Sicht zweier Kommissarinnen hätte ich doch wohl das stärkste Motiv gehabt, oder? Immerhin waren wir ein Paar, und sie hat mich verlassen.«

»Das ist tatsächlich ein Motiv, aber jetzt geht es nicht um dich, sondern um die anderen.«

Karl überlegte eine Weile. Dann hob er die Arme in die Luft und ließ sie wieder in den Schoß fallen. »Wie gesagt, sie hatten alle ihre Schwierigkeiten mit Margo.«

»Gut«, sagte Katharina. »Dann lassen wir das vorerst so stehen.«

Karl schloss kurz die Augen und atmete ein paar Mal tief ein und aus. Die ungesunde Blässe war in sein Gesicht zurückgekehrt. »Ich glaube, ich brauche eine kleine Pause«, sagte er. »Die ganze Geschichte nimmt mich doch mehr mit, als ich dachte. Ich würde mich gerne etwas hinlegen.«

Wie aufs Stichwort öffnete sich die Wohnzimmertür und Agnieszka kam herein. Wie immer näherte sie sich mit geschmeidigen, lautlosen Schritten. Karls Haushaltshilfe hatte sich die Haare wieder zu einem strengen Haarknoten frisiert. Sie trug schwarze Leggins, Stulpen aus dicker Strickwolle und ein schwarzes oversized Sweatshirt. In Katharinas Kopf entstand das Bild einer grazilen Tänzerin in einem schneeweißen Tütü.

»Ist das nicht zu anstrengend, Herr Wagner? So viel reden und reden und reden?« Die junge Frau betrachtete ihren Arbeitgeber mit besorgter Miene. In der Hand hielt sie ein großes Glas mit dunkelgrünem Inhalt.

»Ist es schon wieder Zeit für meinen Spinat-Fenchel-Kohlrabi-Smoothie«, sagte er zu Agnieszka und lächelte müde.

»Machen Sie sich nicht darüber lustig.« Agnieszka drohte dem Lyriker spielerisch mit dem Zeigefinger. »Vitamine sind wichtig.«

»Na, geben Sie schon her.« Er trank das Glas in wenigen Schlucken leer. Anschließend schüttelte er sich. »Es schmeckt genauso, wie es aussieht.«

11. KAPITEL

»Oh, Mann.« Eva erhob sich, streckte den Rücken durch und ließ die Schultern kreisen, nachdem Karl gemeinsam mit seiner Pflegerin Agnieszka den Raum verlassen hatte. »Karl sah aber gar nicht gut aus. Vielleicht hätten wir die Befragung etwas eher beenden sollen.«

»Das war schon in Ordnung so. Er hat ja Bescheid gesagt, als es ihm zu anstrengend wurde.«

»Hier ist ja früher ganz schön was los gewesen.« Eva massierte sich mit einer Hand den Nacken. »Das ging aber deutlich über übliche WG-Probleme hinaus, und diese Margo schien auch nicht gerade die Mitbewohnerin gewesen zu sein, die man sich wünscht.«

»Dass irgendetwas mit ihr los war, habe ich schon gemerkt, als ich den Kater abgeliefert habe. Da haben wir Fotos angeschaut, und als die Sprache auf Margo kam, wurden alle auf einmal ganz still.«

»Interessant finde ich auch«, sagte Eva, »dass Karl bei sich selbst ein Motiv sieht, was ja auch tatsächlich vorhanden ist, aber bei seinen ehemaligen Mitbewohnern gar nichts benennen kann. Greift da noch eine alte Solidarität, oder gibt es da wirklich nichts?«

Katharina war ebenfalls aufgestanden. Sie schlenderte durch das Wohnzimmer und stellte sich an eins der kleinen Sprossenfenster. Es war ihr schon bei ihrem ersten Besuch aufgefallen, dass an dem Haus längst etwas hätte gemacht werden müssen. Außen wie innen. Von den Holzfensterrahmen blätterte die weiße Farbe ab, und an den Rändern der Scheiben hatte sich Kondenswasser gebildet.

Katharina spähte nach draußen. Das strahlende Winterwetter war vorbei. Es war milder geworden, und über den kahlen Kronen der Bäume spannte sich ein betongrauer Himmel. »Darüber habe ich auch gerade nachgedacht, und das werden wir herausfinden müssen. Ansonsten stimme ich dir zu. Eine WG-Kasse, aus der Geld entwendet wurde, persönliche Gegenstände, die spurlos verschwanden, und eine Verdächtige, der man aber nichts nachweisen konnte – das klingt nach deutlich mehr Schwierigkeiten als nur nach der Frage, wer mit dem Abwasch dran war. Da lief etwas nicht rund in dieser WG. Was Karl angeht, so finde ich es bemerkenswert, dass er Margos Sachen über Jahrzehnte hinweg aufbewahrt hat. Geschah das wirklich nur aus Bequemlichkeit, oder stecken da sentimentale Gefühle hinter oder vielleicht sogar noch mehr?« Mit dem Finger malte die Kommissarin einen Kringel auf die beschlagene Fensterscheibe. »Ich bin gespannt, was wir von den anderen zu hören bekommen.«

»Ich auch. Mit deiner Tante sprechen wir am besten zum Schluss, oder?«

»Ja. Sie kann uns helfen, die Aussagen der anderen einzuordnen. Wie ich die scharfsinnige Frau Richterin Langenkämper kenne, wird sie sich auch bereits ihre eigenen Gedanken zu dem Fall gemacht haben.«

»Deine Tante macht einen sympathischen Eindruck. Mit deiner Mutter hat sie aber kaum Ähnlichkeit.«

In diesem Augenblick öffnete sich die Wohnzimmertür, und Agnieszka kam herein. In den Händen hielt sie ein Tablett. »Herr Wagner liegt jetzt im Bett. Möchten Sie vielleicht einen Kaffee trinken?« Ohne auf ihre Antwort zu warten, stellte sie das Tablett auf dem Wohnzimmertisch ab. »Ganz frisch gekocht.«

»Ach, Sie sind super«, sagte Eva freundlich.

Agnieszka strahlte und stellte außer der Warmhaltekanne und zwei Tassen noch Zucker, Milch und einen Teller auf den Tisch, auf dem mehrere Stücke Kuchen lagen. »Das ist eine traditionelle polnische Spezialität. Makowiec. Mohnstrudel. Möchten Sie probieren?« Aus ihrem straffen Haarknoten hatten sich einige Strähnen gelöst, und auf ihren geröteten Wangen befanden sich Spuren von Mehl.

»Sehr gerne«, beteuerte Eva und inspizierte begeistert das Gebäck. »Sieht lecker aus und duftet fantastisch.«

»Das ist frischer Hefeteig mit Mohnmasse und Marzipan. Habe ich gerade erst aus dem Ofen geholt.«

»Göttlich«, seufzte Eva, als sie ein Stück probiert hatte.

»Herr Wagner isst auch gerne süße Sachen. Ich backe ganz viel. Vor allem jetzt. Kuchen beruhigt die … wie heißt noch das Wort …?«

»Nerven?«, schlug Katharina vor.

»Ja, Nerven!« Der Gesichtsausdruck der Polin wurde ernst. »Er ist sehr schlapp, der liebe Herr Wagner. Schon die ganze Zeit. Er sagt, es geht ihm gut. Aber das stimmt nicht. Es strengt ihn alles sehr an, und dann noch diese Knochen im Keller. Schrecklich! Seine Gäste sind auch sehr aufgeregt. Sie reden nur noch über die tote Frau.« Agnieszka zuckte betrübt mit den Achseln. »Und vorher war alles so schön gewesen.«

* * *

Viereinhalb Stunden später hatten sie mit allen gesprochen, nur noch nicht mit Vera. Obwohl sie alle aufgewühlt waren, hatten sich die Senioren bemüht, ihre Fragen gewissenhaft und ausführlich zu beantworten. Allen schien daran gelegen, dass das Geheimnis um Margos furchtbaren Tod aufgeklärt würde. Nur Antje hatte eine Ausnahme gebildet. Sie hatte die Tatsache, dass ihre frühere Mitbewohnerin als Skelett in einem unterirdischen Keller gefunden worden war, sichtlich mitgenommen. Ihre Muskeln schienen sich verflüssigt zu haben. Kraftlos mit nach vorne gebeugten Schultern saß sie Katharina und Eva gegenüber. Sie antwortete leise und einsilbig und zuckte mehr mit den Schultern, als dass sie sich konkret zu den Fragen äußerte.

Unter den ehemaligen WG-Mitgliedern herrschte allgemeiner Konsens darüber, dass Margo keine einfache Person gewesen war. Sie wurde als unfreundlich, launisch, anstrengend und unzuverlässig beschrieben. Theo hatte seine frühere Mitbewohnerin darüber hinaus noch als kaltblütig und skrupellos bezeichnet. Zum Tag des Verschwindens von Margo konnte niemand etwas Hilfreiches sagen. Sie war eben einfach weg gewesen. Kein Abschied und keine besonderen Vorfälle.

Einigkeit bestand auch bei der Frage, wer für die Diebstähle verantwortlich gewesen sein könnte. Unisono lautete die Antwort darauf: Margo.

»Etwas anderes anzunehmen, ist absolut abwegig«, konstatierte Theo.

Theo, Hans und Gabriele kamen von alleine darauf zu sprechen, dass ganz sicher jemand, der nicht zur WG gehört hatte, für Margos Tod verantwortlich sein müsse. Diese Meinung begründeten sie damit, dass sie, genau wie Karl, bei niemandem ein schlüssiges Motiv sahen. Margo war meistens unfreundlich und außerdem anstrengend und nervig gewesen, aber das seien ja keine Gründe, jemanden zu erschlagen.

An dieser Stelle hätte Katharina gerne darauf verwiesen, dass die Motive von Gewalttaten selten in einem angemessenen Verhältnis zur Tat standen, aber sie unterließ es.

Eva allerdings erklärte, dass der Fundort eher auf jemanden schließen lasse, der zur WG gehörte. Auf Karls Gäste machte diese Bemerkung aber nur wenig Eindruck. Sie argumentierten, dass Margo den Täter ins Haus gelassen haben könnte. Vielleicht ein Bekannter aus ihren Aktivistenkreisen. Sie hatte genug Leute gekannt. In diesem Zusammenhang bekamen die Kommissarinnen den Namen Onno Jensen erneut zu hören. »Er war bei unseren ersten Partys dabei, kannte also den Kriechkeller«, hatte Theo behauptet.

An dieser Stelle hatte Katharina Karls Überzeugung aufgegriffen, Margo könnte einen neuen Freund oder zumindest jemanden kennengelernt haben. Dazu wusste niemand etwas zu sagen. »Sie hat nicht viel darüber gesprochen, was sie außerhalb der WG oder ihrer politischen Aktionen trieb«, hatte Gabriele erklärt.

Antje hatte sich überhaupt nicht dazu geäußert, wer oder was zu Margos Tod geführt haben könnte. Sie verwies darauf, sie stehe noch zu sehr unter Schock, als dass sie Spekulationen über den Hintergrund von Margos Tod abgeben könne. Sie bat die Kommissarinnen, das zu entschuldigen und ihr Verhalten nicht als mangelnde Kooperation auszulegen. Sie brauche aber noch eine Weile, um das alles zu verarbeiten und sie wolle nicht irgendetwas herausposaunen, was sie später zurücknehmen müsse. Katharina und Eva äußerten sich verständnisvoll, machten sich aber beide eine entsprechende Notiz. Zu gegebener Zeit würden sie hier noch mal nachfassen müssen, egal ob Antje sich dann von dem Schock erholt hatte oder nicht.

Kaum hatte Antje das Wohnzimmer verlassen, kam Vera hereingesegelt. Eigentlich hätte Katharina gerne erst noch ein bisschen frische Luft geschnappt, bevor es mit Vera weiterging. Sie hatte mit einer leichten Übelkeit zu kämpfen. Erst hatte sie nichts von dem Strudel essen wollen. Doch dann hatte sie irgendwann Hunger bekommen und ein Stück von der polnischen Delikatesse gegessen. Nun war ihr schlecht.

»Oh, der ist aber ganz schön mächtig«, hatte selbst Eva eingeräumt.

Vera ließ sich ächzend auf dem Sofa nieder und strich eine dicke, graue Locke hinters Ohr. »Endlich«, sagte sie vorwurfsvoll. »Ich habe da etwas, was ich unbedingt mit euch besprechen muss.«

Katharina warf Eva einen schnellen Blick zu und zog kaum merklich eine Augenbraue hoch. Eva deutete ein Grinsen an.

Vera sprach unterdessen weiter. »Vor lauter Warterei habe ich mir schon die Nägel neu lackiert. Ich wusste nicht, wie ich die Zeit sonst rumkriegen sollte.«

Automatisch glitt Katharinas Blick zu Veras Händen. Ihre kurzen, runden Nägel schimmerten perlmuttfarben und passten farblich zu ihrem rosa Poncho.

Katharina versuchte, ihren Magen zu ignorieren, und wandte sich an ihre Tante. »Okay, alles der Reihe nach. Wir haben nun mit jedem deiner ehemaligen Mitbewohner über Margo und das Zusammenleben mit ihr gesprochen und würden dir gerne einen kleinen Überblick darüber geben.«

Eva gab stichpunktartig wieder, was angesprochen worden waren und was sich an ersten Erkenntnissen ergeben hatte.

Während Eva sprach, nestelte Katharina an ihrem Gürtel herum und lockerte ihn ein wenig. Augenblicklich fühlte sie sich besser. Am liebsten hätte sie noch den Knopf ihrer Jeans geöffnet und sich lang auf dem Sofa ausgestreckt, aber sie hoffte, dass die Übelkeit auch so bald ganz verfliegen würde.

Eva war inzwischen bei den fehlenden Geldbeträgen angekommen.

»Hier waren sich alle einig, dass Margo es war, die das Geld aus der Kasse genommen hat.«

»Das vermute ich auch«, sagte Vera. »Wir konnten es ihr nicht beweisen, aber ich halte es für sehr wahrscheinlich.«

»Und die anderen Dinge, die auf Nimmerwiedersehen verschwanden? Bist du da auch der gleichen Meinung wie Karl und der Rest der Truppe? Sie machen dafür auch Margo verantwortlich.«

Jetzt schüttelte Vera energisch den Kopf. »Nein. Und das ist auch mein Anliegen. Ich glaube inzwischen nicht mehr, dass das auf Margos Konto ging.«

Bevor Katharina nachfragen konnte, klingelte ihr Handy. Es war Birgit. Sie machte ihrer Tante ein Zeichen und nahm das Gespräch entgegen. »Um es vorwegzunehmen«, sagte Katharinas Kollegin, »bei der Toten handelt es sich um Margit Meyer.« Dann berichtete sie, dass der alte Dr. Becker, inzwischen siebenundachtzig Jahre alt, aber geistig noch voll auf der Höhe, über der Praxis wohne und er sich als sehr aufgeschlossen und hilfsbereit erwiesen habe. Gegen alle Widerstände seines Sohnes habe er im Keller des Hauses ein Archiv angelegt, das sämtliche Patientenunterlagen von Beginn bis Ende seiner Tätigkeit als Zahnarzt umfasse. Schon häufiger hätten seine Unterlagen als Grundlage für wissenschaftliche Studien zur Veränderung der Zahngesundheit und Behandlungsmethoden im Laufe der Jahrzehnte gedient. »Er wurde ganz aufgeregt, als ich ihm erklärt habe, um was es geht«, berichtete Birgit. »Unser Glück, dass Becker senior sich dem Wunsch seines Sohnes bis jetzt erfolgreich widersetzt hat. Er hat sich ein ausgeklügeltes Ordnungssystem ausgedacht. Es dauerte nur ein paar Minuten, da hatte ich die Patientenakte von Margit Meyer. Anschließend musste ich dann aber noch mal mit nach oben kommen und mit ihm Tee trinken.« Birgit lachte leicht auf. »Danach bin ich direkt zur Gerichtsmedizin gefahren und hatte auch da Glück. Tatjana ist mir beim Eingang über den Weg gelaufen und hat sich sofort bereiterklärt, die zwei Röntgenbilder mit den Aufnahmen zu vergleichen, die sie von Margos Gebiss gemacht hat. Es gibt jetzt keinen Zweifel mehr.«

»Vielen Dank, Birgit. Ich hätte da noch etwas für dich. Kannst du bitte eine erweiterte Melderegisterauskunft zu einem Onno Jensen einholen? Geboren um 1950.«

Birgit versprach, sich darum zu kümmern. Katharina verabschiedete sich von ihrer Kollegin und teilte Vera und Eva mit, was diese bezüglich Dr. Becker senior gesagt hatte. Dann fragte sie ihre Tante: »Warum hältst du Margo nicht mehr für verdächtig?«

»Weil sich wieder Sachen von uns in Luft auflösen.«

»Es verschwinden persönliche Dinge von euch? Hier im Haus?«, vergewisserte sich Katharina.

Vera nickte. »Erst dachte ich, es sei unsere Schusseligkeit. Wir haben ja nun mal alle das Alter dafür. Aber das ist es nicht. Mein Halstuch, das ich kurzzeitig gesucht hatte, ist wieder aufgetaucht. Aber inzwischen vermisst Hans seine Laufuhr, Theo seinen Stadtführer, Karl sucht sein Brillenetui und die nette Agnieszka fragte mich vorhin, ob ich ihre Handschuhe gesehen hätte. Und ich habe jetzt schon eine ganze Weile meine Airpods nicht gesehen. Ich hatte sie zuletzt in der Küche. Ich habe sie dort auf den Tisch gelegt, weil ich sie doch nicht zum Spaziergang mitnehmen wollte. Als ich sie heute Morgen nach dem Frühstück mit nach oben nehmen wollte, lagen sie da nicht mehr, und keiner hat sie gesehen. Das kann alles kein Zufall sein.«

»Wenn wir jetzt mal die Haushaltshilfe außen vor lassen, würde das bedeuten, dass jemand von euch die Sachen wegnimmt«, resümierte Eva.

»Ja«, bestätigte Vera. »Und außerdem sieht es so aus, als hätten wir Margo damals zu Unrecht verdächtigt. Dieser Gedanke beschäftigt und beunruhigt mich gleichermaßen. Ich meine, was soll das Ganze, und wer macht so etwas?«

Das waren berechtigte Fragen, fand Katharina.

»Das erinnert mich an einen Onkel von mir«, sagte Eva nachdenklich. »Er hatte als Kind einen schweren Fahrradunfall und galt ab da als etwas verrückt. Es hieß immer, Onkel Addi habe seitdem einen Spleen und ich erinnere mich, dass ich das Wort bis dahin noch nie gehört hatte. Jedenfalls machte sich Onkel Addi einen Spaß daraus, Dinge zu verstecken, wenn er zu Besuch war. Später fanden wir zum Beispiel das Sofakissen unter der Couch, den guten Lederschuh von meinem Vater in der Badewanne und meine Haarbürste im Korb für Schmutzwäsche. Wir Kinder fanden Onkel Addi einerseits lustig, andererseits aber auch etwas unheimlich. Wir wussten ja, dass Erwachsene so etwas eigentlich nicht tun.«

»Ich wüsste nicht, dass jemand von uns einen Spleen hat«, sagte Vera. »Aber trotzdem gibt es nur diese eine Möglichkeit. Einer meiner ehemaligen Mitbewohner eignet sich Dinge an, die ihm oder ihr nicht gehören. Und hat es wahrscheinlich damals auch schon gemacht.« Katharinas Tante streckte zwei Finger in die Luft. »Ich bin es im Übrigen nicht. Ich schwöre.«

»Das werde ich sogleich notieren«, sagte Katharina lächelnd, wurde aber sofort wieder sachlich. Sie stellte nun auch Vera die Frage nach einem möglichen Motiv für Margos gewaltsamen Tod.

»Ich habe natürlich darüber nachgedacht«, stellte Vera klar. »Ihr habt ja nun schon mitbekommen, dass Margo, heute würde man wohl sagen, sehr speziell war. Sie und ich, wir waren nun auch nicht gerade dicke Freundinnen. Aber gut, so etwas kommt vor.

Also, was ein Motiv angeht, da würde ich am ehesten bei Karl eins sehen. Die beiden waren ein Paar. Dass Margo ihn auf die Ersatzbank geschickt hat, kratzte sehr an seinem Ego. Mehr als er das zugegeben hat. Vielleicht ist da etwas zwischen den beiden eskaliert. Karl hat Margo daraufhin im Affekt niedergeschlagen und sie dann im Kriechkeller versteckt.« Vera hob beide Hände. »Aber das ist nur eine Möglichkeit. Vielleicht ist auch etwas ganz anderes passiert. Er hat sich allerdings auch ziemlich geziert, als ich mit der Idee kam, den unterirdischen Keller sehen zu wollen. Aber auch das muss natürlich gar nichts heißen. Er hat dann ja schließlich auch eingewilligt. Allerdings nicht ohne zu betonen, dass es nur darum geht, einen Blick hineinzuwerfen.«

Katharina machte sich eine Notiz und wollte gerade eine weitere Frage stellen, da drang ein gellender Schrei durch die Wohnzimmertür zu ihnen durch.

12. KAPITEL

Oktober 1972

»Das war doch richtig gut heute«, sagte Karl und wischte sich mit dem Handrücken den Schaum von der Oberlippe. »Was schätzt du, wie viele wir waren?«

Hans stellte sein Bierglas ab und griff nach einer Zigarettenpackung. Im *Mutter Birken* herrschte reger Betrieb. Alle Tische der Eckkneipe, in der schon 1860 der Dichter Hermann Löns regelmäßig sein Bier getrunken hatte, waren besetzt. Der Schankraum war erfüllt von Stimmengewirr, Zigarettenrauch und dem Geruch nach Essen.

»Ich schätze mal, dass bei der Abschlusskundgebung auf dem Domplatz fast tausend Leute waren«, sagte Hans. Er drehte den Kopf ein wenig zur Seite, um seinem Freund den Rauch nicht direkt ins Gesicht zu pusten.

»Die Bullen waren ja erstaunlich friedlich«, meinte Karl und warf sich ein paar Erdnüsse in den Mund, die sie ebenfalls bestellt hatten. »Obwohl das ja schon was Provozierendes hat, wie die sich da mit Helm, Schutzschild und Schlagstock aufbauen.«

Hans zuckte mit den Schultern. »Letztendlich machen sie nur ihre Arbeit.«

»Nur machen sie die leider manchmal etwas zu gründlich.« Karl warf einen Blick auf seine Armbanduhr. »Ich frage mich langsam, wo die anderen bleiben.«

Karl und Hans hatten auf der Demo, die vom Hindenburgplatz über den Prinzipalmarkt bis zum Domplatz geführt hatte, gemeinsam ein Transparent getragen. *Für mehr Demokratie im Bildungswesen* hatte darauf gestanden. Theo, Vera, Gabriele und Margo waren erst hinter ihnen gewesen, aber wegen des Gedränges waren sie schon bald auseinandergerissen worden. Antje war wegen einer Erkältung zu Hause geblieben.

Auf dem Prinzipalmarkt hatte Karl Margo dann wieder entdeckt. Sie stand mit Onno Jensen und ein paar Leuten aus dessen Dunstkreis zusammen. Er hatte ein leichtes Ziehen in der Herzgegend verspürt und sich gleich dafür selbst einen Idioten genannt. Margo war nun wahrlich nicht seine erste Freundin, und er war immer für das Prinzip »offene Beziehung« gewesen. Bloß nicht an altmodischen Vorstellungen von Partnerschaft kleben. Selbstverwirklichung, Freiheit und Autonomie waren die Pfeiler, auf denen heutzutage Beziehungen aufgebaut wurden. Komischerweise hätte er mit Margo gerne etwas anderes gelebt. Aber das würde er natürlich niemals zugeben. Allein schon aus dem Grund, weil Margo erst vor ein paar Tagen nochmal deutlich gemacht hatte, wie sie die Sache sah. »Zwei Monate habe ich mich nur auf dich konzentriert. Das war gut, aber ich will offen bleiben und mich nicht einschränken«, hatte Margo gesagt, als sie nach dem Sex auf dem Rücken gelegen und abwechselnd an einer Zigarette gezogen hatten. »Das heißt nicht, dass ich mit jedem Mann pennen will, der mir über den Weg läuft«, hatte sie weiter ausgeführt. »Aber ich will, dass es möglich ist. Besitzansprüche an den Partner, das war gestern.«

Karl hatte ihr in allen Punkten zugestimmt, obwohl er, seit er mit Margo zusammen war, nicht einmal darüber nachgedacht hatte, mit einer anderen Frau zu schlafen.

Es gelang Karl nicht, sich auf die Rede des AStA-Vorsitzenden zu konzentrieren. Immer wieder wanderte sein Blick zwischen der Menge hindurch zu Margo, die sich angeregt mit Onno zu unterhalten schien. Ihre Hand ruhte auf seinem Oberarm, und er kam beim Sprechen ganz nah an ihr Gesicht. Karl überlegte, ob sie wohl etwas miteinander hatten. Wahrscheinlich ja.

Karl kannte den roten Onno, wie er in Uni-Kreisen genannt wurde, nicht näher. Er wusste nur, dass er zwei Jahre zuvor von Aurich nach Münster gekommen war und, wie Margo, Sozialwissenschaften studierte. Er gehörte ebenfalls dem Aktionsbündnis *Mehr Beteiligung* an. Er war Karl dort durch seine langatmigen und manchmal auch aggressiven Wortbeiträge aufgefallen. Außerdem arbeitete er in weiteren Gremien, Bündnissen und Arbeitsgruppen in und außerhalb der Uni mit. Auf dem Plakat, das Onno in der Hand hielt, war zu lesen: *Organisiert euch in den roten Zellen.*

Nachdem der Vorsitzende des AStA seine Rede beendet hatte, ging es unter Pfeifen und Gegröle weiter zur Abschlusskundgebung auf den naheliegenden Domplatz. Ab da hatte Karl Margo nicht mehr gesehen.

Bevor sich die WG auf den Weg zur Demo gemacht hatte, war verabredet worden, sich im Anschluss auf einen Absacker zu treffen.

»Bist du eigentlich sicher, dass wir uns hier treffen wollten und nicht in der Altstadt?«, fragte Hans nun.

»Ja, bin ich. Wir haben doch noch darüber gesprochen, dass *Cavete* oder *Blaues Haus* ungünstig sind, weil es dort noch voller sein wird als hier.«

»Stimmt.« Hans bestellte per Handzeichen noch zwei weitere Biere bei der Kellnerin, die gerade auf dem Nachbartisch mehrere Teller mit Bratkartoffeln und Spiegelei abgestellt hatte.

Das Zusammenleben in der WG Heerdestraße funktionierte zurzeit etwas besser. Seit sie vor vier Wochen beschlossen hatten, die WG-Kasse in Veras Zimmer zu deponieren, hatte kein Geld mehr gefehlt. Auch die Verteilung der täglich anfallenden Hausarbeiten hatte sich positiv entwickelt. In den letzten zwei Wochen hatten sich ihre abendlichen Diskussionen auch wieder um wichtigere Themen gedreht als ums Putzen und Einkaufen. Häufig war es um die bevorstehende Demo gegangen. Sie waren sich alle über die Notwendigkeit einig, auf das fehlende Mitspracherecht von Studenten und Assistenten in den Universitätsgremien aufmerksam machen zu müssen. Unterschiedlich wurde aber beurteilt, ob man dazu auch auf Mittel wie ein Go-In zurückgreifen sollte.

»Natürlich reicht es nicht, nur durch die Innenstadt zu latschen«, hatte sich Margo an einem Abend ereifert. »Wenn wir wollen, dass unser Anliegen ernst genommen wird, und auch die Öffentlichkeit mitkriegen soll, was für verkrustete Strukturen an der Uni herrschen, muss da schon etwas mehr kommen.«

»Warum sollte eine groß angelegte Demo mit zahlreichen Infoständen nicht reichen?«, hatte Vera dagegengehalten. »Damit machen wir doch auf unsere Kritik am bestehenden Bildungssystem aufmerksam. Besser können wir doch die Bevölkerung gar nicht über unsere berechtigten Forderungen nach Mitbestimmung, Studien- und Prüfungsreformen und besserer Ausstattung der Uni aufmerksam machen.«

Margo hatte mit dem Kopf geschüttelt. »Nur zu demonstrieren, ist nicht genug. Es braucht noch andere Formen des Protests. Wir haben schon alles geplant. Es soll folgendermaßen laufen: Noch während der Abschlusskundgebung werden wir uns absetzen und uns zum Hörsaalgebäude aufmachen. Eine Gruppe wird das Gebäude mit Graffitis überziehen, eine andere Gruppe wird reingehen und den H1 besetzen. Die Idee ist, den Saal von innen zu verbarrikadieren, sodass die Bullen die Aktion nicht so schnell beenden können.«

»Das ist Sachbeschädigung und Hausfriedensbruch«, war Veras Kommentar dazu gewesen.

Margo hatte bei Veras Worten laut aufgestöhnt und gesagt: »Es wird höchste Zeit, dass Fräulein Langenkämper mal den Besenstiel aus ihrem Arsch zieht. Weißt du, was mir aufgefallen ist, Vera? Du hältst dich viel zu sehr mit unwichtigen Kleinigkeiten auf, statt dich mal größeren Themen zuzuwenden.«

»Welchen zum Beispiel?«

»Zum Beispiel der Kritik an der konsumistischen Kulturindustrie und der kapitalistischen Produktionsweise. Ich habe dich noch nie etwas in der Richtung lesen sehen.«

Bevor Vera sich dazu hatte äußern können, war Hans dazwischengefahren und hatte ein anderes Thema angefangen. Während er jetzt seine Zigarette ausdrückte, öffnete sich die Kneipentür und zusammen mit einem eisigen Windstoß kamen Theo und Gabriele herein. Sie entdeckten ihre Mitbewohner an ihrem Stammplatz in der Ecke der Kneipe und kamen zu ihnen herüber. Gabriele befreite sich umständlich von ihrem langen Schal. Ihre Nasenspitze war rot vor Kälte. Theo warf Handschuhe und Mütze auf den Tisch und ließ sich auf einen Stuhl fallen.

»Vera ist noch nicht da?«, fragte er überflüssigerweise.

»Das hast du richtig erkannt«, brummte Karl.

»Vielleicht hat sie sich ja doch Margo angeschlossen und besetzt jetzt den H1«, witzelte Theo.

»Vera?« Gabriele machte ein entschiedenes Gesicht. »Niemals! Das entspricht überhaupt nicht ihrem Persönlichkeitstyp.« Sie blies gegen ihre kalten Finger und bestellte bei der Bedienung einen schwarzen Tee.

»Warum bist du eigentlich nicht mit Margo und Onnos Leuten mitgegangen?«, wandte sich Theo an Karl.

Karl zuckte mit den Schultern und nahm einen tiefen Zug von seiner Zigarette. »Keine Lust. Mir war sowieso schon total kalt.«

Gabriele sah ihren Mitbewohner aufmerksam an. »Habt ihr beide Ärger miteinander?«

»Nein, aber wir haben unsere Beziehung auf etwas andere Füße gestellt. Wir wollen beide kein Bratkartoffelverhältnis, sondern eine offene Beziehung.« Bei diesen Worten schaute Karl die anderen nicht an, sondern hatte seinen Blick auf den überquellenden Aschenbecher gerichtet, in dem er jetzt seine Zigarette ausdrückte.

»Ahhhh.« Gabriele nickte wissend.

»Richtig so«, sagte Theo munter. »Denn du weißt ja, wer zweimal mit derselben pennt, gehört schon zum Establishment.«

»Ach, halt die Klappe, Theo«, fuhr Karl ihn an. »Du pennst ja mit überhaupt keiner.«

Als der Tee für Gabriele und ein Bier für Theo gebracht wurden, öffnete sich die Tür erneut und Vera kam herein. Ihr langes, blondes Haar floss unter einer lila Baskenmütze hervor, die sie vom Kopf zog, sobald sie die Kneipe betreten hatte. Außer Atem ließ sie sich auf den letzten freien Stuhl nieder und schälte sich aus ihrem Anorak.

»Habt ihr es auch schon gehört? Es hat Randale am Hörsaalgebäude gegeben. Die Polizei hat es ziemlich schnell spitzgekriegt, dass da was laufen sollte.«

»Das wundert mich überhaupt nicht«, meinte Theo und fischte sich eine Zigarette aus Hans' Packung. »Warum sucht man sich auch ein Gebäude zum Besetzen aus, dass sich nur fünf Minuten entfernt vom Ort der Abschlusskundgebung befindet, wo eine Hundertschaft von Bullen nur darauf lauert, endlich mal wieder durchgreifen zu können. Das ist doch total bescheuert. Die hätten doch besser zur Scharnhorststraße ziehen können.«

»Das war bestimmt Onnos Idee«, war sich Karl sicher.

Vera winkte der Bedienung. »Auf dem Weg hierhin hat mir ein Kommilitone erzählt, dass es zum Go-In gar nicht gekommen ist.«

Eine Weile plauderten sie über die gescheiterte Aktion, die Demo an sich, wen sie getroffen hatten und was als Nächstes geplant war.

»Ihr kommt doch auch zur Demo des *AKK*, oder?«, wollte Gabriele wissen. »Wir wollen die Bürger über Hunger, Krankheit und soziale Missstände in der Welt aufklären.«

»Ist die am 10. Dezember?«, fragte Vera. »Da kann ich nämlich nicht. Da wird mein Vater 60 Jahre.«

Nach einer weiteren Runde Tee und Bier entschied sich die WG, nach Hause zu gehen. Als sie bezahlten und Theo sein schwarzes Lederportemonnaie aufklappte, fiel Veras Blick auf ein Foto, das Theo in das Fach mit der Klarsichtfolie geschoben hatte. Es zeigte einen Jungen in kurzer Sporthose und Trikot neben einem Mann in Trainingsanzug und Trillerpfeife um den Hals. Der Junge hielt einen Handball in den Händen und strahlte über das ganze Gesicht. Theo bemerkte, dass Vera das Foto ansah, und tippte darauf. »Kleine Erinnerung an einen meiner glorreichsten Momente im Handball. Hier habe ich das entscheidende Tor zum Sieg erzielt, und wir haben das Finale der Jugendbezirksmeisterschaft gewonnen.«

Draußen zogen sie sich die Mützen über die Ohren und banden die Schals fester zu. Gerade als sie durch die Schulstraße nach Hause gehen wollten, bog Margo in Begleitung von Onno Jensen um die Ecke. »Ach, ihr wollt schon los?«, fragte sie erstaunt.

Sie hatte ihre Schultern vor Kälte hochgezogen und sich bei Onno untergehakt, der auf einem Kaugummi kaute und zur Begrüßung nur grinste.

»Ja, wir gehen jetzt zur Heerdestraße«, gab Hans zur Auskunft. »Wir haben gehört, dass die Aktion nicht ganz geklappt hat?«

Onno winkte ab. »Nee. Die Bullen waren da, noch bevor wir überhaupt einen Fuß ins Gebäude setzen konnten. Aber es war noch genug Zeit, die Wände zu verzieren. Da prangen jetzt jede Menge Sprüche an der Hauswand. Das ist ja immerhin etwas.«

»Dummerweise haben sie drei Leute geschnappt, die gesprüht haben. Aber wir anderen sind ab durch die Mitte. Das war vielleicht ein Spaß.« Margo strahlte über das ganze Gesicht. »Wir sind zu allen Seiten davongerannt. Die Bullen wussten überhaupt nicht, wem sie zuerst hinterherlaufen sollten. Markus, Rolf und Melanie haben sie auch nur gekriegt, weil die mit ihren Sprühflaschen vor den Fenstern des ersten Stocks rumgeturnt sind. Da kamen sie natürlich nicht so schnell weg.«

Vera, die nicht länger an der zugigen Straßenecke stehen wollte, sagte: »Dann sehen wir uns später zu Hause.« Sie machte Anstalten, sich in Bewegung zu setzen, und die anderen taten es ihr nach.

»Wartet kurz«, rief Margo. »Sie ließ ihre braune Lederumhängetasche von der Schulter gleiten und kramte darin herum. »Ich habe noch so viele Flugblätter. Die könnt ihr doch auf dem Heimweg noch hier und da in die Briefkästen werfen. Da steht noch mal ganz genau drauf, was wir fordern. Wäre doch zu schade, wenn wir die jetzt einfach so wegwerfen.«

Gabriele streckte ihre Hand aus. »Okay, machen wir.«

Margo zerrte einen Stapel Flugblätter aus ihrer Tasche, die ihr dabei aus den Händen fiel und auf dem Gehsteig landete. »Ach, Mist«, fluchte sie.

Eine angebrochene Packung Kaugummis, ein Kugelschreiber, Margos Hausschlüssel und weitere Dinge waren herausgefallen. Margo hockte sich hin und begann sie wieder einzusammeln. Vera zögerte nicht lange und half ihrer Mitbewohnerin. Plötzlich stutzte sie. Sie hatte gerade ein schmales, weinrotes Stiftemäppchen aufgehoben.

Irritiert starrte sie darauf, dann fragte sie Margo: »Warum befindet sich Antjes Federmappe in deiner Tasche?«

13. KAPITEL

Nur wenige Sekunden nachdem der Schrei erklungen war, fuhren die Kommissarinnen vom Sofa hoch. Katharina erreichte als Erste die Tür und riss sie auf. Im Flur stand Antje. Sie drehte Katharina und Eva kurz den Kopf zu, als die beiden auf sie zutraten. Ihr Gesicht war schneeweiß und ihre Hand bebte, als sie mit ausgestrecktem Zeigefinger zum Ende des Flurs deutete.

Dort, gegenüber der Tür zum Keller, befand sich eine altmodische Garderobe mit Hutablage und einem großen Spiegel. Davor stand eine schlanke Gestalt mit einer langen Haarmähne. Sie trug Stiefel mit Plateauabsatz und eine kurze Jacke mit riesigem Fellkragen.

Antjes Stimme balancierte auf einer dünnen Schneide, als sie flüsterte: »Da ist Margo.«

Katharina musste zweimal hinsehen, bis sie die Frau erkannte, die jetzt mit schuldbewusster Miene auf sie zukam. Es war Agnieszka. »Oh, Entschuldigung! Ich wollte niemanden erschrecken.« Sie zog ein Zopfband vom Handgelenk und mit flinken Fingern hatte sie ihre Haare wieder zu einem Dutt verschlungen. Anschließend legte sie eine Hand auf Antjes Arm, die die junge Polin noch immer fassungslos anstarrte.

»Warum haben Sie die Sachen von Margo an?«, fragte sie, und in ihre Stimme hatte sich jetzt ein hysterischer Unterton geschlichen. »Das ist Margos Jacke! Und ihre Stiefel! Warum haben Sie das an? Wenn ich meine Brille nicht trage, sehe ich nicht gut. Ich habe Sie für Margo gehalten.« Der letzte Satz blieb wie eine Anklage im Raum schweben, und dann fing Antje hemmungslos an zu weinen.

Vera, die inzwischen auch den Flur betreten hatte, schob die Haushaltshilfe sanft zur Seite, legte einen Arm um Antjes Schultern und führte sie ins Wohnzimmer.

Agnieszka sah den beiden älteren Damen bestürzt hinterher. »Was habe ich nur gemacht? Ich wollte doch nicht, dass die liebe Frau Lagemann so einen Schreck kriegt. Ich bin so dumm! So dumm!« Energisch riss sie am Reißverschluss der Jacke und zog sie aus. »Ich sollte diese Sachen vom Dachboden holen. Herr Wagner hat mir beschrieben, wo sie ungefähr stehen, und ich habe sie gleich gefunden.« Agnieszka deutete auf einen Karton. »Die Sachen sind für Sie, hat Herr Wagner gesagt. Der Deckel geht nicht richtig zu und da habe ich zufällig die Jacke gesehen. Ich liebe die Mode und die Musik aus der Zeit, als Herr Wagner jung war. In Polen gehe ich ganz oft auf solche Partys.« Agnieszka sah immer noch beschämt aus. Katharina bekam Mitleid. »Ist schon gut. Frau Lagemann wird sich wieder fangen. Legen Sie die Sachen einfach wieder zurück. Wir bringen den Karton und den Koffer gleich zum Auto.«

Katharina und Eva hätten gerne noch mal mit Antje über den Vorfall gesprochen, aber die war nach dem Schreck noch mehr durch den Wind als ohnehin schon. Die pensionierte Lehrerin gab ihnen zu verstehen, dass sie sich nicht in der Lage sah, sich ein weiteres Mal mit den Kommissarinnen zu unterhalten. »Morgen. Aber heute nicht mehr«, erklärte sie. »Ich habe seit einiger Zeit Herzrhythmusstörungen. Man weiß die Ursache noch nicht, die Untersuchungen laufen noch. Aber ich soll alles vermeiden, was mich aufregt und stresst.« Wieder traten ihr Tränen in die Augen. »Und ich sage es ganz ehrlich, das hier«, sie machte eine weit ausholende Armbewegung, »regt mich alles ungemein auf.«

So beschlossen Katharina und Eva, es für heute gut sein zu lassen. Die Kommissarinnen wechselten noch ein paar abschließende Worte mit Vera und baten sie, ihre Studienfreunde darüber zu informieren, dass die Identität der Leiche nun einwandfrei feststehe.

Auf der Rückfahrt zum Präsidium bemerkte Katharina: »Eigentlich hätten wir Antjes labilen Zustand für ein paar klärende Fragen ausnutzen müssen. Eventuell haben wir uns da eine große Chance entgehen lassen. Da muss etwas ziemlich in ihr arbeiten. Sonst hätte sie nicht so heftig bei der Befragung und gerade im Flur reagiert. Wir sind einfach zu nachsichtig.«

* * *

Als Katharina abends mit Klaas beim Abendessen saß, war sie besserer Laune als in den vergangenen Tagen.

Eva und sie hatten heute einiges geschafft, und das war ein zufriedenstellendes Gefühl.

Klaas war auch guter Dinge. »Ich muss jetzt nur noch einmal mit dem Randschleifer in die Ecken und unter den Heizkörper, dann spachtel ich mit Holzkitt die Kratzer und Kerben aus, und dann kann ich mit dem Versiegeln beginnen. Sollte alles klappen, wie ich mir das vorstelle, dann können wir übermorgen die Möbel reinstellen.«

»Das ist ja super. Wenn das Wohnzimmer erst mal fertig ist, dann ist schon viel geschafft.«

»Wir können uns dann auch bald nach einer neuen Couch umsehen«, sagte Klaas. »Ich stelle mir eine Art Sofalandschaft vor, auf der man es sich zu zweit so richtig schön gemütlich machen kann.« Er grinste Katharina breit an.

Bei dem Gedanken hob sich Katharinas Stimmung noch mehr. Ihr altes Sofa hatte sie schon beim Auszug aus ihrer Wohnung entsorgt, und das von Klaas stand im Keller. Sie hatten es dem Studentenpärchen von oben versprochen.

Brigitte war auch wieder da gewesen, aber diesmal hatte sie sich nicht lange aufgehalten. »Ich habe mich bei der *Lebenshilfe Münster* als Schulbegleiterin für geflüchtete Kinder beworben«, hatte sie Klaas aufgeregt erklärt, »und nun muss ich gleich zu einem Vorstellungsgespräch. Ich möchte meinen Ruhestand sinnvoll gestalten, und ich kann ja nicht ständig meinen vielbeschäftigten Nachbarn auf die Pelle rücken.« Sie hatte Klaas gutmütig zugezwinkert und ihm einen Kochtopf mit Bohnensuppe in die Hände gedrückt.

Während Katharina die Suppe löffelte, ertappte sie sich dabei, wie sie Dankbarkeit gegenüber Brigitte verspürte. Nachdem ihr der Mohnstrudel so schwer im Magen gelegen hatte, war der deftige Eintopf jetzt genau das Richtige.

Klaas erzählte irgendetwas von Brigitte, aber Katharina hörte nur mit einem halben Ohr zu. Ihre Gedanken hatten sich selbstständig gemacht. Ich bin viel gelassener, wenn ich arbeite, sinnierte sie. Ich brauche meinen Job, das ist schon immer so gewesen. Ich brauche den Nervenkitzel, den das Suchen nach dem Leitfaden, der einen zur Lösung des Rätsels führt, mit sich bringt. Und das Kribbeln im Nacken, wenn eine Erkenntnis in meinem Gehirn Gestalt annimmt. Wochenlang zu Hause die Wohnung auf Vordermann bringen, das ist einfach nicht mein Ding.

»Katharina? Wäre das denn okay für dich?«

Katharina blickte Klaas ein wenig schuldbewusst an. »Was? Ja, ja. Klar.« Sie hatte nicht mitbekommen, was ihr Freund gefragt hatte, dafür war ihr aber gerade etwas eingefallen. »Mir ist gerade eine Idee gekommen. Wie wäre es, wenn du mal bei Ben nachfragst, ob er dir nicht für ein, zwei Tage helfen kann. Soweit ich weiß, hat er im Moment kein neues Projekt am Start.«

Ben war der Lebensgefährte von Edith und nur ein paar Jahre älter als Katharina. Als sie ihn kennenlernte, war er im Begriff, ein indisches Restaurant zu eröffnen. Doch letztendlich kam es nicht dazu, und Ben, der unbedingt in Münsters Gastronomie mitmischen wollte, rief einen Frühstücksbringdienst ins Leben. Eine längere Asienreise mit Edith führte aber dazu, dass dieses

Unternehmen nie richtig Fahrt aufgenommen hatte. Aus Japan brachte Ben dann einen neuen Einfall mit, und er eröffnete in Münsters Innenstadt einen Imbiss, wo er eine trendige japanische Delikatesse namens *Frutso Sando* anbot. Der Verkauf dieser Fruchtsandwiches lief zunächst gar nicht schlecht, aber dann eröffneten gleich neben Ben zwei Hipster einen Laden, in dem es Frozen Yogurt mit den verrücktesten Toppings zu kaufen gab – und das alles auch noch vegan. Ben blieben nur noch ein paar Stammkunden, und er war gezwungen, seinen Imbiss aufzugeben.

Klaas winkte ab. »Auf die Idee bin ich auch schon gekommen, aber er hat keine Zeit. Wusstest du, dass die beiden ein Grundstück in einer Kleingartenanlage gepachtet haben?«

»Nein«, sagte Katharina verblüfft und ließ ihren Löffel sinken. »Im Ernst jetzt? Was wollen die beiden mit einem Schrebergarten? Edith hat doch eine wunderbare Dachterrasse, um draußen zu sitzen.«

»Laut Ben wollen sie dort Gemüse anbauen.« Klaas verstellte seine Stimme und hob den Zeigefinger. »In reiner Bioqualität, versteht sich. Du musst wissen, regional und vegetarisch, das ist es, was die Leute möchten. Ich werde Gemüsepasten herstellen und sie an Hofläden in der Umgebung und in einem Onlineshop verkaufen.«

Katharina starrte Klaas ein paar Sekunden an und brach dann in Lachen aus. »Sag, dass das nicht stimmt. Bitte!« Sie zog eine verzweifelte Grimasse. »Das ist nicht Bens neuestes Projekt!«

»Doch«, sagte Klaas mit seiner normalen Stimme.

»Das ist doch Quatsch! Vegetarische Aufstriche kann man inzwischen in jedem Discounter kaufen. Das ist doch mittlerweile Standard und wirklich nichts Besonderes!«

Gespielt streng schüttelte Klaas den Kopf. »Du hast nicht richtig zugehört. Regional ist das Zauberwort. Und Bio natürlich. Und außerdem geht es nicht um einen schnöden Brotaufstrich, sondern um Pasten. P-a-s-t-e-n, Katharina, das ist ein Unterschied. Ben wird den Gemüsepastenmarkt revolutionieren. Seine Pasten werden weniger Salz und keinen Zucker enthalten und natürlich keine anderen Zusatzstoffe. Sie werden frisch, cremig und aromatisch sein. Nicht so fest wie dieses Billigzeug, das du überall kaufen kannst, sondern locker und luftig.«

Katharina schüttelte den Kopf. »Eins muss man ihm lassen. Er hat immer wieder neue Ideen.« Sie hielt ihren Teller ein wenig schief, um den letzten Rest Suppe auf ihren Löffel zu bekommen. »Aber das mit dem Schrebergarten und dem eigenen Gemüse ist doch totaler Blödsinn«, platzte es dann aus ihr heraus. »Edith hat sich noch nie für Gartenarbeit oder Gemüseanbau interessiert. Früher in unserem alten Haus ist immer jemand gekommen, um den Garten in Ordnung zu halten. Und ich glaube auch nicht, dass Ben sich damit auskennt.«

»Na ja, so etwas kann man ja lernen. Unterschätz deine Mutter mal nicht.«

»Aber ein Schrebergarten!«

»Ich glaube, heutzutage sagt man Kleingarten.«

»Weißt du, wie es in diesen Kolonien zugeht? Eine Kollegin von mir hat auch einen Schrebergarten. Also, was die so erzählt. Schrecklich! Da gibt es ein festes Regelwerk. Wie hoch die Hecke zu sein hat, wie lang der Rasen sein darf und auch, was angepflanzt wird. Man ist da auch sozial voll eingebunden. Die Teilnahme an allen möglichen Festen ist verpflichtend! Und es gibt jede Menge Feste. Frühlingsfest, Sommerfest, Apfelfest, Weihnachts…«

Klass unterbrach seine Freundin. »Jetzt übertreib mal nicht. Es gibt da sicher auch Unterschiede. Ist doch super, dass deine Mutter so aufgeschlossen ist für neue Ideen.« Mit einem provozierenden Lächeln in den Mundwinkeln fügte er hinzu. »Da hat sie dir einiges voraus.«

»Was soll das denn heißen?«, sprang Katharina sofort darauf an.

Klaas zuckte mit den Schultern. »Na ja, du bist nicht unbedingt der Typ, den man schnell für etwas Neues begeistern kann, oder? Du magst das Altbewährte und brauchst die Sicherheit, die vertraute Pfade dir bieten.«

»So'n Quatsch«, erwiderte Katharina. »Aber noch mal zu diesem Gartenprojekt. Das ist überhaupt nichts für die beiden. Ich kenne doch meine Mutter. Die sieht ihre Nachbarn am liebsten von hinten. In einer Schrebergartenkolonie oder von mir aus in einem Kleingartenverein gehört der nachbarschaftliche Austausch dazu wie der Gartenzwerg vor der Tür. Wo ist denn diese Gartenanlage?«

»Die heißt *Erdenglück e. V.* und liegt in der Nähe vom Kanal.«

»Der Kanal ist lang.«

»In der Nähe der neuen Kanalbrücke an der Wolbecker Straße. Es war ihnen wichtig, dass sie den Garten schnell erreichen können.«

»Und wegen des Schrebergartens hat Ben jetzt keine Zeit, dir zu helfen? Was macht man denn im Januar in einem Schrebergarten?«

Klaas zuckte mit den Schultern, erhob sich und begann damit, das Geschirr zusammenzustellen. »Ben hat irgendetwas von Sträuchern und Obstbäumen erwähnt, die zurückgeschnitten werden müssen. Und er will in dem Häuschen, das da auf dem Grundstück steht, Gemüse vorziehen. Damit die Pflanzen, wenn er sie nach den Eisheiligen draußen ins Beet pflanzt, schon einen Wachstumsvorsprung haben.«

Katharina war ebenfalls aufgestanden. Sie griff nach dem Lappen, der über dem Wasserhahn hing, und wischte den Tisch ab. »Ich sehe uns schon demnächst jedes Wochenende mit Spaten und Spitzhacke in Ediths und Bens Garten stehen.«

»Du übertreibst schon wieder.«

»Du kennst doch meine Mutter. Warte es nur ab.«

14. KAPITEL

Oktober 1972

»Verdammt! Ich kriege das einfach nicht hin!« Genervt legte Antje ihre Gitarre auf den Stuhl neben sich und griff nach ihrem Becher mit Tee. »Bäh, der ist ja nur noch lauwarm.«

Es war erst drei Uhr nachmittags, aber es war wieder einer dieser Tage, an denen es überhaupt nicht hell zu werden schien. Der Schein der Deckenlampe tauchte den Küchentisch in gelbes Licht. Antje und Theo waren die Einzigen, die an diesem Nachmittag zu Hause waren. Der Rest der WG saß noch in Vorlesungen oder trieb sich in der Unibibliothek herum.

Missmutig starrte Antje auf die Notenreihen in ihrem Heft, über die ihr Gitarrenlehrer die entsprechenden Griffe gekritzelt hatte.

»Vielleicht versuchst du es erst mal mit einem Song von den Beatles. Das ist bestimmt einfacher als The Doors.« Theo stand am Herd und hatte gerade zwei Eier in eine Pfanne geschlagen.

Das brutzelnde Geräusch erinnerte Antje an ihren Vater, der zum Abendbrot entweder Spiegelei oder Rührei aß. »Ich liebe dieses Lied aber so«, maulte sie. »Ich würde es sooo gerne auf der Gitarre spielen können. Wenn mein Gitarrenlehrer nur die ersten Takte davon spielt, laufen mir schon Schauer über den Rücken.« Antje machte mit den Schultern eine entsprechende Bewegung.

»*Riders on the storm, riders on the storm, into this house we're born* …«, summte Theo leise vor sich hin, während er geschickt die Eier wendete.

Theo war der einzige Mensch, den Antje kannte, der Spiegeleier von beiden Seiten anbriet. »Hast du heute Mittag nichts in der Mensa gegessen oder warum hast du schon wieder Hunger?«

»Ich habe heute um sechs Uhr noch ein Freundschaftsspiel. Da muss ich gestärkt sein.« Theo schob die Eier auf einen Teller, schnitt sich eine dicke Scheibe Brot ab und nahm Besteck aus einer Schublade. »Ein Hoch auf Vera und ihre Vorliebe für Pläne und strikte Organisation. Es ist doch viel wert, wenn etwas zu essen da ist, wenn man es nötig hat.« Mit dem Fuß zog er einen Stuhl zu sich heran und setzte sich Antje gegenüber. »Der Berg an schmutzigem Geschirr ist auch nicht mehr so meterhoch.«

Antje klappte ihr Notenheft zu und trank den Rest ihres Tees aus. »Das stimmt. Wenn wir jetzt noch regelmäßig aufräumen würden, dann hätten wir den Ordnungsstandard unserer Eltern bald erreicht.«

»Ja, wahrscheinlich.« Theo sah sich suchend auf dem Tisch um. »Wo ist denn jetzt schon wieder der verdammte Salzstreuer? Wenn der jetzt auch weg ist, dann …«

»Hinter dir«, unterbrach ihn Antje und zeigte auf das Küchenbuffet.

Theo angelte nach dem Salz. »Als wir vorgestern vorm *Mutter Birken* standen, da war ich ja hundertprozentig sicher, die Erklärung für unser ständiges Suchen zu haben.«

»Das wäre mir auch so gegangen.« Antje zuckte mit den Schultern. »Aber die liebe Margo hatte mich tatsächlich gefragt, ob sie sich mein Etui ausleihen kann, um vor der Demo mit ihrer Aktionsgruppe noch Plakate basteln zu können.«

Theo nickte mit vollem Mund und säbelte ein weiteres Stück von seinem Brot ab.

In diesem Augenblick sprang die Tür auf und Margo marschierte ins Zimmer. Sie trug eine Jacke mit einem Fellkragen, eine gemusterte Pudelmütze und einen Strickschal, den sie sich mehrfach um den Hals geschlungen hatte. »Bei mir ist das letzte Seminar ausgefallen«, sagte sie als Begrüßung. »Laut Plan bin ich dran mit Einkaufen, und ich würde das ja auch wirklich gerne machen, aber«, sie drehte die Handinnenflächen nach außen, »Vera ist nicht da, und so kann ich jetzt nicht an die Kasse. Ich habe ja von Anfang an gesagt, dass das bescheuert ist. Die Verrückte hat sogar ihr Zimmer abgeschlossen. Die ist doch paranoid.«

»Woher weißt du, dass ihr Zimmer abgeschlossen ist?«, fragte Antje misstrauisch.

Margo verdrehte die Augen. »Weil ich die Klinke heruntergedrückt habe. Wäre das Zimmer offen, dann hätte ich mir Geld aus der Kasse nehmen können und könnte jetzt einkaufen gehen.«

»Genau das sollst du eben nicht machen«, platzte es aus Antje heraus. »Vera nimmt Geld aus der Kasse und sonst keiner! Und du kannst auch nicht einfach in ihr Zimmer spazieren, wenn sie nicht da ist.«

Margo zuckte mit den Schultern. »Nee, kann ich nicht. Ist ja abgeschlossen.«

»Warum machst du es nicht wie alle anderen auch?«, fragte Theo. »Leg das Geld aus und lass es dir nachher von Vera wiedergeben. Wo ist das Problem?« Er blickte seine Mitbewohnerin an, und Antje sah den Spott in seinen Augen. »Ja, genau«, sagte sie. »Warum machst du es nicht so?«

Um Margos Mundwinkel zuckte es. Eine verschlossene Miene hatte auf ihrem Gesicht Fuß gefasst. Schließlich sagte sie: »Weil ich nicht mehr genug Geld habe, um den gesamten Einkauf auszulegen.«

»Soll ich das Geld leihen? Dann kannst du deinem Vorhaben, etwas für die Allgemeinheit zu tun, auch Taten folgen lassen. Vera wird sich bestimmt freuen.«

Antje war sich sicher, dass Margo das ablehnen würde, aber ihre Mitbewohnerin sagte: »Ja, mach das. Ich bin doch froh, wenn ich Vera glücklich machen kann.«

Antje verließ mit Margo im Schlepptau das Wohnzimmer und drückte ihr in ihrem Zimmer zwanzig Mark in die Hand.

Margo bedankte sich nicht. Stattdessen sagte sie: »Draußen im Garten treibt sich eine Katze herum. Heute Morgen war sie auch schon da. Sie sieht ziemlich abgemagert aus. Wenn sie noch da ist, wenn ich vom Einkaufen zurück bin, lasse ich sie rein und gebe ihr etwas Milch.«

»Milch ist überhaupt kein geeignetes Nahrungsmittel für Katzen«, erklärte Antje.

Margo betrachtete Antje mit ausdrucksloser Miene an. »Das Fräulein Lehrerin weiß es natürlich wieder einmal besser.«

»Das stimmt aber«, hielt Antje ärgerlich dagegen. »Viele Katzen vertragen den Milchzucker nicht, der in der Milch ist. Gib ihr lieber ein Stück Wurst.«

Als Antje in die Küche zurückkehrte, sagte sie: »Wenn sie nicht so verdammt unfreundlich und überheblich wäre, dann würde sie mir wahrscheinlich leidtun.«

Theo hatte seinen leeren Teller mit dem Besteck darauf ein Stück von sich weggeschoben und überflog das Kinoprogramm in der *Na dann,* ein bei Studenten beliebtes Veranstaltungs- und Anzeigenblatt. »Du kannst Margo nicht für voll nehmen.« Theo hob den Kopf und sah Antje nachdenklich an. Mit Vera, Gabriele und Karl hatte er schon mehrfach über das Thema gesprochen, aber mit Antje hatte sich das noch nicht ergeben. »Siehst du es eigentlich auch so, dass nur Margo das Geld geklaut haben kann?«, fragte er und klappte die *Na dann* zu.

Antje hatte sich noch nicht wieder gesetzt. »Darauf würde ich tausend Mark setzen.«

Theo nickte zufrieden. »Das mit dem Federmäppchen hat sich ja geklärt, bleibt aber immer noch die Frage, was mit all den anderen Dingen passiert, die wir hier ständig vermissen.«

»Das würde ich auch gerne wissen«, sagte Antje. Sie griff nach ihrer Gitarre und verstaute sie in der gepolsterten Gitarrentasche, die ihre Eltern ihr zum Geburtstag geschenkt hatten.

»Die anderen sind immer noch der Meinung, wir verklüngeln die Sachen hier im Haus oder sonst wo, aber ich glaube das nicht. Meinen Drehbleistift hatte ich zuletzt hier in der Küche. Ich habe ihn auf dem Tisch liegen lassen, und als ich ihn holen wollte, war er nicht mehr da.«

Antje unterdrückte einen Seufzer. Theo suchte seinen Drehbleistift mit dem kleinen, silbernen Handball als Anhänger seit einer Woche und hatte schon hundert Mal darauf hingewiesen, dass er ihn zuletzt in der Küche hatte und ihn auf dem Tisch hatte liegen lassen. »Meinst du, Margo steckt dahinter?« Sie zog den Reißverschluss der Gitarrentasche zu und lehnte das Instrument dann an einen Stuhl.

»Wir könnten das herausfinden, indem wir einen Blick in ihr Zimmer werfen«, erwiderte Theo und grinste Antje frech an. »Sie ist ja jetzt erst mal weg.«

»Das ist doch mal eine gute Idee«, stimmte Antje sofort zu. »Langsam nervt es wirklich, dass hier ständig Sachen abhandenkommen.«

Das Zimmer von Margo befand sich im ersten Stock, genau wie das von Antje, Theo, Gabriele und Vera. Als Antje die Tür öffnete, wehte ihnen ein kalter Luftzug vom gekippten Fenster und der Geruch von Zigarettenqualm entgegen.

Die Zimmer waren alle nicht besonders groß, aber Margos wirkte winzig, da in ihm ein einziges Chaos herrschte. Das Bettzeug lag verknäult am Fußende des schmalen Bettes. Der Fußboden war übersät mit Klamotten, leeren Flaschen, Kekspackungen und Schokoladenpapier. Auf dem Schreibtisch, der vor dem Fenster stand, stapelten sich Bücher, Broschüren und Uniunterlagen. Auf der Fensterbank fristete eine Topfpflanze ihr klägliches Dasein, daneben stand ein überquellender Aschenbecher.

»Man sollte meinen, man hätte ihr im Kinderheim etwas mehr Ordnungssinn beigebracht«, murmelte Theo. »Da legt man doch auf so etwas bestimmt viel Wert.« Mit dem Fuß schob er einen Haufen Schmutzwäsche zur Seite. »Bei mir kann man auch nicht unbedingt vom Fußboden essen, aber so schlimm sieht es dann doch nicht aus.«

»Mhm«, machte Antje abwesend und schaute sich interessiert um. Kurz blieb ihr Blick an einem Teddy hängen, der seine besten Jahre schon lange hinter sich hatte. Margo hatte ihn mit dem Rücken an das Kopfende des Bettes gelehnt und seine Beine mit einer kleinen karierten Puppendecke zugedeckt. In dem ganzen achtlosen Durcheinander wirkte der liebevoll arrangierte Teddy auf Antje irgendwie deplatziert und auch ein klein wenig anrührend. Sie deutete auf das Bettzeug. »Offenbar schläft sie nicht mehr jede Nacht bei Karl.« Theo schüttelte den Kopf. »Das hat sich etwas abgekühlt zwischen den beiden.«

»Ach«, kam es erstaunt von Antje, während sie einen Blick in den offenen Kleiderschrank warf. Dort herrschte die gleiche Unordnung wie im Rest des Zimmers. Irgendetwas, das nicht zu Margo gehörte, konnte Antje im Schrank nicht ausmachen. Genauso wenig wie unter dem Bett oder auf dem Schreibtisch, vor dem sie jetzt stand. Sie nahm ein Buch von einem der Stapel und las den Titel halblaut vor. »*Einleitung in die Soziologie* von Theodor W. Adorno.«

Theo spähte ihr über die Schulter. »Ah, mein Namensvetter. Ist ja wohl Pflichtlektüre bei den Geisteswissenschaftlern.«

»Du heißt Theodor?«, fragte Antje, ohne richtig bei der Sache zu sein.

»Theodor Gustav Michael, um genau zu sein.«

Antje hatte das Buch schon wieder aus der Hand gelegt und nach einem dünnen Stapel Kopien gegriffen. »Schau mal, mit ihrer Kindheit und Jugend scheint Margo noch nicht ganz abgeschlossen zu haben.«

Theo las den Titel des Aufsatzes. »*Heimkinder in der Bundesrepublik – Aufgehoben oder abgeschoben?* von Ulrike Marie Meinhof.« Oben auf dem Rand der ersten Seite hatte Margo die Quelle notiert. In ihrer steilen Handschrift war dort zu lesen: *Frankfurter Hefte, Zeitschrift für Kultur und Politik 21, Nr. 9 (1966) S. 616-626.*

Erstaunt nahm Theo Antje die Kopien aus der Hand und blätterte durch die Seiten. »Ich wusste gar nicht, dass Ulrike Meinhof sich auch mit der Situation von Heimkindern beschäftigt hat.«

»Ich auch nicht. Aber ich bin da auch nicht so im Thema.« Antje tippte auf die Papierseiten. »Wahrscheinlich schreibt Margo eine Hausarbeit darüber. Sonst hätte sie wohl die Quelle nicht so ausführlich notiert.«

Erst vor ein paar Tagen hatte Antje mit Gabriele, Vera und Karl darüber gesprochen, wie glücklich sie sich alle schätzen konnten, aus intakten Elternhäusern zu kommen. Natürlich wollten sie alles anders machen als ihre Eltern. Trotzdem war es nicht schlecht, sie zu haben. Anlass für die Reflexionen über ihre alten Herrschaften war der spontane Besuch von Theos

Eltern gewesen, die nach drei Semestern nun doch mal sehen wollten, wie es in der WG ihres Sprösslings aussah, in der er mit sechs anderen Studenten hauste. Sie waren nicht lange geblieben und hatten einen Berg von Süßigkeiten mitgebracht, was Theo mit den Worten kommentiert hatte: »Leute, wir sind erwachsene Menschen und keine Kleinkinder.« Doch Antje hatte ihm angesehen, dass er sich über den Besuch und den Süßkram gefreut hat. Antje hatte Theos Eltern bei seinem Einzug schon mal kurz getroffen und fand sie sehr sympathisch. Eigentlich waren alle Eltern schon mal auf eine Stippvisite vorbeigekommen. Außer die von Hans.

Theo legte den Aufsatz wieder auf den Schreibtisch zurück, dabei entdeckte er ein gerahmtes Foto, das halb verdeckt unter einem Schnellhefter lag. Er zog das Bild hervor. Die Schwarz-weiß-Aufnahme zeigte eine Gruppe von Kindern unterschiedlichen Alters, die in zwei Reihen vor einem dunklen Backsteingebäude standen. An der Hauswand war ein Schild mit der Aufschrift *Städtisches Kinderheim Dortmund* angebracht.

Antje und Theo betrachteten das Bild schweigend. Unter dem Foto hatte in Schönschrift jemand *Wohngruppe 2 mit Fräulein Kaminski Neujahr 1966* geschrieben. Mit Fräulein Wagner musste die pummelige Frau am linken Bildrand gemeint sein. Sie trug ein gepunktetes Kleid mit einem kleinen, weißen Matrosenkragen und darüber einen Mantel. Sie konnte nicht älter als Mitte zwanzig sein. Fröhlich strahlte sie über das ganze Gesicht in die Kamera. In der linken Wange hatte sie ein lustiges Grübchen. »Na, wenigstens sie freut sich«, meinte Theo sarkastisch. »Die Kinder sehen ja eher so aus, als hätte man ihnen ins Essen gespuckt.«

Antje zeigte auf ein Mädchen in der hinteren Reihe. »Das muss Margo sein. Die langen Haare und der finstere Blick, alles genau wie heute.«

Theo starrte auf das Bild. Antje hatte recht. Das war unverkennbar die sechzehnjährige Margo. Rechts von ihr stand ein Junge in ihrem Alter. Neben der schmalen Margo wirkte er wie ein Schrank. Er hatte eine breite Nase und kurze Haare. Auf der anderen Seite stand ein jüngeres Kind. Ein Junge mit dunklen Haaren und einer Brille, bei der ein Glas zugeklebt war.

Plötzlich stieß Antje einen verblüfften Laut aus. »Das ist ja ulkig. Ich bin mir sicher, dass ich …« Weiter kam sie nicht, denn in ihrem Rücken ertönte eine dunkle Stimme. »Was zum Teufel macht ihr hier?«

Erschrocken fuhren Antje und Theo herum. Hans stand in der Tür. Empört blitzte er seine Mitbewohner an. »Was soll das? Warum seid ihr in Margos Zimmer? Die Tür war nur angelehnt, und ich habe eure Stimmen gehört.«

Antje entschied sich für die Wahrheit. »Wir wollten herausfinden, ob Margo auch verantwortlich dafür ist, dass ständig Sachen von uns verschwinden.«

»Und da geht ihr einfach in ihr Zimmer und schnüffelt herum? Und was heißt überhaupt ›auch‹? Es ist nicht bewiesen, dass sie das Geld genommen hat.«

»Ach komm, Hans«, sagte Theo, »wir alle wissen, dass sie es war.«

Hans fuhr sich mit der Hand durchs Haar. »Und?« Er ließ seinen Blick durch das Zimmer wandern. »Seid ihr fündig geworden?«

Antje und Hans schüttelten nun doch etwas betreten die Köpfe. Hans hielt die Tür auf und bedeutete ihnen mit einer Kopfbewegung, das Zimmer zu verlassen. Als sie alle drei im Flur standen, hörten sie, wie im Erdgeschoss ein Schlüssel in die Haustür gesteckt wurde. Die schwere Holztür wurde geöffnet und eine Stimme flötete: »Miez, miez, miez. Komm schnell rein. Dann bekommst du etwas Milch.«

»Nur weil wir nichts gefunden haben, heißt das nicht, dass sich die Dinge nicht doch in Margos Zimmer befinden«, zischte Antje Hans zu. »Wir haben uns nur flüchtig umgeschaut.«

Hans fasste Antje grob am Arm. »Ich finde es unerträglich, wie ihr einfach davon ausgeht, dass Margo dahintersteckt«, fauchte er zurück. »Nur weil sie einen anderen sozialen Hintergrund hat als ihr. Ihr habt sie regelrecht abgestempelt.«

»Aua, du tust mir weh«, beschwerte sich Antje.

Theo baute sich vor dem hochgewachsenen Hans auf. Antje bemerkte, wie seine Halsschlagader pochte. »Jetzt lass mal die Kirche im Dorf. Fast zwei Jahre haben wir hier ohne Probleme zusammengewohnt. Nie gab es Ärger mit der WG-Kasse. Erst seit Margo da ist, fehlt auf einmal Geld. Du kannst mir nicht erzählen, dass sie das nicht war. Wem traust du sonst noch zu, Geld zu klauen?« Jetzt war es Theo, der Hans fest am Arm packte. »Hans, sag es mir! Wem von uns traust du zu, dass er Geld klaut?«

Hans ließ Antje los und schüttelte Theos Arm ab. »Ich weiß es nicht, verdammt noch mal! Aber es geht trotzdem nicht, dass ihr hinter Margos Rücken in ihr

Zimmer schleicht. Ich gebe zu, dass ich auch schon an Margo gedacht habe. Aber wir haben ja eine Lösung gefunden. Doch was die Sachen angeht, die verschwinden, das betrifft Margo ja genauso. Sie hat auch schon einiges von sich gesucht.«

»Das kann auch der Ablenkung dienen«, erwiderte Antje. »Denn wer ist es sonst? Wer?«

Hans zuckte resigniert die Schultern. »Ich habe keine Ahnung. Vielleicht machen wir heute Abend noch mal eine WG-Aussprache.«

Theo ließ einen unwilligen Laut hören. »WG-Aussprache? Was soll das bringen? Davon kommen die Sachen auch nicht wieder zum Vorschein. Ich sage dir, wenn du dein ganzes Leben lang in einem Kinderheim gelebt hast, dann hinterlässt das Spuren.«

Mit einem unergründlichen Gesichtsausdruck wandte sich Hans zum Gehen. »Mag sein. Ich werde aber auf eine WG-Aussprache heute Abend bestehen. Wir müssen der Sache auf den Grund gehen. Euren Ausflug in Margos Zimmer behalten wir lieber für uns. Wir müssen nicht noch zusätzlich Öl ins Feuer gießen.«

»Ich hole mal meine Gitarre aus der Küche«, sagte Antje. »Sonst ist das gute Stück nachher auch noch weg.« Mit hoch erhobenem Kopf marschierte sie an Hans vorbei und ging die Treppe hinunter. Hans folgte ihr.

Theo suchte sein Zimmer am Ende des Flurs auf. Aber nur für wenige Sekunden. Als er sicher sein konnte, dass die Luft rein war, öffnete er seine Zimmertür wieder, huschte lautlos über den Flur und verschwand ein zweites Mal in Margos Zimmer. Dass er dabei beobachtet wurde, würde er erst viel später erfahren.

* * *

Am Abend versammelte sich die WG ausnahmsweise im Wohnzimmer. Das war Veras Idee gewesen. Sie hatte die Hoffnung, über eine entspanntere Atmosphäre den Vorgängen in der WG auf die Schliche zu kommen. Als Vera um halb zehn ins Wohnzimmer kam, schlug Gabriele vor, eine Flasche Lambrusco aufzumachen. Salzstangen und Erdnüsse standen bereits in ein Glas und ein Schälchen gefüllt auf dem Fußboden. Als Sitzgelegenheit dienten ihnen mehrere alte Matratzen, die in einem Halbkreis um den Kamin herum lagen. Weitere Sitzmöbel gab es nicht.

Das Sofa und zwei Sessel hatten Karl und Hans direkt nach ihrem Einzug zum Sperrmüll gebracht. Karls Onkel hatte in seinen letzten Lebensmonaten an Inkontinenz gelitten, der Gestank nach Urin hatte sich tief in die Polster gefressen. Eine neue Couch zu kaufen, war für die beiden WG-Gründer nicht infrage gekommen. Es reichte ihnen schon, dass die robuste, dunkelbraune Schrankwand und das dazu passende Sideboard sie unangenehm an zuhause erinnerten. »Nichts steht mehr für die bundesdeutsche Spießbürgerlichkeit als eine Couchgarnitur und eine Schrankwand«, hatte Karl behauptet und deshalb beschlossen, dass sie sich auch von dem runden Couchtisch trennen sollten. Stattdessen hatten sie eine Sperrholzplatte hellgrün gestrichen und lackiert und auf mehreren alten Obstkisten befestigt. Dieser selbst gezimmerte Tisch diente aber lediglich als Ablage und stand abseits an einer Wand.

»Ja, mach mal eine Flasche auf«, stimmte Karl Gabrieles Vorschlag zu. »Ein bisschen Alkohol zur Entspannung kann nicht schaden. Oder ist das wieder dieser billige Fusel? Das letzte Mal habe ich davon wahnsinnige Kopfschmerzen bekommen.« Er stocherte mit einem Schürhaken im Kamin und versuchte, das Feuer zu entfachen.

»Die Dosis macht das Gift«, murmelte Gabriele und zog mit einem lauten Plopp den Korken aus der Weinflasche.

Ein lautes Miauen ließ alle Richtung Tür blicken. »Was hat das eigentlich mit der Katze auf sich?«, fragte Karl.

Antje versuchte, die Katze zu sich zu locken. »Margo hat die angeschleppt.«

»Wir können sie aber nicht einfach im Haus behalten«, sagte Vera mit Blick auf das grau-schwarz getigerte Tier »Die wird irgendwo in die Nachbarschaft gehören und sicher schon vermisst.«

»Sie ist aber ganz schön klein und mager«, sagte Gabriele. Statt zu Antje zu laufen, strich die Katze mit lautem Maunzen Gabriele um die Beine. Die hatte sich hinuntergebeugt und streichelte dem Tier über den Rücken.

»Hunger kann sie nicht mehr haben«, meinte Antje. »Margo hat sie schon mit allem möglichen Zeug vollgestopft.«

In diesem Augenblick hörten sie lautes Geschrei auf der Treppe. Sekunden später stand Margo in der offenen Tür zum Wohnzimmer. Ihr Gesicht war wutverzerrt. Erschrocken starrten die anderen sie an.

»Wer war das?«, schrie Margo außer sich. Sie streckte beide Arme nach vorne. Zuerst konnte niemand erkennen, was sie in den Händen hielt. Doch dann machte Margo einen Schritt nach vorne, und sie sahen, was sie ihnen entgegenhielt. Es war ein Teddy. In der einen Hand hielt sie den Kopf, in der anderen den Rumpf, aus dem das Füllmaterial hervorquoll.

Vera, die wie alle ihren Blick auf ihre Mitbewohnerin gerichtet hatte, sah in diesem Augenblick nicht nur das kaputte Kuscheltier. Sie begriff noch etwas anderes. Die ruppige Margo, die sich immer so unantastbar gab, war in diesem Moment so zerbrechlich wie eine chinesische Teetasse.

15. KAPITEL

Nachdem Katharina und Eva nach den Befragungen das Haus in der Heerdestraße verlassen hatten, begleitete Vera die verstörte Antje nach oben in ihr Zimmer. Von innerer Unruhe getrieben, entschied sie sich anschließend dazu, einen kleinen Spaziergang zu machen.

Die Hände tief in die Taschen ihres fliederfarbenen Dufflecoats mit den weißen Knebelknöpfen vergraben und einem rosafarbenen, wollenen Dreieckstuch um die Schultern schlenderte die Richterin a. D. zur Promenade. Das Ende der Heerdestraße lag nur einen Steinwurf von dem ehemaligen Befestigungsring entfernt, der die Altstadt wie einen grünen Gürtel umschloss. Eingefasst wurde der Rundweg von einer doppelreihigen Lindenallee, die im Sommer angenehmen Schatten spendete. Jetzt hingen an den unbelaubten Ästen der Bäume Wassertropfen, die in der Sonne funkelten. Vera wandte sich nach links. Gemächlich schlenderte sie den Weg entlang und wurde in regelmäßigen Abständen von Joggern, Müttern mit Kinderwagen und Hundebesitzern überholt. Tief sog sie die frische, klare Luft in ihre Lungen. Kurz nach Mittag hatte sich die Sonne durch die Wolkendecke gekämpft und bescherte den Münsteranern nun einen freundlichen Winternachmittag. Vera passierte einen Brunnen, um den sich fünf überlebensgroße, unbekleidete Figuren aus Bronze und Gips gruppierten. Stehend, liegend und sitzend waren sie um das rechteckige, in den Boden eingelassene Becken arrangiert worden. Vera hatte von dieser Skulptur *Sketch for a Fountain* der amerikanischen Künstlerin Nicole Eisenman in der *Zeit* gelesen.

Sie ließ den Brunnen links liegen, bummelte weiter, überquerte eine Straße und erreichte den Zwinger, den sie schon als Studentin faszinierend und abschreckend zugleich empfunden hatte. Der imposante, runde Backsteinbau mit seinen gemauerten Wänden war ebenfalls Teil der Stadtbefestigung gewesen. Später hatte er unter anderem während des Dritten Reiches der Gestapo als Gefängnis und als Hinrichtungsstätte gedient.

Vera blieb vor der Infotafel stehen, die darüber Auskunft gab, dass der Zwinger inzwischen die Funktion eines Mahnmals hatte, um an die Opfer der Kriegsgewalt in Münster und die unmenschliche Strafjustiz des Naziregimes zu erinnern. Ein verwelkter Blumenstrauß lag unter einem der vergitterten Fenster. Vera spähte durch das rostige Gitter und ein Schauer lief ihr über den Rücken. Sie umrundete den Zwinger und lief dann wieder Richtung Heerdestraße zurück.

Die Sonne schien Vera warm ins Gesicht, aber der Anblick des Zwingers mit seiner düsteren Geschichte hatte dem Gedankenkarussell in ihrem Kopf neuen Schwung verliehen. Sie sah den fleckigen Totenschädel vor sich, wie er ihr vor die Füße rollte. Mit diesem Bild tauchten auch wieder die Fragen auf. Was ist damals mit Margo passiert und wer war dafür verantwortlich?

Antje tauchte in Veras Gedanken auf. Vera hatte im Laufe ihrer langen Berufstätigkeit als Richterin ein Gespür dafür entwickelt, wo es sich lohnte, genauer hinzuschauen. Und bei Antje, da war sie sich sicher, war das der Fall. Vera war überzeugt davon, dass in ihrer ehemaligen Mitbewohnerin etwas arbeitete. Es fiel Vera schwer, sich Antje oder die anderen vorzustellen, wie sie Margo vorsätzlich oder im Affekt töteten. Aber nur, weil ihr die Fantasie dafür fehlte, hieß das nicht, dass es nicht passiert sein könnte.

Sie konnte sich auch keinen von ihren Studienfreunden als jemanden vorstellen, der heimlich Sachen von anderen Leuten an sich nahm – und doch passierte genau das.

Abgesehen davon hatte Vera schon Menschen des Totschlags oder Mordes verurteilt, denen sie nicht einmal zugetraut hätte, im Supermarkt eine Packung Kaugummi mitgehen zu lassen.

* * *

Am Abend versammelten sich die ehemaligen WG-Bewohner zum Abendbrot. Karl hatte das Nachmittagsschläfchen gutgetan. Mit seinem Barett auf dem Kopf und dem Sauerstoffgerät in der Hand war er vor einer halben Stunde ausgeruht im Wohnzimmer erschienen.

Vera hatte sich ein wenig gewundert, wie schnell Karl sich erholt hatte, nachdem er erst so schlecht ausgesehen hatte. Dafür, dass er an einer unheilbaren Krankheit litt, war er auch noch erstaunlich gut zu Fuß. Kürzere Spaziergänge bereiteten ihm keinerlei Probleme. Bei ihren Unternehmungen hatte er auf ein tragbares Sauerstoffgerät zurückgegriffen, das er sich an einem Gurt quer über die Schulter hängte.

Jetzt aß er mit gutem Appetit bereits die zweite Portion von Agnieszkas Rührei, das sie mit Speck und Schnittlauch aufgepeppt hatte. Veras Blick glitt von Karl zu Antje. Sonst das Idealbild einer aktiven und munteren Seniorin, sah sie im Moment aus, als käme sie gerade von einem längeren Krankenhausaufenthalt zurück. Ungeschminkt und mit platt gelegenen Haaren wirkte sie außerdem um Jahre älter. Was macht dich so fertig? Diese Frage ging Vera nicht zum ersten Mal durch den Kopf.

Nachdem Karl und seine Gäste am Vormittag erfahren hatten, dass es sich bei der Leiche zweifelsfrei um Margo handelte, hatten sie noch keine Gelegenheit gehabt, alle gemeinsam über das Schicksal der Mitbewohnerin zu sprechen. Wie Katharina und Eva es Vera gegenüber schon erwähnt hatten, schien niemand von ihren ehemaligen Mitbewohnern auch nur in Erwägung zu ziehen, dass der Täter aus ihrem Kreis kommen könnte. Im Gegenteil, wieder wurde Onno ins Spiel gebracht. Hans fasste seine Vorstellung vom Tathergang nun schon zum zweiten Mal zusammen. »Onno muss an dem Tag bei uns vorbeigekommen sein. Sie haben sich gestritten, er hat ihr eine tödliche Kopfverletzung zugefügt und dann im Kriechkeller versteckt. Er hatte genug kriminelle Energie für so etwas.«

Die letzte Bemerkung wurde vor allem von Karl, Theo und Gabriele mit nachdrücklichem Kopfnicken quittiert.

Auf einmal setzte sich Antje, die immer noch an ihrer halben Scheibe Sauerteigbrot knabberte, aufrechter hin und legte entschlossen das angebissene Brot zurück auf ihren Teller. »Es gibt da etwas, das mir im Kopf herumgeht, seit ich weiß, dass es sich bei dem Skelett um Margo handelt.« Sie sprach mit fester Stimme, und alle Blicke richteten sich auf sie. »Ich bin mir inzwischen darüber klar geworden, warum mich Margos eingebildeter Anblick so erschüttert hat«, fuhr Antje fort. »Die Erklärung ist, ich habe ihr gegenüber Schuldgefühle.«

»Warum das denn?«, fragte Gabriele und musterte Antje mit ihrem professionellen Psychologinnenblick.

»Wegen dem ganzen Mist, der in den Wochen vor ihrem Verschwinden passiert ist.« Als Antje begriff, dass die anderen nicht verstanden, auf was sie anspielte, wedelte sie ungeduldig mit einer Hand in der Luft herum. »Meine Güte! Was habt ihr denn für ein Gedächtnis! Ich rede von diesen ganzen unglücklichen Geschichten, die Margo widerfahren sind. Wisst ihr das nicht mehr?«

Mit einem Mal hatte Vera das Gefühl, hinter eine lang verschlossene Tür zu spähen. Unbehagen rieselte ihren Rücken hinunter. Es stimmte. Es hatte einige bizarre Vorfälle gegeben, und Margo war jedes Mal involviert gewesen. Sie hatte das komplett verdrängt. Selbst das Unglück mit der Katze war ihr nicht mehr präsent gewesen und erst wieder in ihr Bewusstsein gekommen, als Karl während Katharinas Besuch das arme Tier erwähnt hatte. Die Richterin a. D. studierte die Mienen ihrer ehemaligen Mitbewohner. Vera sah ihnen an, dass auch sie erst durch Antje wieder an diese Ereignisse erinnert worden waren. Fünfzig Jahre waren eben fünfzig Jahre.

Gabriele, die zunächst unangenehm berührt ausgesehen hatte, fing sich schnell wieder und gab sich nun verwundert. »Ich erinnere mich jetzt wieder. Aber warum fühlst du dich deshalb schuldig? Wir waren doch zu dem Schluss gekommen, dass es sich um dumme Zufälle handelte, für die niemand etwas konnte.«

In Antjes Wangen kam wieder etwas Farbe. Sie beugte sich vor und fixierte Gabriele. »Ja, wir hatten uns darauf geeinigt. Doch ich glaube das nicht länger! Nicht, seitdem ich weiß, dass Margo nicht weggezogen, sondern gewaltsam gestorben ist. Eigentlich war ich damals auch schon nicht ganz davon überzeugt. Aber es war mir egal.« Antje redete immer schneller. Die Worte sprudelten aus ihr heraus wie Blut aus einer offenen Wunde. »Margo ging mir auf die Nerven. Ich fand sie oft dreist und unhöflich, und ich habe ihr den ganzen Schlamassel von Herzen gegönnt. Ja, genauso ist es gewesen. Ich habe kein Mitleid empfunden, sondern nur Schadenfreude. Und im Nachhinein tut mir das nicht nur leid, ich schäme mich auch dafür. Ich habe mich heute gegenüber Katharina und ihrer Kollegin noch nicht weiter zu Margos Tod und mögliche Gründe dafür äußern können. Ich brauchte eine Weile, um mich zu sortieren. Ob die Vorfälle auch etwas mit Margos Tod zu tun haben, vermag ich nicht zu sagen. Aber was ihre Pechsträhne angeht, so bin ich mir inzwischen sicher, dass einer von uns ihr übel mitgespielt hat, und ich finde das sehr, sehr erschreckend. Denn mal Hand aufs Herz: einiges, was passiert ist, war wirklich schlimm.« Antje hielt inne, um Luft zu holen.

Karl, Hans, Theo, Gabriele und Vera betrachteten die pensionierte Lehrerin schweigend. In Veras Kopf eroberten scharfkantige Erinnerungsfetzen ihr Gedächtnis. Wie hatte sie das alles vergessen können! Vor ihrem inneren Auge tauchte Margo auf. Aber keine laute, aufgedrehte, spöttische oder sarkastische Margo. Vera sah eine schwarzhaarige, junge Frau mit einem unendlich traurigen Blick vor sich. Aufgewühlt und ohne, dass sie die Worte hätte zurückhalten können, platzte es aus ihr heraus. »Bei uns hat etwas nicht gestimmt!«

Hans fuhr sich mit zwei Fingern in seinen Hemdkragen und versuchte, ihn etwas zu lockern. »Wovon sprichst du? Was hat nicht gestimmt?«

»*Mit uns* hat etwas nicht gestimmt!«, präzisierte Vera. »Wir hatten unsere Diskussionen und Auseinandersetzungen, wie das in allen WGs der Fall war. Aber da war noch etwas anderes. Es gab da einen Störfaktor, den wir bis heute nicht identifiziert haben.«

Veras ehemalige Mitbewohner starrten sie an, als sie fortfuhr. »Da gab es etwas Dunkles und Abgründiges. Es hatte sich über uns gelegt wie eine nasse Wolldecke, und wir konnten ihm nicht entkommen. Es hat sich in unserer Mitte breitgemacht. Doch es war nicht Margo, von der das ausging, sondern sie war die Zielscheibe.«

»Zielscheibe?«, echote Hans. Sein Blick sprang zwischen Vera und Antje hin und her. »Ihr meint, dass jemand von uns sie«, er hielt kurz inne, »heute würde man wahrscheinlich sagen, gemobbt hat?«

»Ja, das meinen wir«, sagte Vera »Es geht aber nicht nur um die Übergriffe, es geht auch um die Diebstähle, von denen wir annahmen, dass sie auf Margos Konto gingen.« Vera tupfte sich mit ihrer Serviette über den Mund und legte sie zurück auf den Teller. »Ist es euch denn noch nicht aufgefallen? Ich bin der Meinung, es wiederholt sich hier gerade etwas, das wir damals fälschlicherweise Margo in die Schuhe geschoben haben.« Vera zählte auf, was in den letzten zwei Tagen alles verschwunden war, und legte den anderen ihren Schluss nahe, dass es einer von ihnen sein müsse, der die Sachen, wie früher schon, ungefragt an sich nahm.

»Was meine Laufuhr angeht«, sagte Hans, »so kann ich nur sagen, dass sie tatsächlich nicht mehr da ist. Ich habe wirklich alles abgesucht. Und wenn das auf Theos Stadtführer, Karls Brillenetui, Agnieszkas Handschuhe und deine Airpods, Vera, auch zutrifft, dann haben wir wieder das alte Problem. Nur, dass diesmal Margo für unschuldig erklärt werden kann.«

Theo machte ein ratloses Gesicht. »Dabei hätte ich schwören können, dass das alles auf Margos Konto ging. Das hätte so hervorragend zu ihr gepasst.«

»Tja«, sagte Vera. »Da haben wir uns wohl alle geirrt. Hans hat es ganz richtig erkannt. Wir hatten früher ein Problem und haben es hier und jetzt auch noch. Das meinte ich vorhin mit einem Störfaktor, den wir bis heute nicht identifiziert haben.«

Wieder wurde es still. Alle hingen ihren Gedanken nach. Gabriele hielt ihre Teetasse mit ihren langen, dünnen Fingern fest umklammert, als wollte sie sich daran wärmen. An diesem Abend hatte niemand Lust auf Wein gehabt. »Ich kann die Schlussfolgerungen einerseits nachvollziehen«, unterbrach sie das Schweigen, »aber ich muss schon sagen, dass diese Verdächtigungen nicht nur die Atmosphäre, sondern auch die positive Energie zwischen uns sehr stark beeinträchtigen. Ich kann die negativen Schwingungen deutlich wahrnehmen.« Gabriele führte ihre Tasse zum Mund und sah die anderen über den Rand hinweg mit tragischer Miene an.

Vera nickte ungeduldig. »Natürlich ist das eine sehr unglückliche Situation. Unsere Mitbewohnerin, von der wir dachten, sie sei ausgezogen, wurde Opfer eines Verbrechens und hat Jahrzehnte unentdeckt in einem unterirdischen Keller gelegen. Was das Thema Verdächtigungen angeht, so finde ich es zwar nachvollziehbar, dass ihr euch gegenseitig für unschuldig haltet. Ich möchte aber darauf hinweisen, dass es sich auch anders verhalten kann. Niemand von uns wird beschuldigt, mit Margos Schicksal etwas zu tun zu haben. Solange nicht das Gegenteil nachgewiesen werden kann, gilt bekanntlich die Unschuldsvermutung. Aber wir sind auch nicht entlastet und, wie Katharina es schon gesagt hat, die Wahrscheinlichkeit ist relativ hoch, dass einer von uns etwas mit Margos Tod zu tun hat.«

»Außer du«, sagte Karl mit einem kleinen spitzen Lächeln. »Und das, wo du dich doch überhaupt nicht mit ihr verstanden hast.«

Vera gab das Lächeln zurück. »Aber euer Verhältnis war auch nicht ganz einfach, wenn ich mich recht erinnere.«

»Seht ihr«, rief Gabriele dazwischen«, »genau das habe ich gemeint. Wir fangen an, uns zu misstrauen.«

Theo lehnte sich zurück und verschränkte die Arme vor seinem Bauch. Mit provozierendem Blick sagte er: »Ich mache mal einen Vorschlag. Wenn einer von uns die Dinge an sich nimmt, ist es nicht unwahrscheinlich, dass derjenige die Sachen in seinem Zimmer hat. Was ist mit einer spontanen Zimmerdurchsuchung?«

»Oh, mein Gott«, seufzte Gabriele.

Vera ließ sich den Gedanken durch den Kopf gehen. »Ich finde die Idee gar nicht so schlecht«, sagte sie schließlich.

Karl, Hans und Antje stimmten zu.

»Ich habe im Prinzip nichts dagegen, wenn ihr euch in meinem Zimmer umschaut«, sagte Gabriele, »aber ich sage es noch mal, ich finde diese gegenseitigen Verdächtigungen und Unterstellungen gefährlich und eine solche Kontrollaktion unangemessen. Ich kann nur davor warnen, dass das fatale Auswirkungen auf unser Miteinander nach sich ziehen kann.«

Vera fegte diesen Einwand mit einer knappen, unwirschen Handbewegung zur Seite und fixierte Gabriele. »Unangemessen und fatal ist eine erschlagene Mitbewohnerin. Alles andere müssen wir jetzt einfach aushalten.«

»Da ist was dran«, murmelte Hans.

Eine knappe Stunde später fand sich die ehemalige WG wieder im Wohnzimmer ein. Gefunden hatten sie nichts.

»Einen Versuch war es wert«, sagte Theo und ignorierte Gabrieles skeptischen Blick.

»Macht es euch gerne noch gemütlich und trinkt einen Absacker«, sagte Karl. »Ich bin völlig geschafft nach diesem Tag und lege mich hin.«

Alle beteuerten, sie seien ebenfalls müde und nachdem sie sich eine gute Nacht gewünscht hatten, verschwand jeder in seinem Zimmer.

16. KAPITEL

Am nächsten Tag wachte Katharina schon vor sechs Uhr auf und fühlte sich ausgeschlafen. Sie kannte dieses Phänomen schon lange. Immer wenn sie an einem Fall arbeitete, schien sie weniger Schlaf zu benötigen als sonst. So leise wie möglich stand sie auf und tappte ins Badezimmer. Klaas hatte am Abend gesagt, dass er heute nicht ganz so früh aufstehen wolle. Nach zwei Tassen Cappuccino und einer Schale Müsli mit Apfel und Banane verließ Katharina das Haus. Sie wollte sich gerade auf ihr Mountainbike schwingen, als ihr Nachbar mit seinen drei Hunden aus dem Haus kam. Inzwischen wussten sie, dass er Luc hieß und einen Nachtclub in Münster besaß. »Guten Morgen«, grüßte Katharina.

»Moin«, kam es müde von Luc zurück. Er hatte Katharina und Klaas erzählt, dass er hauptsächlich nachts arbeite und dann bis in den frühen Nachmittag schlafe. Die Hunde wedelten mit ihren Schwänzen und zerrten in Katharinas Richtung. Sie wartete, bis die drei Pitbull-Terrier bei ihr waren, und tätschelte ihnen die breiten Köpfe. Katharina mochte Hunde, hatte aber nie den Wunsch verspürt, einen besitzen zu wollen. Die Verantwortung war ihr viel zu groß.

»Sie mögen dich«, sagte Luc und zündete sich mit der freien Hand eine Zigarette an.

Katharina wusste, dass ihr Nachbar achtundzwanzig Jahre alt war, aber er sah älter aus. Er hatte meistens tiefe Schatten unter den Augen und eine ungesunde Gesichtsfarbe. Chronischer Schlafmangel, Nikotin und wahrscheinlich auch regelmäßiger Alkoholkonsum hatten ihre Spuren hinterlassen.

»Macht ihr eure Morgenrunde?«, fragte Katharina und schob Amboss ein Stück zur Seite, der sich mit seinem ganzen Gewicht gegen ihr Bein lehnte.

»Yepp. Ich liebe es, um diese Zeit spazieren zu gehen. Keine nervigen Leute, die schon von Weitem schreien: Können Sie bitte Ihre Hunde anleinen?« Luc verdrehte die Augen. »Wir machen jetzt eine große Runde am Kanal entlang und danach pennen wir vier erst mal.«

Katharina konnte ein Lächeln nicht unterdrücken. Wenn Klaas und sie mit ihren Mountainbikes durch die Natur fuhren, forderte Klaas regelmäßig uneinsichtige Hundebesitzer auf, ihre unerzogenen Hunde anzuleinen.

»Nimmst du die Hunde mit in den Club?«

Luc nahm einen tiefen Zug aus seiner Zigarette, inhalierte und blies nach ein paar Sekunden den Rauch aus. »Ja, klar. Sie dürfen sogar im Thekenbereich herumlaufen, bis der Laden voll ist. Später verfrachte ich sie dann nach hinten, wo ich eine Art Büro habe.«

Er schaute Katharina aus seinen braunen Augen an. Ob seine Haare die gleiche Farbe hatten, war schwer zu sagen. Sie waren blond gefärbt und standen in kurzen Stacheln von seinem Kopf ab.

Klaas hatte aus Neugier Lucs Nachtclub gegoogelt. »Das *Abseits* ist so ein Szeneladen am Hawerkamp«, hatte er Katharina mitgeteilt. »Sieht ziemlich abgewrackt aus.«

»Übrigens«, sagte Luc. »Ich finde es großartig, dass ihr euch mit Brigitte so gut versteht.«

»Wie bitte?«

»Ja, wirklich. Sie hat mir gestern ganz stolz erzählt, dass ihr demnächst mal Doppelkopf zusammen spielen werdet. Sie sucht ja schon länger mit ihrer Freundin nach Spielpartnern.«

Katharina starrte ihren Nachbarn sprachlos an.

»Sie ist wirklich ein so lieber Mensch«, schwärmte Luc. »So hilfsbereit. Immer zur Stelle, wenn man mal Hilfe benötigt. Und vom Alter her ist sie ja von Klaas auch gar nicht so weit weg, oder?«

Katharina ignorierte Lucs letzte Bemerkung. Wenn du sie so toll findest, dann mach du doch einen Kartenclub mit ihr auf, dachte sie säuerlich. »Ich weiß nichts von einem Spieleabend mit Brigitte und ihrer Freundin«, erklärte sie nachdrücklich und schob ihr Rad vom Bürgersteig. Sie musste allerdings zugeben, dass in ihrem Hinterkopf irgendetwas herumspukte. Hatte Klaas nicht gestern von Brigitte erzählt? Sie hatte ihren eigenen Gedanken nachgehangen, aber sie erinnerte sich jetzt, dass sie einer Frage, die Klass gestellt hatte, beiläufig zugestimmt hatte. Sie fragte sich ernsthaft, ob Klaas noch zu retten sei. Ein Spieleabend mit der Nachbarin! Warum konnte er so etwas nicht höflich, aber bestimmt abwimmeln?

Katharina schwang sich auf ihr Rad. »Ich muss jetzt los. Einen schönen Tag!«

»Gleichfalls«, rief Luc hinter ihr her. »Ach, und ist Klaas heute zu Hause? Ich wollte ihn etwas fragen.«

Katharina drehte sich auf dem Rad halb um und rief: »Der ist den ganzen Tag da, und du kannst die Hunde ruhig mitnehmen!«

Als Katharina im Präsidium ankam, traf sie vor dem Eingang auf Birgit. »Was schaust du so sparsam?«, fragte die ältere Kollegin.

Während sie die Treppen zum KK 11 hochstiegen, berichtete Katharina, was ihre gute Stimmung sabotiert hatte.

»Vielleicht probierst du es einfach mal aus. Dann kannst du immer noch entscheiden, ob du Lust dazu hast oder nicht«, schlug Birgit vor. »Du neigst ja ein wenig dazu, erst mal alles, was du nicht kennst oder dir nicht so vertraut ist, von dir fernzuhalten.«

»Ach ja?« Katharina machte ein unbehagliches Gesicht.

»Ja, das machst du. Aber manchmal entgeht einem da auch etwas. Klingt doch nicht so, als müsste man vor dieser Brigitte Reißaus nehmen, und vielleicht ist ihre Freundin eine total nette und interessante Person. Außerdem macht Doppelkopf wirklich Spaß.«

»Ich kenne das Spiel«, brummte Katharina. Birgits Worte hatten sie nachdenklich gestimmt. Ohne es zu wissen, hatte sie in das gleiche Horn geblasen wie Klaas gestern. Bei ihrem Freund hatte sie diesen Hinweis einfach so abtun können. Bei Birgit fiel ihr das schwerer. Es war ihr nicht bewusst gewesen, dass sie auf ihre Kollegin den Eindruck machte, als wäre sie nicht offen für Neues.

Im Büro stellte Katharina fest, dass Eva noch nicht da war und erinnerte sich jetzt, dass ihre Freundin gesagt hatte, sie werde frühestens gegen neun Uhr kommen. Irgendetwas musste mit Nike geregelt werden. Katharina ließ ihre Umhängetasche auf ihren Bürostuhl gleiten und entschied sich dazu, Margos Habseligkeiten im Besprechungszimmer zu inspizieren. Sie schleppte Koffer und Karton hinüber und machte sich zunächst an dem rot-schwarz-karierten Koffer zu schaffen. Sie hievte ihn auf den Tisch und ließ die beiden Verschlüsse gleichzeitig aufschnellen. Als sie den Deckel anhob, strömte ihr der typisch muffige Geruch alter, ungelüfteter Kleidung entgegen. Katharina kramte sich durch Hosen, Pullundern, Blusen und Pullovern. Alles im Stil der 70er-Jahre. Die Jeans mit weitem Schlag, die Pullover zum Teil mit Rollkragen und Blockstreifen und die Blusen mit riesigen Kragen und Trompetenärmeln. Nachdem Katharina sich vergewissert hatte, dass sich außer dem Kleiderhaufen nichts in dem Koffer befand, stopfte sie alles wieder zurück.

Dann wandte sie sich dem Karton zu. Der Deckel stand ein wenig auf. Darunter lugte ein Ärmel der Jacke hervor, die Agnieszka am Vortag übergezogen hatte. Darunter befanden sich die Lederstiefel mit Plateauabsatz. Katharina drehte die Stiefel in ihren Händen. Sie rochen nach altem Leder und gefielen ihr eigentlich ganz gut.

Nach und nach räumte Katharina den Karton leer. Es waren vor allem Bücher, die auf dem Tisch landeten. Soziologische Fachliteratur, die eindeutig der Uni-Bibliothek entliehen worden war, aber auch Romane und die ein oder andere Zeitschrift. Katharina blätterte ein Taschenbuch mit dem Titel *Die grüne Wolke* durch. Das Buch kannte sie nicht, aber der Name des Autors A. S. Neill sagte ihr etwas. Hatte der nicht eine besondere Schule gegründet? Summerhill! Jetzt fiel es Katharina wieder ein. Margo schien das Buch intensiv gelesen zu haben. Es war voller Eselsohren, Kaffeeflecken und an den Rand gekritzelter Bemerkungen. Katharina versuchte, das Geschriebene zu entziffern, gab es aber schnell wieder auf.

Außer den Büchern entdeckte Katharina noch ein paar Aktenordner, in die Margo Kopien von Aufsätzen und ihre Hausarbeiten und schriftliche Referate abgeheftet hatte. Nachdem Katharina alle Ordner flüchtig durchgesehen hatte, legte sie auch die auf den Tisch.

Als Nächstes fiel ihr ein gelber Kinderwecker mit einer Mickey Maus auf dem Ziffernblatt in die Hände. Katharina lächelte versonnen. Genauso einen, nur in Rot, hatte sie als kleines Mädchen auch gehabt. Das war zwar Mitte der 80er-Jahre, aber der Wecker war ein Original aus den Siebzigern gewesen. Er hatte sich in einer Kiste mit aussortiertem Spielzeug befunden, die ihr Bruder Johann und sie von ihren älteren Cousins bekommen hatten. Der Wecker hatte nicht mehr funktioniert, trotzdem hatte er jahrelang auf Katharinas Nachttisch gestanden.

Katharina holte die letzten beiden Gegenstände aus dem Karton. Eine Schwarz-Weiß-Aufnahme in einem

Holzrahmen und ein Schreibheft in DIN-A5-Größe mit einem Umschlag aus fester, schwarzer Pappe. Katharina betrachtete die Gruppenaufnahme. Genau wie Antje, als sie vor fünfzig Jahren auf dasselbe Foto gestarrt hatte, erkannte Katharina Margo auf Anhieb. Die sechzehnjährige Margo unterschied sich von der Studentin Margo nicht allzu sehr. In der Mitte gescheitelte, lange, schwarze Haare und ein abweisender Blick. Und ebenso wie Theo stach ihr der Kontrast zwischen den gleichgültigen Mienen der Kinder und Jugendlichen und dem enthusiastischen Strahlen der Erzieherin ins Auge.

Katharina legte das Bild zur Seite und nahm die Schreibkladde zur Hand. Fast drei Viertel des Heftes war vollgeschrieben mit einer steilen, eng zusammenstehenden Handschrift. Katharina vermutete, dass Margo es für die Uni benutzt hatte. Als sie aber begriff, was sie da in der Hand hielt, begannen ihre Nervenenden zu vibrieren. Die Kladde enthielt Aufzeichnungen von Margo, aber sie hatten nichts mit Sozialwissenschaften zu tun. Mit dem Heft in den Händen ließ Katharina sich auf einen Stuhl nieder.

Was für ein Glücksfall, dachte sie, hier auf eine Art Tagebuch von Margo gestoßen zu sein.

Katharina fing an zu lesen. Die Aufzeichnungen begannen im Sommer 1972. Nach dem ersten Drittel bekam Katharinas anfängliche Euphorie einen Dämpfer. Zumindest auf den ersten dreißig Seiten hatte Margo kaum etwas festgehalten, das Katharina relevant erschien. Es ging ausschließlich um die Planung von Aktionen rund um die Uni und um die Organisation verschiedener Demos. Margo hatte die Kladde vor allem zum Festhalten von Terminen, Erstellen von To-do-Listen und zum Brainstorming für weitere Protestaktionen genutzt. Die Aufzeichnungen waren zwar immer wieder gespickt mit persönlichen Anmerkungen, aber Margo ließ sich darin nur über politische Mitstreiter und über ihre Professoren und deren Assistenten und Hilfskräfte aus. Ziemlich unterhaltsam breitete sie ihre Meinung über die Unfähigkeit dieser Leute in der Lehre und Forschung aus.

Margo hatte regelmäßig in die Kladde geschrieben, aber manchmal lagen zwischen den Notizen mehrere Tage bis zwei Wochen. Katharina überflog das Geschriebene. Manchmal waren es nur Stichpunkte, manchmal längere Passagen. Ende August erwähnte Margo den Umzug vom Studentenwohnheim in die Heerdestraße. Einzelheiten hatte sie hierzu nicht aufgeschrieben.

Dafür wurde die Planung des von Karl erwähnten Kinderhauses ausführlich dargestellt. Margo hatte sich in einer Arbeitsgruppe mit dem Namen *Jugend, Erziehung und Demokratie* engagiert, aus der heraus die Idee geboren wurde, einen Verein zur Realisierung eines nichtstaatlichen Kinderheims zu gründen. Nach Margos Aufzeichnungen spielte bei der Planung ein gewisser Arnold Reichmann eine zentrale Rolle. Er wurde immer wieder erwähnt, und Margo lobte sein Engagement und Organisationstalent in den höchsten Tönen. Bei dem Namen regte sich etwas in Katharinas Gedächtnis. Es war ihr, als wäre er ihr erst vor Kurzem begegnet. Um sich Gewissheit zu verschaffen, legte sie die Kladde aus der Hand und griff nach ihrem Handy. Sie entsperrte das Telefon und gab in der Google-App den Namen Arnold Reichmann ein. Gleich als Erstes erschien ein Online-Artikel der *Westfälischen Nachrichten*. Es war ein längerer Bericht über den ehemaligen Vorstandsvorsitzenden des Verbands privater Kinderheime e. V. Arnold Reichmann anlässlich seines fünfundsiebzigsten Geburtstags.

Dem Artikel zufolge hatte Reichmann sich in seiner Position sehr verdient gemacht. Er wurde gewürdigt als Vorreiter der ersten Stunde für innovative stationäre Einrichtungen für elternlose Kinder und Jugendliche und solche, die nicht in ihren Elternhäusern verbleiben konnten. Er selbst lebte seit zwei Jahren in einem Pflegeheim in Ahlen. Katharina betrachtete das Foto. Es zeigte einen freundlich lächelnden, älteren Mann hinter einem Schreibtisch. Die Bildunterschrift wies darauf hin, dass die Aufnahme Arnold Reichmann an seinem Arbeitsplatz zeigte. Demnach handelte es sich also nicht um ein aktuelles Foto.

Der Bericht über Herrn Reichmann musste vor ein paar Tagen auch in der Printausgabe der Zeitung gestanden haben. Deshalb hatte es bei ihr geklingelt, als sie in Margos Aufzeichnungen über den Namen gestolpert war. Katharina machte einen Screenshot von dem Artikel und legte das Handy zur Seite. Anschließend widmete sie sich wieder Margos Notizen. Katharina blätterte weiter nach hinten.

Sie war jetzt im Oktober 1972 angelangt. Zwei Monate bevor Margo gewaltsam zu Tode gekommen war. Endlich wurde der Ton persönlicher. Margo stellte Überlegungen an, nach Berlin zu gehen. Der Name Onno fiel häufiger, aber immer nur im Zusammenhang mit organisatorischen Dingen. Und dann endlich tauchten die vertrauten Namen auf. Katharinas Herz begann zu klopfen, denn auf den letzten Seiten hatte Margo doch noch damit begonnen, ihr Herz auszuschütten. Die Augen der Kommissarin flogen über die Zeilen. Als sie den letzten Eintrag beendet hatte, legte sie Margos Kladde aus der Hand und lehnte sich zurück. Margo hatte ihnen hier gleich mehrere neue Anhaltspunkte geliefert. Eine Weile starrte Katharina noch aus dem Fenster, ohne wirklich etwas zu sehen. Anschließend las sie die letzten drei Aufzeichnungen noch einmal.

6.10.1972

Wichtig für morgen: zwei Stunden vor Beginn der Demo treffen und an Schere, Kleber, schwarze Filzstifte etc. denken (Antje fragen!)

Freu mich auf morgen und hoffe, die Aktion wird erfolgreich sein. Wird höchste Zeit, mal ein paar Hütten abzureißen (im übertragenen Sinn, haha). Obwohl… warum eigentlich nicht? Münster ist ja so träge und selbstgefällig. Bin froh, wenn ich aus diesem Provinznest raus bin.

Langsam wird es auch nervig mit Karl. Obwohl nicht nur mit Karl. Eigentlich alles. Aber mit Karl ganz besonders. Er kapiert nicht, dass er mit seiner Klammerei alles kaputt gemacht hat. Wenn die anderen wüssten, wie aggressiv der werden kann. Na, die würden sich umgucken. Die haben von dem ganzen Theater überhaupt nichts mitbekommen. Karls Vorwürfe und seine Eifersucht. Der denkt tatsächlich, ich hätte was mit

Onno. Erst tut er ganz locker und stimmt allem zu, und dann macht er doch wieder Stress. Von wegen, wir sind alle autonome Individuen. Dass ich nicht lache. Karl will mich kontrollieren und die Oberhand behalten. Aber nicht mit mir! Gestern Nacht habe ich fast Angst vor ihm bekommen. Erst hat er mich angefleht, dann hat er angefangen zu toben. Wie der mich angestarrt und sich die Haare gerauft hat. Richtig gruselig! Muss wohl am Wein gelegen haben. Heute Morgen hat er sich auf jeden Fall so halb entschuldigt.

Seit gestern kann ich meine Sonnenbrille nicht finden. Nicht dass man im Oktober eine bräuchte, aber ich hätte sie schon gerne wieder. Immerhin ist sie so etwas wie ein Unikat. Ich habe sie von einem Flohmarkt aus Brüssel. Irgendwie hat Vera schon recht. Ordnung ist das halbe Leben.

20.10.1972

Schade, dass das mit der Besetzung des H1 nicht geklappt hat. Das hätte auf jeden Fall für Schlagzeilen gesorgt. Onno meinte, jemand hätte uns bei den Bullen verpfiffen. Ganz kurz habe ich ja an Vera-ich-bin-ja-so-korrekt-Langenkämper gedacht. Aber das traue ich ihr dann doch nicht zu. So weit würde sie wohl nicht gehen. Obwohl sie mich nicht mag. Aber ich mag sie auch nicht, also was soll's? Allerdings ist sie nicht dumm, dass muss ich ihr lassen. Nie hätte ich gedacht, dass sie den Stand der WG-Kasse so genau im Blick hat. Ich habe das Geld ja auch gar nicht in dem Sin-

ne geklaut. Ich habe lediglich ab und zu das Restgeld ein bisschen abgerundet und mal ein paar Mark behalten. Ausgleichende Gerechtigkeit. Schließlich verbrauche ich auch viel weniger Lebensmittel als zum Beispiel Theo, der ja ständig an den Kühlschrank geht. Na ja, jetzt hat die liebe Vera ihren Frieden, denn die Kasse stimmt wieder auf Heller und Pfennig.

Ansonsten stimmt aber gar nichts hier. Ich bin der Meinung, hier ist etwas im Gange. Es ist nur schwer zu sagen, was. Auf jeden Fall bin ich wohl nicht der einzige Langfinger hier, hihi. So viel wie hier verschwindet …

Und dann die Sache mit dem Teddy. Erst war ich wütend und dann wie gelähmt. Inzwischen glaube ich aber, dass der Kopf gar nicht abgerissen wurde. Kann auch sein, dass er von alleine abgefallen ist. Ich habe ihn ja schon, seit ich drei Jahre alt war. Das muss man sich mal vorstellen. Noch bevor ich ins Heim gekommen bin. Gabriele hat angeboten, den Kopf wieder anzunähen. Das finde ich anständig von ihr.

Wir haben jetzt eine WG-Katze! Sie ist uns vor einer Woche zugelaufen und wohnt nun bei uns. Sie ist so anhänglich und sehr niedlich. Ich habe sie Minka genannt. Mich mag sie besonders. Sie läuft hinter mir her wie ein kleiner Hund.

Vera redet die ganze Zeit davon, dass wir in der Nachbarschaft Aushänge machen müssten, falls jemandem die Katze entlaufen ist. Aber keiner rafft sich dazu auf, und ich mache das ganz bestimmt nicht. Ich habe sowieso schon so viel um die Ohren. Apropos, die Planungen für das Kinderhaus gehen gut voran. Folgendes muss in dieser Woche noch erledigt werden.

Nun folgten Spiegelstriche, hinter denen stand, wen Margo in Sachen Finanzierung des Kinderhauses und Gründung eines Vereins noch anrufen und anschreiben wollte. Katharina übersprang die Auflistung und las weiter.

01.11.1972

Tja, wer hätte das gedacht. Ich und Hans. Karl würde wohl vom Glauben abfallen. Deshalb musste ich Hans hoch und heilig versprechen, die Klappe zu halten. Meinetwegen. Ich habe jetzt ganz andere Sorgen. Ich brauche für dieses Semester noch zwei Scheine. Die will ich unbedingt noch im November machen. Vielleicht kann ich dann im Dezember schon nach Frankfurt ziehen. Vorausgesetzt es findet sich ein WG-Zimmer. Andererseits, man kommt immer irgendwo unter. Vielleicht lasse ich es auch einfach drauf ankommen.

Gestern hatte ich richtig Pech. Ich habe das Fenster etwas offenstehen gelassen. Das mache ich immer, wenn ich geraucht habe. Ein Windstoß muss es aufgedrückt haben. Leider ist es gegen das Wasserglas gestoßen, das auf dem Schreibtisch stand. Das ist umgekippt und hat mein Referat über Horkheimer und Adorno geflutet. Schöner Mist. Gott sei Dank hatte ich mit Kugelschreiber geschrieben und nicht mit Tinte. Ich habe die Seiten einzeln trockengeföhnt. Es war alles noch lesbar.

Hans ist wirklich lieb. Viel zu lieb eigentlich. Ich kann nur hoffen, dass er weiß, was er tut. Denn lange bin ich ja wahrscheinlich nicht mehr hier. Manch-

mal schaut er mich so eigenartig an nach dem Sex. Irgendwie ist er mir auch nicht ganz geheuer. Man hat ja schon oft gehört, dass gerade ruhige und introvertierte Menschen ganz plötzlich aus dieser Rolle ausbrechen können. Ein paar Mal hat Hans schon wirklich komische Sachen gesagt. In Münster zu bleiben, wäre viel besser für mich. Und immer wieder die Zelte abzubrechen, wäre ein Zeichen für Schwäche. So ein Quatsch! Ich will einfach nur aus diesem spießbürgerlichen und verschlafenen Münster weg, und ich glaube, dass er mich unbedingt hier halten will. Oh je, oh je.

Wahrscheinlich wird es jetzt doch Frankfurt. Ich kenne da ein paar Leute, die sagen, die Linken sind dort viel aktiver als hier. Da wird noch an den politischen Utopien festgehalten. Aber das versteht Hans nicht.

Es ist natürlich schade um das Projekt mit dem Kinderhaus. Aber wir sind jetzt so viele und Arnold ist spitze. Er wird das schaffen. Wenn der Verein erstmal gegründet ist, dann wird das schon was werden. Und ich schaue dann mal, was in Frankfurt in der Richtung so geht. Hauptsache der gute Hans hat sich nicht ernsthaft in mich verknallt. Es reicht mir schon mit Karl.

Gestern habe ich eine eigenartige Beobachtung gemacht. Könnte sein, dass ich weiß, was es mit den Sachen auf sich hat, die hier ständig verschwinden. Dummerweise bin ich mir nicht völlig sicher. Vielleicht habe ich auch nicht richtig geguckt und ziehe jetzt den falschen Schluss. Wahrscheinlich gehen alle davon aus, dass ich den ganzen Kram einsacke. Zumindest Theo. Er ist nicht so geschickt wie die anderen. Es steht ihm quasi ins Gesicht geschrieben. Er sieht mich im-

mer ganz argwöhnisch an, und ich glaube auch, dass er mich manchmal beobachtet. Aber natürlich traut er sich nicht, mir seinen Verdacht ins Gesicht zu sagen. Dazu ist er viel zu feige. Er taucht lieber in der Gruppe unter. Er ist einfach nur ein Mitläufer! Mit seinem verschwundenen Drehbleistift von Mama und Papa geht er mir wahnsinnig auf den Geist. Er ist ein richtiges Wohlstandssöhnchen. Verhätschelt bis dorthinaus. Seine Eltern bringen ihm immer noch Süßigkeiten mit, als wäre er sechs und nicht zweiundzwanzig Jahre alt.

Na ja, denen werde ich es zeigen, denn das lasse ich nicht auf mir sitzen. Demnächst lege ich mich mal auf die Lauer, dann werden wir ja sehen, wer hier lange Finger macht.

Nach diesem Eintrag hatte Margo nichts mehr in die Kladde geschrieben, obwohl sie noch anderthalb Monate gelebt hatte. Vielleicht hatte sie die Lust verloren oder sich nicht mehr die Zeit dafür genommen. Wieder schaute Katharina gedankenversunken aus dem Fenster. Karl und Hans hatten offenbar viel mehr für ihre unangepasste Mitbewohnerin empfunden, als sie das ihnen gegenüber zugegeben hatten. Hans hatte seine intime Beziehung zu Margo erst gar nicht angesprochen. Für Katharina offenbarte sich hier die ganze Problematik des Falls Margit Meyer. Es war viel einfacher, den Schleier der Lügen über etwas auszubreiten, was Jahrzehnte zurücklag, als über etwas, das gerade erst passiert war.

Bei Theo verhielt es sich anders als bei Karl und Hans. Er hatte Margo nicht ausstehen können und machte sie, nachdrücklicher als die anderen das taten, für die Diebstähle verantwortlich. Allerdings hat er aus seiner Antipathie kein Geheimnis gemacht.

Katharina begann damit, Margos Siebensachen wieder in den Karton zurückzulegen. Der Fall wurde immer komplexer. Es war nun wichtig, einer Spur nach der anderen nachzugehen, um zu prüfen, wie relevant sie für die Lösung des Falls tatsächlich war.

Sie dachte gerade über den letzten Punkt nach, den Margo aufgeschrieben hatte, als ihr Handy klingelte. Es war Vera. »Guten Morgen, Katharina, ich muss dir kurz von gestern Abend erzählen.«

Während Katharina ihrer Tante zuhörte, die von dem Gespräch beim Abendbrot und der anschließenden Durchsuchung der Zimmer berichtete, klemmte sie sich ihr Handy zwischen Ohr und Schulter und trug hintereinander den Karton und den Koffer in ihr Büro. Anschließend ließ sie sich auf ihrem Bürostuhl nieder und schaltete ihren Computer an. Vera, die es gewohnt war, Sachverhalte kurz und prägnant zusammenzufassen, beendete ihren Bericht mit der Bemerkung: »Ich dachte, ihr solltet das wissen, bevor ihr eine neue Runde von Befragungen startet.«

»Ja, danke, dass du mich auf dem Laufenden hältst, Vera. Was waren das denn für Vorfälle? Davon höre ich jetzt zum ersten Mal.« KDs Hoffnung, Veras und ihr familiäres Verhältnis könnte ihnen von Nutzen sein, war nicht unbegründet gewesen. Es war großes Glück, Vera vor Ort zu haben.

»Kleinere und größere Missgeschicke oder Unglücksfälle. Niemand von uns hatte das mehr so richtig auf dem Schirm, obwohl mir das damals sehr wohl eigenartig vorgekommen ist. Es ist halt doch viel Zeit vergangen. Erst durch Antje wurden wir wieder daran erinnert. Und sie hat ja recht, wenn sie sagt, dass Margos Pechsträhne, nachdem sie erschlagen im Keller gefunden wurde, noch mal in einem anderen Licht dasteht.«

Katharina erkundigte sich bei ihrer Tante, was genau Margo widerfahren war und tippte nebenher das Kennwort ihres Computers ein. Vera zählte verschiedene Vorkommnisse auf. Katharina machte sich Notizen und verabschiedete sich dann, aber nicht ohne vorher zu erwähnen, dass Eva und sie am späten Vormittag in die Heerdestraße kommen würden. Sie legte ihr Handy aus der Hand und ließ sich das, was Vera gesagt hatte, durch den Kopf gehen. Diese Vorfälle, die sich ereignet hatten. Alles Zufälle oder steckte da System hinter? Ein kaputter Teddy, die Sache mit der Katze, ein Unfall und noch anderes. Vera hatte von etwas Dunklem und Abgründigem gesprochen, das sich in ihrer Mitte breitgemacht habe. Ein Sprachbild, das gar nicht zu ihrer nüchternen und sachlichen Tante passte. Doch es war nicht von der Hand zu weisen. Je mehr Katharina über das Zusammenleben der WG von damals erfuhr, desto größer wurde ihre Überzeugung, dass es dort etwas gegeben hatte, von dem sie bislang nur einen Teil überblickten.

Katharina dachte über das nach, was Margo über Karl und Hans geschrieben hatte. Das war sehr eindeutig gewesen. Angespannt, kompliziert und emotional aufgeladen, so ließ sich das Verhältnis der jungen Frau zu beiden Männern beschreiben. Hier konnte man durchaus

Konfliktpotenzial erkennen. Die Beziehung zu Theo war auch belastet gewesen. Theo hatte Margo auf dem Kieker gehabt, und sie hatte davon gewusst. Auch das hatte mit Sicherheit Zündstoff geboten.

Dann kam Katharina die letzte Aufzeichnung in den Sinn. Margo selber hatte auch einen Verdacht bezüglich der Diebstähle gehabt, und sie wollte sich auf die Lauer legen. Hier tat sich eine Spur auf, die eng mit dem WG-Leben von damals verknüpft war und die bis in die Gegenwart reichte. Und genau deshalb wollte sie dort zuerst ansetzen.

Katharina öffnete die Datei, die sie am Vortag angelegt hatte, und scrollte durch ihre Notizen. Was hatte Eva noch über ihren Onkel gesagt? Es habe geheißen, er hätte einen Spleen. Daraufhin hatte Vera entgegnet: »Von uns hat niemand einen Spleen.« Aber das stimmte nicht! Natürlich hatte einer von ihnen einen Spleen. Katharina schloss die aktuelle Datei und rief Google auf. Ungeduldig wartete sie darauf, dass die Startseite der Suchmaschine sich öffnete. Warum war diese verfluchte Kiste nur so langsam? Endlich erschien das Eingabefeld und Katharina gab den Begriff *Kleptomanie* ein.

17. KAPITEL

November 1972

Gabriele schlenderte durch den langen Gang des Kaufhauses und schob einen Einkaufswagen vor sich her. Hier und da blieb sie stehen, nahm etwas in die Hand, drehte und wendete es, inspizierte das Preisschild und legte es wieder weg. Einige Dinge waren schon in ihrem Wagen gelandet. Ein paar Fäustlinge vom Wühltisch, eine neue Zahnbürste, eine Strumpfhose, drei Wollknäuel in den Farben Orange und Dunkelblau, eine Rundstricknadel, eine Schachtel Pralinen und eine Dose mit Hustenpastillen.

Plötzlich näherte sich eine schmale Gestalt von hinten und fasste sie fest am Arm. »Halt! Mitkommen! Kaufhausdetektiv! Hab ich Sie endlich erwischt!«

Erschrocken wirbelte Gabriele herum. »Aber ich … ich habe nicht … ich kaufe hier ganz normal …« Sie hielt inne, als sie erkannte, wer ihr da breit grinsend gegenüberstand.

»Margo«, seufzte sie. »Ich war so in Gedanken. Du hast mir vielleicht einen Schreck eingejagt.«

»Das habe ich bemerkt«, sagte Margo und inspizierte neugierig den Inhalt von Gabrieles Einkaufswagen. »Dafür, dass du im Arbeitskreis *Kritischer Konsum* ganz vorne mit dabei bist, schlägst du aber ganz schön zu.«

»Ach was«, wehrte Gabriele ab. »Das sind doch nur Dinge des täglichen Bedarfs. Die Pralinen sind für meine Oma. Sie hat am Freitag Geburtstag und liebt Schnapspralinen.«

»Na dann ...« Margo hielt einen Schreibblock, ein Ringbuch und zwei Bleistifte in die Höhe. »Gehst du jetzt auch zur Kasse?«

»Ich brauche auch noch etwas aus der Schreibwarenabteilung, aber dann bin ich fertig.«

Als die beiden Studentinnen vor dem Kaufhaus standen, sagte Margo zu Gabrieles Überraschung: »Danke übrigens, dass du den Kopf von Garfunkel wieder angenäht hast. Wenn du willst, lade ich dich zu einem Kaffee ein.«

Gabriele zögerte kurz. Eigentlich war ihr Plan gewesen, nach dem Einkauf direkt nach Hause zu fahren. Es gab noch einiges an der Hausarbeit zu überarbeiten, die sie morgen abgeben musste. Außerdem hatte sie es bis jetzt immer vermieden, länger als eine Viertelstunde mit Margo alleine zu verbringen. Ihr loses Mundwerk und ihre direkte Art überforderten sie oft. Margos unverschämte Frage, ob alle Psychologen eine Meise hätten, hatte sie nur noch zu gut im Ohr. Wenn sie ganz ehrlich war, dann hatte sie einen riesigen Respekt vor Margo.

Andererseits. Eine Tasse Kaffee könnte sie jetzt schon vertragen und vielleicht trug es ja auch dazu bei, Margo etwas besser kennenzulernen. Sich gut zu kennen, half immerhin dabei, sein Gegenüber besser einschätzen und verstehen zu können. Also gab sie sich einen Ruck.

»Ja, gerne. Wohin gehen wir?«

»Zu Schucan. Ich habe Lust auf ein Stück Torte.«

Im traditionsreichen Café Schucan, das bereits 1894 zunächst als Konditorei seine Pforten auf dem Prinzipalmarkt geöffnet hatte, war wie immer reger Betrieb. Sie fanden einen Tisch in einer Ecke und bestellten beide eine Tasse Bohnenkaffee mit Milch und Zucker. Margo suchte sich an der Kuchentheke ein Stück Frankfurter Kranz aus, Gabriele entschied sich für gedeckten Apfelkuchen mit Sahne.

Als die Serviererin kam, ganz in Schwarz mit gestärkter weißer Schürze, und ihnen das Gewünschte brachte, drückte Margo ihre Zigarette aus und machte sich über den Kuchen her, als hätte sie drei Tage nichts gegessen. Gabriele spürte schon nach drei Bissen ein Sättigungsgefühl. Ihre Oma sagte immer, sie esse wie ein Spatz und deshalb habe sie auch nichts auf den Rippen. Gabriele legte die Gabel aus der Hand, lehnte sich zurück und nippte an dem heißen Kaffee. Über den Rand der Tasse beobachtete sie Margo, die mit dem Finger die restlichen Kuchenkrümel vom Teller stippte. Plötzlich sah sie hoch und fragte: »Warum studierst du eigentlich Psychologie?«

»Ich interessiere mich für die menschliche Psyche«, antwortete Gabriele schlicht. »Das mag wie eine Standardantwort klingen, aber so ist es.«

Margo sah Gabriele mit ihren dunklen Augen unverwandt an und schwieg. Wie immer hing ihr schwarzes

Haar zu beiden Seiten ins Gesicht. Gabriele stellte die Kaffeetasse zur Seite, nahm ihre Brille ab und begann sie mit dem Saum ihres Pullovers zu putzen. »Die Psychologie versucht, menschliches Fühlen, Denken und Verhalten zu verstehen und zu erklären. Dabei geht es um das Erforschen des gesamten Innenlebens des Menschen, von der Wahrnehmung über die Gefühle bis hin zu den Gedanken und Erinnerungen. Ich finde das spannend.«

Margo nickte. Ihr Blick schweifte nun ab, glitt an den beiden alten Damen am Nebentisch vorbei, die ihre Hüte aufbehalten hatten und sich angeregt unterhielten. »Es ist sicherlich nicht verkehrt, wenn man in der Lage ist, das Verhalten seiner Mitmenschen einordnen zu können. Ich wünschte manchmal, ich könnte in die Köpfe mancher Leute hineinsehen.«

Jetzt war es Gabriele, die Margo ansah, ohne etwas zu erwidern. Schweigen provoziert Antworten, fuhr es ihr durch den Kopf. Grundkurs Psychologie und Kommunikation, erstes Semester.

»Wenn ich das könnte, dann wüsste ich wirklich gerne, was in Karl, Theo und Hans vorgeht. Irgendwie sind mir alle drei ein Rätsel.«

»Inwiefern denn?«

Margo warf ungehalten ihren Kopf nach hinten. »Ach, Karl tut die ganze Zeit so, als wäre er ein lässiger Linker, dabei ist er einfach nur ein unsicherer Germanistikstudent, der heimlich Gedichte schreibt.«

»Karl schreibt Gedichte?«

»Ja. Ich habe mal auf seinem Schreibtisch ein Heft entdeckt und reingeschaut. Völlig absurdes Zeug. Wenn man das liest, könnte man annehmen, er ist nicht ganz richtig im Kopf. Eins handelte vom Tod, dargestellt als hässliche Vogelscheuche, der riesige Rabenvögel die Augen aushacken.«

»Aha«, gab Gabriele nachdenklich von sich.

»Theo kann man irgendwie überhaupt nicht richtig fassen«, fuhr Margo mit der Beurteilung ihrer Mitbewohner fort. »Er hat so gar kein Profil und kein Rückgrat. Er ist weder Fisch noch Fleisch. So ein bisschen wie Antje. Obwohl, eigentlich ist er Fisch. Er schwimmt einfach so mit im Strom. Jedenfalls überwiegend.«

»Und was ist mit Hans?«

Margo wollte etwas sagen, überlegte es sich dann aber anders und schloss ihren Mund wieder. Nach kurzem Überlegen sagte sie: »Unwichtig. Hans ist eben Hans.« Margo machte wieder eine kurze Pause. »So wenig ich meine Mitbewohner ›lesen‹ kann, und da schließe ich auch dich und Antje ein, desto mehr bin ich mir über eins aber gewiss. Einer von euch ist nicht das, was er zu sein vorgibt.«

»Wie meinst du das?« Gabriele lehnte sich unbewusst ein Stück nach vorne.

»Wie ich es sage. Einer oder eine verhält sich nicht authentisch, beziehungsweise hält mit etwas hinterm Berg. Ich studiere zwar nicht Psychologie, aber ich habe ein Gespür dafür, wenn etwas nicht richtig ist. Ich kann nicht sagen, von wem das ausgeht. Ich spüre es aber, wenn wir alle zusammen sind.«

»Mhm«, machte Gabriele. Ein skeptischer Ausdruck lag auf ihrem Gesicht. »Das ist aber eine ziemlich vage Aussage, und Gefühle können uns auch in die Irre führen.«

Als hätte sie Gabrieles Worte nicht gehört, sagte Margo: »Bei irgendeinem ist etwas im Busch. Vielleicht bist du es, vielleicht Hans. Ich weiß es nicht. Die Einzige, die absolut authentisch ist und die man durchschaut wie eine frisch geputzte Fensterscheibe, ist die liebe Vera. Sie ist einfach nur eine von Ehrgeiz getriebene Juratante, die niemals fünfe gerade sein lässt und nichts als ihre Karriere im Kopf hat.«

»Und du?«, traute sich Gabriele zu fragen.

»Was und ich?«

»Wie ist es bei dir? Inwieweit hat es dich zum Beispiel geprägt, dass du in einem Heim aufgewachsen bist?« Gabriele hielt innerlich den Atem an. Hoffentlich war sie mit dieser Frage nicht zu weit gegangen, und Margo explodierte jetzt gleich vor allen Leuten. Aber das tat ihre Mitbewohnerin nicht. Stattdessen klopfte sie eine Zigarette aus ihrer HB-Packung und zündete sie mit einem Streichholz an.

»Es hat mich sehr geprägt. Das ist doch klar. Ich bin seit meinem vierten Lebensjahr eine Waise und habe so etwas wie Familie nie richtig kennengelernt.« Margo nahm einen tiefen Zug. »Ich habe jetzt keine Lust dir Einzelheiten zu erzählen, aber mein Interesse und Engagement für politische und gesellschaftliche Projekte, zum Beispiel für dieses Kinderhaus, ist natürlich eine Folge meiner eigenen Geschichte. Oder was meinst du?«

Gabriele nickte. Sie war sich im Klaren darüber, dass Margo auch heute keine Details zu ihren Heimerfahrungen preisgeben würde, deshalb stellte sie eine andere Frage.

»Worin wird sich denn das Kinderhaus von einem herkömmlichen Heim unterscheiden?«

»Es wird kleinere Gruppen geben. Außerdem gut ausgebildete, empathische Erzieher und kein autoritäres und überfordertes Personal. Demokratische Strukturen, Mitspracherecht der Kinder und Jugendlichen, Tiere, helle Räume, Rückzugsmöglichkeiten und so weiter und so fort. Ich könnte dir noch tausend Dinge aufzählen.«

»Das klingt toll.«

Jetzt kam Margo ins Reden. »Wichtig ist auch, dass die Kinder nicht sich selbst überlassen sind. Letztendlich sind es gar nicht unbedingt die Angestellten des Heims, die das Leben dort unerträglich machen können, sondern die Kinder selbst. Kinder können grausam sein. Aber wenn sie es sind, dann sind sie meistens Opfer der Umstände. Eine Gruppe Kinder und Jugendlicher, die nur verwaltet werden und denen man notfalls mit Gewalt einbläut, wie sie zu funktionieren haben, baut sich seine eigenen Strukturen und Hierarchien auf. Diese funktionieren immer nach demselben Prinzip. Der Stärkste gibt den Ton an, und der Schwächste muss leiden. Und die in der Mitte ordnen sich dem Stärksten unter, um nicht selber auf der Strecke zu bleiben.«

Gabriele hätte gerne gefragt, wo sich in dieser Hierarchie Margo befunden hatte, aber sie fand es dann doch zu indiskret. Ihr Blick blieb an Margos linker Hand hängen. »Was ist eigentlich mit deinem Finger passiert?«

»Das?« Margo nahm einen letzten tiefen Zug von ihrer Zigarette. »Das war ein Unfall in meiner Kindheit. Ich habe mir den Finger eingeklemmt und zwar so schwer, dass zwei Glieder abgetrennt wurden.«

* * *

Zwanzig Minuten später machten sich die beiden Studentinnen auf den Heimweg. Sie hatten ihre Räder gegenüber von Schucan abgestellt und radelten nun den Prinzipalmarkt hinunter Richtung Kreuzviertel. Es war erst Viertel nach fünf, aber schon fast wieder dunkel. Die Weihnachtsbeleuchtung der Geschäfte strahlte und verbreitete eine heimelige Atmosphäre. Nicht mehr lange bis Weihnachten, dachte Gabriele. Spätestens am 22.12. würden sie alle die WG verlassen, um Heiligabend bei ihren Familien zu verbringen. Mit allem, was dazugehörte. Tannenbaum, Festessen, Geschenke und die üblichen Diskussionen. Gabriele seufzte. Ihre Eltern meinten es nur gut, aber sie würden für ihr einziges Kind wieder Berge von Päckchen unter den Baum legen und sie mit erwartungsvollen Gesichtern ansehen. Sie hatten es schon im letzten Jahr nicht verstanden, dass Gabriele das Geld lieber an *Brot für die Welt* spendete, als mit Dingen überhäuft zu werden, die sie nicht brauchte. Im letzten Jahr hatte das einen handfesten Streit mit ihrem Vater ausgelöst, während ihre Mutter still ein paar Tränen verdrückt hatte. Undankbarkeit, hatte ihr Vater ihr vorgeworfen. Am zweiten Weihnachtsfeiertag war sie schon wieder in die WG zurückgekehrt.

Als sie die Räder durch das Tor der Heerdestraße 38 schoben und sie gegen die Hauswand lehnten, überlegte Gabriele, was Margo wohl über die Feiertage machen würde. Ob sie allein in der WG blieb? Oder würde sie zu irgendwelchen Freunden gehen? Sie kannte ja ziemlich viele Leute.

Im Flur begegneten sie Theo, der mit geschulterter Sporttasche und im Trainingsanzug die Treppe herunterkam. »Auf zum Handball?«, fragte Gabriele und hängte ihren Mantel über einen Bügel.

»So ist es.« Theo hatte sich auf den Boden gekniet und band seinen Turnschuh zu. »Und nachher im Vereinsheim noch mit den Jungs ein, zwei Bierchen trinken. Morgen ist ja Samstag.«

»Hat jemand schon Minka gefüttert?« Margo schlüpfte in ihre ausgelatschten Schlappen.

»Keine Ahnung«, antwortete Theo, ohne hochzublicken. »Ich glaube nicht. Ich habe die Katze den ganzen Tag nicht gesehen.«

»Viel Spaß beim Training«, sagte Gabriele, als Theo sich aufrichtete und nach seiner Tasche griff.

* * *

Später am Abend saß Gabriele mit Antje, Karl und Hans in der Küche und begutachtete die ersten zwanzig Reihen des Pullunders, den sie angefangen hatte zu stricken. Die neue Wolle fühlte sich wunderbar weich an. Ihre Mitbewohner spielten *Mensch ärgere dich nicht*. Karl war gerade von Hans hinausgeworfen worden und hatte ein Wutgeheul angestimmt, als Margo in die Küche platzte.

»Die Katze ist nicht da! Ich habe schon überall gesucht. Sie ist einfach weg.«

Vera, die gerade von einem Treffen mit ihrer Lerngruppe zurückgekehrt war, rief vom Flur aus: »Die ist bestimmt wieder zurück in ihr altes Zuhause.«

Margo drehte sich zu ihr um. »Wann kapierst du das endlich? Das hier ist ihr Zuhause! Sie hat sich hier pudelwohl gefühlt.«

Vera zuckte mit den Achseln. »Wie du meinst.«

»Wir müssen sie suchen«, sagte Margo. »Vielleicht wurde sie angefahren und hat sich irgendwo verkrochen. Katzen machen das so. Das habe ich gelesen.«

Hinter Margos Rücken warf Vera Antje einen Blick zu und verdrehte die Augen. Karl sprang sofort auf. »Alles klar. Wir suchen die Katze.«

»Ey!«, rief Antje empört. »Nur weil du verlierst, willst du jetzt aufhören.«

Hans hatte sich ebenfalls erhoben. »Ich finde auch, wir sollten nach der Katze suchen. Ich war heute den ganzen Tag hier wegen meiner Erkältung. Sie ist nicht einmal aufgetaucht.«

»Wenn du erkältet bist, dann solltest du jetzt nicht draußen herumlaufen«, bemerkte Antje spitz, aber Hans schenkte ihr keinerlei Beachtung.

Vera, die ihren Anorak noch nicht ausgezogen hatte, seufzte. »Okay, dann lasst uns nach Minka Ausschau halten. Niemand will ja, dass sie leidet.«

Antje stöhnte genervt auf, schob aber ihren Stuhl zurück und erhob sich.

Einige Minuten später standen sie in ihren Winterjacken, mit Mütze und Schal im Garten und riefen nach der Katze.

»Wir müssen uns verteilen«, übernahm Vera das Kommando. »Ich gehe die Heerdestraße bis Ecke Finkenstraße hinunter.«

Vera lief die Straße entlang. Immer wieder rief sie den Namen der Katze und schaute in Hauseingänge und unter parkende Autos. An der Straßenecke drehte sie um, und suchte die andere Straßenseite auf die gleiche Weise ab. Von der Katze keine Spur. Vera war müde und hungrig und beschloss, ins Haus zurückzukehren. Sie hatte ihre Schuldigkeit getan. Außerdem glaubte sie nach wie vor, dass Minka wieder zu ihren ursprünglichen Besitzern zurückgekehrt war, die wahrscheinlich in der Nachbarschaft wohnten. Vera betrat den Garten und ging auf das Haus zu. Durch die kleinen Fenster fielen gelbe Rechtecke auf den Rasen. An einer der hinteren Hausecken stand eine große Regentonne. Über ein Fallrohr gelangte das Regenwasser aus der Dachrinne in die Tonne. Beim Anblick des massigen Zinkbehälters zögerte Vera. Sie konnte nachher nicht mehr sagen, warum ihr mit einem Mal die Idee gekommen war, dort hineinzusehen. Ursprünglich hatte ein Deckel existiert, aber den gab es schon länger nicht mehr. Die Tonne war nur halb mit Wasser gefüllt. Zunächst sah Vera überhaupt nichts. Bis hinter das Haus reichte der Schein der Straßenlaternen nicht, und es gab auch kein erleuchtetes Fenster, das etwas Licht hätte spenden können. Vera blickte in eine tiefe Schwärze, aber dann gewöhnten sich ihre Augen an die Dunkelheit, und eine kalte Kralle legte sich um ihr Herz. Auf dem Wasser trieb reglos ein Bündel aus Fell.

Es war Karl, der sich erbarmte, die ertrunkene Katze aus dem Wasser zu fischen. Fassungslos standen sie alle um ihn herum.

»Wie konnte das passieren?« Antje war den Tränen nahe. »Das ist so entsetzlich.«

»Sie muss hineingefallen sein«, meinte Hans, »und dann kam sie nicht mehr raus. Es war zu wenig Wasser in der Tonne, als dass sie über den Rand wieder hätte hinaufklettern können.«

Antje unterdrückte ein Schluchzen.

»Lasst sie uns im Garten beerdigen«, schlug Vera mit leiser Stimme vor.

Die anderen nickten betroffen. Gabriele schaute zu Margo hinüber. Ihr Gesicht leuchtete weiß in der Dunkelheit. Noch bevor sich jemand rühren konnte, drehte sie sich auf dem Absatz um und rannte zur Haustür. Sie schloss auf, stürzte hinein und warf die Tür anschließend mit einem ohrenbetäubenden Krach ins Schloss.

18. KAPITEL

Als Eva das Büro betrat, nahm Katharina gerade mehrere ausgedruckte Seiten aus dem Drucker. Ihre Freundin schälte sich aus ihrer Jacke. Das war nicht ganz einfach, denn in der einen Hand hielt sie einen Kaffeebecher und in der anderen eine Tüte vom Bäcker.

»Wenn du Kaffee und Brötchen abstellst, geht es vielleicht besser«, sagte Katharina und heftete die Blätter zusammen.

»Würde ich machen, wenn es möglich wäre.« Mit dem Kinn deutete Eva auf ihren überladenen Schreibtisch. »Wir haben einfach zu wenig Platz. Ich weiß nicht, wo ich den ganzen Kram lassen soll.« Mit dem Ellenbogen schob sie ein paar Aktenordner zur Seite, die daraufhin mit lautem Gepolter auf den Boden krachten. Auf die freigewordene Fläche stellte Eva ihr Frühstück ab und ließ sich auf den Bürostuhl plumpsen.

»Hör mal zu«, bat Katharina. Sie hatte sich auch wieder gesetzt und raschelte mit dem Papier in ihrer Hand.

»Als Kleptomanie wird ein pathologischer Impuls zum Stehlen bezeichnet. Sie zählt zu der Gruppe der Impulskontrollstörungen sowie zum Spektrum der Zwangsstörungen. Auswirkung dieser Störung ist unter anderem zwanghaftes oder lustvolles Stehlen, wobei die gestohlenen Objekte keinen objektiven oder persönlichen Wert für den Erkrankten besitzen. Der Diebstahl erfolgt nicht zur persönlichen Bereicherung. Die Gegenstände werden nicht selten gehortet. Manchmal auch verschenkt oder weggeworfen. Das Stehlen ist nicht auf ein Motiv (Wut, Rache, o. Ä.) zurückzuführen. Ferner liegt keine andere Psychopathologie vor. Mögliche Ursachen können unter anderem Störung der Affekt- und Impulsregulation oder auch psychosozialer Stress sein.«

Triumphierend sah Katharina über die beiden Schreibtische hinweg ihre Freundin an.

Eva hatte sich aus ihrer Tüte ein Rosinenbrötchen gefischt und sagte: »Kleptomanie! Natürlich!«

»Hier steht noch etwas Interessantes. *Frauen sind mit 70 bis 77 Prozent überrepräsentiert, wobei Kleptomanie bei der Hälfte der Fälle schon vor dem 20. Lebensjahr beginnt.«*

Eva stieß einen leisen Pfiff aus. »Das ist wirklich interessant.«

Die Bürotür öffnete sich und Birgits Kopf erschien im Türrahmen. Katharina stachen auf einmal die vielen grauen Haare ins Auge, die sich wie silberne Fäden durch Birgits dunkelbraunen Haarschopf zogen. Das war ihr vorher noch nie so deutlich aufgefallen.

»Ich habe gerade KD auf dem Flur getroffen«, sagte Birgit. »Er fragt nach einem kurzen Zusammenkommen für ein Update.«

»Wir kommen«, erwiderte Katharina.

In KDs Büro stand das Fenster sperrangelweit auf. »Oh, können wir das schließen?«, fragte Eva als Erstes. KD war ein großer Freund von frischer Luft und riss die Fenster seines Büros im halbstündigen Takt auf. Zumindest behauptete Eva das.

»Ja, sicher. Guten Morgen zusammen. Was haben wir?« KD hatte seine langen Beine übereinandergeschlagen und wippte nervös mit dem Fuß auf und ab.

»Ich fange mal an«, ergriff Birgit das Wort. »Bei mir dauert es ja nicht lange. Onno Jensen ist am 28.04.2008 gestorben. Auf ihn können wir also nicht zurückgreifen.«

»Ja, mit so etwas mussten wir natürlich rechnen«, sagte Katharina. »Dafür gibt es eine andere Person, Birgit, die du aufsuchen könntest.«

»Und zwar?«

»Es geht um Arnold Reichmann. Er war bis vor zehn Jahren der Vorsitzende des Verbands privater Kinderheime e. V. Mit ihm hatte Margo in den Monaten vor ihrem Tod regelmäßig zu tun. Ich denke, es könnte für die Ermittlungen von Nutzen sein, mit einer Person zu sprechen, die damals Kontakt zu Margo gehabt hatte, aber nicht zur WG gehörte. Onno Jensen fällt ja weg. Margo und Arnold Reichmann haben sich damals gemeinsam mit anderen für die Gründung eines nichtstaatlichen Kinderheims eingesetzt und anscheinend ist Herr Reichmann diesem Arbeitsgebiet treu geblieben. Vielleicht ist ihm Margo aus diesem Grund, auch über die Jahrzehnte hinweg, im Kopf geblieben. Er lebt in einem Pflegeheim in Ahlen. Ich hoffe nur, dass sein Gesundheitszustand eine Befragung zulässt.«

»Das werde ich dann ja sehen.«

Katharina wandte sich an ihren Chef. »Hast du gleich einen Termin? Du wirkst, als hättest du es eilig.«

KD stellte seine Beine fest auf den Boden und rückte mit dem Stuhl näher an den Tisch heran. Er legte seine Arme auf der Tischplatte ab und verschränkte die Hände. »Nein, nein, ich habe keinen Termin. Es ist nur so, dass Staatsanwältin Reinbeck mir heute Morgen gesagt hat, dass sie uns nicht allzu lange Zeit geben kann. Sollten sich nicht kurzfristig aus den ersten Ermittlungsergebnissen konkrete Spuren ergeben, aus denen sich eine oder mehrere schlüssige Theorien ableiten lassen, wird sie das Verfahren wieder einstellen. Sie sagt, ein Fall, der so lange zurückliegt und allein schon deshalb wenig Chancen auf einen Ermittlungserfolg verspricht, wird sie nicht unnötig lange bearbeiten lassen. Dafür gibt es zu viel anderes, dem sie Priorität einräumen muss.«

»Was versteht die Frau Staatsanwältin denn unter kurzfristig?«, fragte Katharina.

KD zuckte mit den Schultern. »Das hat sie nicht näher ausgeführt. Aber bis morgen Mittag sollte schon was kommen. Deshalb sitze ich ein bisschen auf heißen Kohlen.«

Birgit sah KD mit einer hochgezogenen Augenbraue an. »Und da lässt sich deine Helene auch gar nicht davon beeinflussen, dass sie und der Leiter des KK 11 ein Paar sind? Da könnte sie doch mal ein bisschen großzügiger an die Sache herangehen.«

KD winkte ab. »Was das angeht, so trennt Helen Berufliches und Privates zu 110 Prozent, was natürlich auch richtig ist. Es wundert mich fast, dass sie mich nicht siezt, wenn wir uns in Dienstangelegenheiten begegnen.«

Katharina räusperte sich. »Dann ist es ja nur gut, dass ich etwas zu berichten habe, was uns noch ein wenig Zeit verschaffen dürfte.« Sie hielt Margos Schreibkladde in die Höhe und las ihren Kollegen anschließend die relevanten Einträge vor. »Hier tun sich gleich mehrere Anhaltspunkte auf, denen es nachzugehen gilt. Nach Margos Darstellung hatte Karl wohl doch deutlich mehr mit ihrer Entscheidung zu kämpfen, aus einer festen Partnerschaft eine lockere zu machen. Das hat Vera uns ja auch bestätigt. Zusätzlich kommt Hans ins Spiel, der heimliche Geliebte, der offenbar auch geklammert hat. Motive wie Eifersucht, Verlustangst oder ein verletztes Ego werden damit plausibel. Auch Theo müssen wir im Auge behalten. Er hat Margo für diejenige gehalten, die für das fehlende Geld und die verschwundenen Sachen verantwortlich ist. Es ist nicht auszuschließen, dass er sie zur Rede gestellt hat und es zwischen den beiden zu einer Auseinandersetzung kam, die aus dem Ruder gelaufen ist. Aber das ist noch nicht alles. Da ist auch noch Margos eigener Verdacht bezüglich der Diebstähle und ihr Vorhaben, den Dieb oder die Diebin zu stellen.« Katharina war jetzt in Fahrt gekommen. Sie warf KD einen Blick zu. »Zu diesem letzten Punkt habe ich mir ein paar Gedanken gemacht, denn meine Tante hat berichtet, dass zurzeit in der Heerdestraße wieder Gegenstände auf geheimnisvolle Weise verschwinden. Offensichtlich lagen also Theo und auch die anderen mit ihrem Verdacht gegenüber Margo falsch. Einer von Karl Wagners Gästen oder er selbst könnte unter Kleptomanie leiden.« An dieser Stelle las Katharina die beiden kurzen Textauszüge vor, die sie zehn Minuten zuvor Eva vorgestellt hatte. »Ich habe mal meiner Fantasie freien Lauf gelassen. Möglicherweise könnte Folgendes passiert sein: Margo ist dem- oder derjenigen – offenbar sind ja deutlich mehr Frauen von dieser Störung betroffen – auf die Schliche gekommen. Vielleicht hat sie ja unsere Person X bei ihrem Vergehen beobachtet, vielleicht aber auch bei dem Versuch überrascht, den entwendeten Gegenstand zu verstecken. Wie wir gerade gehört haben, neigen Kleptomanen dazu, die gestohlenen Objekte zu horten. Ich tippe darauf, dass sich das Versteck im Keller befand. Margo stellt Person X dort zur Rede. Es kommt zu einer Auseinandersetzung, in deren Folge Margo eine tödliche Kopfverletzung erleidet. Person X, in heller Panik, entscheidet sich dafür, alles zu vertuschen und kommt auf die Idee, Margo im Kriechkeller zu verstecken, der schon so gut wie in Vergessenheit geraten ist. Anschließend sucht sie in aller Eile ein paar Sachen zusammen und entsorgt sie irgendwo, um den Eindruck zu erwecken, Margo sei auf und davon.«

Es traten ein paar Sekunden des Schweigens ein. Katharina ergriff noch mal das Wort und gab den Inhalt von Veras Anruf wieder. »Die Tatsache, dass bei der Suchaktion in den Zimmern nichts gefunden wurde, untermauert meine Annahme, dass die Dinge irgendwo gehortet werden. Viele Möglichkeiten, unbemerkt etwas zu verstecken, gibt es nicht. Was liegt da näher als der Keller? Genauso wie es früher gemacht wurde.« Katharina hielt inne und sah von einem zum anderen. »Das ist nur eine Annahme, aber eben eine Möglichkeit. Um jetzt weiterzukommen, schlage ich vor, wir veranlassen eine Durchsuchung des Kellers. Sollten wir tatsächlich fündig werden, kann die Sicherung von Fingerabdrücken eventuell weiterhelfen, Rückschlüsse auf unsere Person X zu ziehen. Außerdem können wir gezielte Vernehmungen durchführen und den Druck deutlich erhöhen.«

KD hatte sich erhoben und ging vor seinem Schreibtisch auf und ab. Seine linke Hand umfasste seinen rechten Ellenbogen, den Zeigefinger hatte er in nachdenklicher Pose auf seine Lippen gelegt. »Bleiben wir noch mal kurz bei dem Krankheitsbild der Kleptomanie, bevor wir uns überlegen, wie wir verfahren. Nehmen wir also mal an, vor fünfzig Jahren hat eine der Herrschaften bereits den Hang zur Kleptomanie. Man sollte annehmen, dass im Laufe der darauffolgenden Jahrzehnte etwas dagegen unternommen wurde, oder nicht? Oder ist diese Störung nicht heilbar?«

Katharina blätterte sich durch die zusammengehefteten Seiten. »Ich habe hier einen Aufsatz aus der *Ärzte-Zeitung* von einem Prof. Dr. Bovenschulte. Er sagt, dass es über die therapeutischen Erfolge bei Kleptomanie bislang keine gesicherten Daten gibt. Behandelt wird sie mit Hilfe von Verhaltens-Therapien oder auch mit psychoanalytischen Ansätzen. In einem anderen Artikel habe ich gelesen, dass das Rückfälligwerden eng mit dem Auslöser des Stehlens verknüpft ist. Wenn zum Beispiel psychosozialer Stress oder auch bestimmte Drucksituationen dahinterstecken und der Patient genau damit wieder konfrontiert wird, dann kann die Störung wieder oder wieder häufiger auftreten. So etwas muss passiert sein. Ich stelle mir das so vor: Durch den Einzug von Margo in die WG wurde das WG-Leben durcheinandergewirbelt. Margo war, wie wir mehrfach gehört haben, eine anstrengende und nicht sehr umgängliche Mitbewohnerin. Warum auch immer führte das bei Person X zu einer erhöhten Stressbelastung, die sie zwanghaft stehlen ließ. Die Stressbelastung muss mit Margo zusammenhängen, denn vor ihrem Einzug und nach ihrem Verschwinden klangen die Symptome ja wieder ab. Durch das Auftauchen ihrer Leiche aber wurde Person X wieder in die alte Belastungssituation zurückgeworfen. Person X ist also in ein altes Verhaltensmuster abgedriftet und hat wieder angefangen zu stehlen.«

KD setzte sich auf eine Ecke seines Schreibtisches und ließ sein angewinkeltes Bein baumeln. »Deine Theorie klingt nachvollziehbar, Katharina. Sie ist es in jedem Fall wert, überprüft zu werden. Kannst du auch die Vorfälle einordnen, die Margo offensichtlich widerfahren sind und für die laut deiner Tante und Antje Lagemann ebenfalls jemand aus der Truppe verantwortlich war?«

»So aus dem Stegreif nicht. Aber lass uns eins nach dem anderen angehen.«

KD nickte. »Ich kümmere mich um ein Team zur Durchsuchung des Kellers.«

Eva meldete sich zu Wort. »Ich halte es für ratsam, Karl und seinen Gästen zunächst nichts davon zu sagen, dass wir im Keller nach den gestohlenen Gegenständen suchen. Besser wir geben vor, dass es um eine

Rekapitulation des Verbrechens geht oder eine erneute kriminaltechnische Untersuchung des Fundorts oder so etwas. Falls die Durchsuchung ergebnislos bleibt, hätten wir nicht unnötig Unruhe gestiftet.«

Diese Einschätzung wurde auch von Katharina, Birgit und KD geteilt.

»Und während die Durchsuchung läuft«, fügte Katharina hinzu, »beschäftigen wir uns noch mal mit Hans und Theo und fühlen ihnen auf den Zahn. Wer weiß, vielleicht bestätigt sich meine Kleptomanie-Theorie ja auch nicht und wir müssen ganz woanders ansetzen.«

19. KAPITEL

Nachdem Vera an diesem Morgen von ihrem Bett aus Katharina über die ergebnislose Durchsuchung der Zimmer am Vorabend informiert hatte, gelang es ihr nicht, wieder einzuschlafen. Normalerweise hatte sie kein Problem damit, bis neun Uhr oder halb zehn zu schlafen. Doch heute war Vera schon um kurz nach sechs aufgewacht, und seitdem drehten die Gedanken und Fragen in ihrem Kopf eine Runde nach der anderen.

Was hatte das Wiedersehen für eine Wendung genommen! Vera hörte Gabrieles Stimme, wie sie vor den Konsequenzen gegenseitiger Verdächtigungen und Unterstellungen warnte und sie spürte, wie eine diffuse Unruhe in ihre Magengrube kroch, die sie schließlich aus dem Bett trieb.

Die Richterin a. D. schlüpfte in ihre Hausschuhe und warf sich ihren Morgenmantel aus Seide über. Ein Geschenk von Edith zu ihrem siebzigsten Geburtstag. Veras Sorge, ihre jüngere Schwester könne sie wieder mit einem Wochenendseminar der besonderen Art überraschen, war unbegründet gewesen. Der Morgenmantel war zu einem ihrer Lieblingskleidungsstücke geworden. Ein Traum in Altrosa mit abgesetztem, weißem Saum an den weit auseinanderfallenden Ärmeln. Der glänzende, fließende Stoff fühlte sich wunderbar auf der Haut an. Zwei dezent angebrachte Druckknöpfe und ein breiter Gürtel sorgten dafür, dass der Hausmantel vorne nicht aufklaffte.

Vera beschloss, erst einen Kaffee zu trinken und anschließend ins Bad zu gehen. Es gab keinen Grund, sich jetzt schon fertigzumachen. Es war erst zwanzig nach acht. Die anderen würden nicht vor neun Uhr aufstehen. Sie hatten am Abend ausgemacht, dass sie gegen zehn Uhr frühstücken wollten. Vielleicht war Agnieszka schon auf, aber Vera war nicht eitel. Sie hatte kein Problem damit, der jungen Frau zu begegnen, auch wenn ihre Haare noch keinen Kamm und ihr Gesicht noch keinen Spritzer Wasser gesehen hatten.

In der Küche machte sich Vera an der vollautomatischen Espressomaschine zu schaffen. Die nagelneue Maschine brauchte nur vierzig Sekunden, um betriebsbereit zu sein, sodass Vera nur kurze Zeit später eine Tasse Espresso mit hellbrauner Crema in der Hand hielt. Sie dachte daran, wie sie hier vor fünfzig Jahren Kaffee gekocht hatten. Mit einer klassischen Kaffeefiltermaschine in Orange.

Vera stellte sich ans Küchenfenster und nippte an dem heißen Getränk. Der Garten war auch jetzt im Winter dicht und zugewachsen. Karl konnte aufgrund seines

Gesundheitszustands nicht mehr selbst Hand anlegen, aber er hatte offensichtlich auch niemanden beauftragt, Rasen, Büsche, Sträucher und die Hecke zu schneiden. Überall herrschte üppiger Wildwuchs.

Veras Blick blieb an einem immergrünen Busch hängen, dessen weit ausladende Zweige in alle Richtungen ragten. Er befand sich genau gegenüber dem Gartentor. Hatten sie da nicht …? Natürlich! Unter dem Busch hatten sie die Katze vergraben. Gedankenverloren starrte Vera zu der Ecke des Gartens und versuchte sich zu erinnern, was sie damals gefühlt hatte. Fassungslosigkeit und Entsetzen, wie alle. Was für ein schreckliches Ereignis das gewesen war! Vera ließ die Frage zu, die sie damals vehement aus ihrem Kopf verbannt hatte, weil sie sich mit der Vorstellung nicht hatte beschäftigen wollen. War es möglich, dass einer ihrer damaligen Mitbewohner die Katze, an der Margo mehr gehangen hatte als sonst einer von ihnen, vorsätzlich in der Tonne ertränkt hatte? Vera schloss kurz die Augen. Das wäre nicht nur grausam, das wäre krank. Dann machte sich Vera wieder bewusst, dass aller Wahrscheinlichkeit nach jemand aus dem Haus Margo den Schädel eingeschlagen hatte – und das war wohl noch viel kränker.

Veras Gedanken wanderten weiter und blieben beim vergangenen Abend hängen. Sie sah sich und die anderen, wie sie in angespannter Erwartung von Zimmer zu Zimmer gingen. Es war ein ambivalentes Gefühl gewesen. Auf der einen Seite der Wunsch, endlich zu wissen, was hinter den verschwundenen Gegenständen steckte. Auf der anderen Seite die unangenehme Vorstellung, wenn sie tatsächlich fündig würden und einen ihrer ehemaligen Mitbewohner damit überführt hätten. Aber als Vera sich in Erinnerung rief, dass niemand bei Theos spontanem Vorschlag sonderlich nervös reagiert hatte, war eigentlich schon klar gewesen, dass ihre Suche nicht erfolgreich sein würde.

Vera trank den letzten Schluck ihres Kaffees. Bei dem Telefonat mit Katharina hatte sie den Eindruck gehabt, dass ihre Nichte ihr gegenüber etwas zurückhaltend gewesen war. Vera hatte gefragt, wie die Kommissarinnen weiter verfahren wollten. Daraufhin hatte Katharina nur gesagt, dass sie später in die Heerdestraße kommen würden. Vera hatte verstanden, dass Katharina nicht näher auf ihre Frage eingehen wollte. Sie nahm ihr das nicht übel. Selbstverständlich wusste sie, dass Katharina, wenn die Ermittlungen in ein sensibles Stadium kamen, nicht mehr mit Außenstehenden darüber sprechen konnte. Da durfte sie auch bei ihrer Tante keine Ausnahme machen.

Was Vera mehr wurmte, war dieses Gefühl, zur Untätigkeit verdammt zu sein. Sie war eine Frau der Tat und ließ die Dinge nur ungern auf sich zukommen. Einfach nur abzuwarten, das war nicht Vera Langenkämpers Art.

Mr. Spook kaum lautlos in die Küche geschlichen. Mit lautem Maunzen strich er Vera um die Beine und erinnerte sie daran, dass es Zeit für sein Frühstück war. Vera hatte schon die Packung mit dem Trockenfutter in der Hand, als ihr etwas durch den Kopf ging. Wo würde sie in diesem Haus etwas verstecken, was nicht gefunden werden sollte? Eigentlich kam nur der Keller infrage. Ein Ort, wo es genug Möglichkeiten gab. Es fiel auch nicht weiter auf, wenn man hineinging oder wieder herauskam. Sie waren alle schon mal im Keller gewesen, um eine Flasche Wein, Champagner oder Wasser heraufzuholen. Auch Vera war bereits mehrfach im Keller gewesen. Mal hatte sie eine Packung Butter, ein anderes Mal ein Stück Käse von unten heraufgeholt. Der Kühlschrank in der Küche bot nicht sonderlich viel Platz, sodass einiges an frischen Vorräten in dem großen Kühlschrank im Keller aufbewahrt wurde. Vera stellte das Futter wieder auf die Küchenablage und verließ die Küche. Viel tun konnte sie im Fall Margo nicht, aber einer spontanen Eingebung nachgehen, das war immerhin drin. Mr. Spook folgte ihr und gab empörte Laute von sich. »Sei still«, zischte Vera. »Wir machen einen kleinen Ausflug.«

Mit Mr. Spook auf den Fersen stieg die Richterin a. D. die Treppen zum Keller hinab. Irgendwo mussten die Sachen sein, und Vera sah es jetzt als persönliche Herausforderung, das Versteck zu finden. Den Vorratsraum konnte sie außen vor lassen. Dort gab es nur leere Regale und den Kühlschrank. Vera wandte sich nach links und ging weiter den Gang entlang. Im nächsten Kellerraum hatten damals eine Handvoll ausrangierter Fahrräder gestanden. Jetzt waren in dem niedrigen Raum Gartenmöbel, eine Liege und zwei Sonnenschirme untergebracht. Und außerdem das alte Küchenbuffet ihrer gemeinsamen Studentenzeit. Es war breit und füllte fast die ganze Wand aus. Das sperrige Buffet im Landhausstil hatten Karl und Hans von irgendwoher besorgt. Vera erinnerte sich nicht mehr, ob sie es auf dem Sperrmüll entdeckt hatten oder ob sie über eine Kleinanzeige darauf aufmerksam geworden waren. Sie hatten damit begonnen, es aufzuarbeiten, dann aber die Lust verloren. Nur die Vorderseite war abgeschliffen worden und hatte einen neuen Anstrich in Hellblau bekommen. Das Buffet besaß vier Klapptüren im unteren Bereich, darüber befanden sich mehrere Schubladen, Fächer und eine Vitrine. Veras Herz begann unwillkürlich zu klopfen. Jede Menge Stauraum. Sie durchquerte den Keller und begann damit, die Fächer und Schubladen zu durchsuchen. Doch erfolglos. Alles, was sie fand, waren altes Geschirr, Besteck, Blumenvasen, ein Schnellkochtopf, ein Raclette- und ein Fonduegerät. Vera wandte sich wieder ab. Das wäre wohl auch zu einfach gewesen.

Als Nächstes schaute sie in Karls gut bestückten Weinkeller. Auch hier machte sie sich nicht viel Hoffnung, als sie den Lichtschalter betätigte und ihren Blick über die beiden deckenhohen Wandregale schweifen ließ. Vera hatte sich in ihrem eigenen Keller auch ein kleines Weinlager eingerichtet, fand aber Karls Regalsystem viel ansprechender. Ihr hatte man aber davon abgeraten, sich für Holzregale zu entscheiden, da ihr Keller viel zu feucht sei. Das Problem hatte Karl nicht. Selbst in seinem Kriechkeller war es trocken und kühl gewesen. Bei einem feuchten und modrigen Klima wäre Margos Skelett auch nicht so gut erhalten geblieben, sondern verrottet. Bei diesen Überlegungen schob sich langsam etwas unter Veras Hirnrinde. Es setzte sich dort fest und schlug Wurzeln. Auf einmal lag für Vera die Antwort auf die Frage, wo sie in diesem Keller etwas verstecken würde, so glasklar vor ihr wie ein Bergsee. Hatte Karl nicht erklärt, dass der Kriechkeller über mehrere Schächte belüftet und mit Sauerstoff versorgt wurde? Vera hastete in den Kellergang zurück. Wo konnten sich diese Schächte befinden? Sie ging zurück zum Fuße der Kellertreppe und schritt den Gang in die entgegengesetzte Richtung entlang. Hier gab es nur noch den Waschkeller mit Waschmaschine und Trockner. Vera inspizierte den Raum. Ihr Blick wurde von einem in die Wand eingelassenen, quadratischen Gitter festgehalten. Es befand sich in einer Ecke nur eine Handbreit über dem Fußboden und maß circa sechzig mal sechzig Zentimeter. Das konnte nur der Ausgang einer der Belüftungsschächte sein. Energisch marschierte Vera darauf zu. Es interessierte sie nur noch eins: War die Person, die sich erdreistete, Dinge anderer Leute an sich zu nehmen und zu verstecken, so clever und einfallsreich wie Vera selbst? Leise ächzend ging Vera in die Knie. Mit beiden Händen umfasste sie das Gitter. Es ließ sich mühelos abnehmen. Dahinter befand sich tatsächlich ein Schacht, der wie ein dunkler Schlund in der Wand verschwand. Das schummerige Licht der Deckenlampe machte es aber möglich, ein kleines Stück weit in den Schacht hineinzusehen – und was Vera dort sah, ließ sie scharf die Luft zwischen ihren Zähnen einziehen. Dort lagen ein Stadtführer von Münster, ein Paar Fingerhandschuhe und eine Sportuhr. Vera kniete sich vor den Schacht, um noch weiter hineinspähen zu können. »Das gibt's doch nicht«, murmelte sie vor sich hin. Ihr Mund war trocken vor Aufregung. Im Halbdunkel erkannte sie weitere bekannte Gegenstände. Einem Impuls folgend streckte sie ihre Hand aus, besann sich dann aber eines Besseren. Um Gottes willen, dachte sie. Katharina würde sie lynchen, wenn sie auf diesen wertvollen Fundstücken noch zusätzliche Fingerabdrücke hinterließ. Vera richtete sich wieder auf. Sie stützte sich dazu an der kalten Wand ab.

Plötzlich spürte sie, wie die Härchen in ihrem Nacken sich aufrichteten. Vera hatte niemanden kommen hören, wusste aber mit absoluter Sicherheit, dass sie nicht mehr alleine war. Langsam drehte sie sich um, wobei sich der Gürtel ihres Morgenmantels löste.

20. KAPITEL

November 1972

Nachdem sie die Katze unter einem der Büsche im Garten vergraben hatten, versammelte sich die WG, ausgenommen Margo, in der Küche. Gabriele schüttete den kalt gewordenen Pfefferminztee weg und kochte eine frische Kanne. Vera, die noch kein Abendbrot gegessen hatte und sich unterzuckert fühlte, bestrich zwei Scheiben Graubrot mit Margarine und belegte sie mit Käse und Wurst.

Theo kam vom Training zurück, und die anderen überfielen ihn sofort mit der Neuigkeit. Karl war der Meinung, dass eine Katze schon sehr tollpatschig sein müsse, um in eine Regentonne zu fallen.

Theo nahm eine Flasche Bier aus dem Kühlschrank und setzte sich neben Vera an den Tisch. »Schlimme Geschichte«, sagte er und trank einen großen Schluck Bier.

»Es ist überhaupt ziemlich komisch, dass sie auf dem Rand der Tonne herumgeturnt ist«, ließ Antje verlauten. »Katzen sind zwar neugierig, aber um Wasser machen sie meistens einen Bogen.«

Daraufhin sagte niemand etwas. Vera musste ihrer Mitbewohnerin recht geben, und ein unangenehmes Gefühl bohrte sich in ihr Herz wie eine Zecke in einen Hund. Sie kam aber schnell darüber hinweg, weil Hans ein anderes Thema ansprach.

Margo ließ sich den ganzen Abend nicht mehr blicken. Am nächsten Morgen war sie wie immer und ließ sich in keiner Weise anmerken, dass das Tier, um das sie die letzten Wochen so einen Wirbel gemacht hatte, qualvoll gestorben war. Doch Vera war überzeugt davon, dass sie ihre Trauer überspielte. Aber auch der Rest der WG verlor kein weiteres Wort mehr über das tragische Ereignis. Warum auch, sagte sich Vera. Es war passiert und konnte nicht mehr geändert werden. Warum also noch weiter darüber sprechen? Was sie persönlich anging, so hatte Vera ihren Kopf sowieso gerade ganz woanders. Während die anderen langsam in Vorweihnachtsstimmung kamen und nach den freien Tagen lechzten, bedeutete für Vera das immer näher rückende Weihnachtsfest in erster Linie, dass auch ihre Klausuren bald anstanden. Mitte Januar musste sie in Verwaltungs- und Erbrecht topfit sein.

Die nächsten Tage ging also alles wieder seinen gewohnten Gang. Die Bewohner der Heerdestraße 38 hatten in den Wochen vor Weihnachten alle noch das ein oder andere Referat zu halten oder eine Hausarbeit zu beenden, und so herrschte in der Vorweihnachtszeit eine konzentrierte Betriebsamkeit in der WG.

Am Ende der ersten Dezemberwoche schlug Karl vor, eine WG-Party zu schmeißen. »Wir sind doch jetzt alle mit unseren Referaten und Hausarbeiten durch, oder?

Dann können wir doch auch feiern. Wir machen das besser jetzt als erst kurz vor Weihnachten. Direkt vor den Feiertagen ist es ja sowieso schon immer stressig genug und vielleicht fährt ja auch der ein oder andere schon ein paar Tage früher nach Hause.«

»Ich bin noch lange nicht durch mit meinem Unikram und die Klausuren kommen ja erst noch«, meldete sich Vera zu Wort. Sie hatte dunkle Ringe unter den Augen und sah müde aus. »Aber ich finde die Idee trotzdem gut.«

Sie legten den kommenden Samstag als Termin für die Party fest und einigten sich darauf, dass jeder von ihnen ungefähr fünf Leuten Bescheid sagen sollte.

Am Freitag besorgten Karl und Hans zwei Kisten Bier, mehrere Flaschen Wein und Knabberzeug. Außerdem waren alle Gäste dazu angehalten worden, selbst etwas mitzubringen.

Gabriele wurde auserkoren, das Wohnzimmer ein wenig partytauglich zu gestalten. »Wenn ich das mache, dann wird aber nichts an Weihnachten erinnern«, sagte sie. »Ich werde den Konsumwahnsinn nicht noch unterstützen, indem ich kitschigen Weihnachtsschmuck kaufe, der nur einmal im Jahr benutzt wird.«

»Auf keinen Fall«, pflichtete Karl ihr bei. »Besorg einfach ein paar Luftballons, Luftschlangen und Girlanden. Das Wichtigste ist sowieso der Alkohol und genug Platz zum Tanzen.«

Als Gabriele am Samstagmittag alleine im Wohnzimmer Luftballons aufblies und Luftschlangen im Raum verteilte, hatte sie plötzlich das Gefühl, beobachtet zu werden. Seit einiger Zeit ging ihr das schon so. Immer wenn sie alleine war, beschlich sie das Gefühl, jemand befände sich in der Nähe. Egal ob in der Küche, im Wohnzimmer oder im Garten, wo sie vor ein paar Tagen Laub zusammengeharkt hatte. Immer war ihr, als schaute ihr jemand bei ihren Tätigkeiten zu. Es war schon so weit, dass sie etwas zu Verfolgungswahn in ihren Lehrbüchern nachgelesen hatte.

Gabriele warf einen Blick zum Fenster, aber da war niemand. Die Tür stand etwas auf, aber soweit sie das beurteilen konnte, stand auch dort keiner. Ein leises Knarren drang an ihr Ohr. Gabrieles Arme überzogen sich mit Gänsehaut. Stand da doch jemand hinter der Tür und gab sich nicht zu erkennen? »Hallo?« Ihre Stimme klang etwas dünn, sodass sie lauter und energischer wiederholte: »Hallo? Wer ist da?«

Wieder ertönte das Knarren. Gabrieles Herz klopfte bis zum Hals, denn gerade war ihr eingefallen, dass außer ihr niemand zu Hause war. Woher kam also das Geräusch? In dem alten Haus knackte und knarrte es ständig irgendwo, aber in Gabrieles Wahrnehmung hörte es sich diesmal anders an. Eher so, als würde jemand über den alten Dielenboden im Flur schleichen und sich dabei bemühen, möglichst leise zu sein. Gabriele sprach sich Mut zu, ging zur Wohnzimmertür und riss sie auf. Der Flur war leer.

Als sie wieder in der Mitte des Wohnzimmers stand und gegen eine Luftschlange pustete, hämmerte es plötzlich gegen das Fenster. Gabriele fuhr zusammen und stieß einen kleinen Schrei aus. Hinter der Scheibe stand Andrea, die nur hundert Meter entfernt in einer WG zusammen mit Petra und Thomas wohnte. Sie winkte und grinste breit über ihr sommersprossiges Gesicht. Energisch deutete sie mit dem Finger Richtung Haustür.

»Mein Gott«, seufzte Gabriele mit zitternder Stimme und verließ das Wohnzimmer.

Sie hatte die Tür noch nicht ganz geöffnet, da redete die lebhafte Andrea schon drauflos. Sie trug einen gelben Regenmantel, unter dessen Kapuze ihr rotes Haar hervorquoll. Der Mantel glänzte vor Nässe. »Kleiner Notfall. Kann ich mir von euch ein Rad leihen? Meins hat einen Platten. Ich musste den ganzen Weg nach Hause schieben und das bei diesem Mistwetter. Leider habe ich etwas vergessen und muss noch mal kurz los.«

»Ich würde dir ja meins leihen, aber das steht seit letzter Woche mit gerissener Kette im Keller.« Gabriele zeigte auf ein klappriges Herrenrad ohne Schutzblech und Fahrradlampe. »Du kannst dir aber Margos ausleihen, denke ich. Du bist doch schnell wieder da.«

»Ist sie zu Hause? Dann könntest du sie kurz fragen.«

»Nein. Es ist niemand da.«

»Dann leihe ich es mir ungefragt aus. Ich habe keine Lust, zu Fuß zu gehen.«

»Kommt ihr heute Abend?«, rief Gabriele hinter ihrer Nachbarin her, die bereits auf dem Weg zum Gartentor war.

Andrea drehte sich um und nickte.

Als Gabriele die Haustür wieder geschlossen hatte, hielt sie inne und lauschte. Doch diesmal machte sie keinen verdächtigen Laut aus. Trotzdem stieg ein unbehagliches Gefühl in ihr auf. Unwillkürlich kamen ihr Margos Worte in den Sinn. *Irgendjemand ist nicht der,*

der er zu sein vorgibt. Das war eine unheimliche Formulierung, fand Gabriele. Sie würde hier noch komplett durchdrehen. Ohne sich zu rühren, stand die Psychologiestudentin noch eine Weile im Flur. Dabei stellte sie sich vor, dass irgendwo im Haus noch jemand stand, genauso reglos wie sie selbst, den Atem anhielt und auf ihre Bewegungen lauschte. Doch Gabriele war ein ängstlicher Mensch, und so beschloss sie, ins Wohnzimmer zurückzukehren und sich mit der Dekoration für die Party abzulenken.

Gerade hatte sie den Beschluss gefasst, da hörte sie aufgeregte Stimmen vor der Haustür. Sie drehte sich um und öffnete die Tür ein weiteres Mal. Vor Schreck schnappte sie nach Luft. Auf dem Treppenabsatz stand Andrea. Sie wurde links und rechts von Theo und Karl gestützt und bot einen furchtbaren Anblick. Ihr Gesicht war blutüberströmt, und sie stieß kleine, wimmernde Laute aus. Gabriele sah, dass Andrea eine große Platzwunde an der Stirn hatte, und auch aus ihrem Mund quoll Blut. Ihr weißer Schal war schon voller roter Flecken.

Gabriele spürte Übelkeit aufsteigen. »Was ist passiert?«

»Sie ist mit dem Fahrrad gestürzt und aufs Gesicht gefallen«, erklärte Karl. »Ihre Lippe ist aufgeplatzt. Deshalb blutet das so wahnsinnig. Haben wir Eis?«

»Eis?« Gabriele verstand nicht. Wie versteinert starrte sie ihre Nachbarin an. Ihr beiden Mitbewohner schubsten sie unsanft zur Seite.

»Ja, mein Gott«, herrschte Karl sie an. »Eis. Eiswürfel. Zum Kühlen.«

Gabriele glaubte nicht, dass sie Eiswürfel hatten. In irgendeiner Schublade flog so ein Eiswürfelbehälter aus Plastik herum, aber sie benutzten das Ding so gut wie nie. Aber ihr fiel ein, dass in der Tiefkühltruhe im Keller eingefrorene Schnitzel lagen. Das musste doch auch funktionieren. Sie rannte in den Keller und kam kurz darauf wieder nach oben. Theo und Karl hatten Andrea auf eine der Matratzen im Wohnzimmer gebettet. Mit Hilfe von Geschirrhandtüchern versuchten sie, das Blut in Schach zu halten. Gabriele fiel jetzt erst auf, dass Andreas Hände auch blutige Schürfwunden aufwiesen.

Theo starrte auf die wimmernde Andrea hinunter. »Margo hätte niemals hier einziehen dürfen. Es wäre für alle besser gewesen.«

Gabriele warf Theo einen irritierten Blick zu. »Was hat denn jetzt Margo damit zu tun?«

Karl kam Theo zuvor und erklärte: »Sie hat sich anscheinend Margos alten Drahtesel geliehen, und der war wohl nicht mehr ganz verkehrstüchtig. Um so etwas kümmert sich Margo ja nicht. Die Radmuttern waren vorne wohl nicht richtig angezogen, und so hat sich das Rad gelöst. Sie ist mit dem Gesicht zuerst auf dem Asphalt gelandet.«

»Wie das blutet.« Theo war blass geworden.

»Verletzungen am Kopf bluten immer sehr stark«, sagte Karl. »Die Kopfhaut hat unter der Oberfläche viele Blutäderchen. Ich glaube, die Wunde an der Stirn ist nicht so schlimm, wie sie aussieht. Aber bei der Lippe bin ich mir nicht so sicher. Vielleicht muss das genäht werden.«

Die drei standen um Andrea herum, die die Augen jetzt geschlossen hatte und immer noch wimmerte. »Mein Kopf. Mein Kopf tut so weh.«

Theo verließ das Wohnzimmer. Über die Schulter sagte er: »Ich rufe einen Krankenwagen. Wahrscheinlich hat sie auch eine Gehirnerschütterung.«

21. KAPITEL

»Hans«, stieß Vera erleichtert aus, als sie erkannte, wer da in voller Größe in der Tür zum Waschkeller stand. Sie schlang sich den Gürtel ihres Morgenmantels wieder enger um ihren Körper.

»Vera.« Hans kam auf sie zu. Er war in Laufbekleidung und trug sein Smartphone in einer Armtasche um den Oberarm. »Was tust du hier? Ich habe gesehen, dass die Kellertür aufstand und war neugierig, wer sich hier unten herumtreibt. Ich wusste, dass es nicht Agnieszka sein kann. Sie ist auf dem Weg zum Bäcker.«

Vera deutete auf den geöffneten Schacht. »Ich habe das Versteck unseres Eichhörnchens gefunden.« Sie sagte das nicht ganz ohne Stolz in der Stimme.

Hans starrte überrascht auf das dunkle Loch in der Wand. Er kam noch näher, bückte sich und spähte in den Schacht. »Meine Laufuhr!«, rief er überrascht.

»Nicht nur deine Laufuhr. Auch alle anderen Dinge, die in letzter Zeit abhandengekommen sind. Und wenn ich das richtig gesehen habe, ist da noch viel mehr drin. Ich vermute, der Schacht diente schon vor fünfzig Jahren als Versteck.«

»Meine Güte.« Hans nestelte sein Handy aus der Tasche, entsperrte es und betätigte die Taschenlampenfunktion. »Du hast recht«, sagte er. »Da liegt noch jede Menge anderes Zeug.« Er ließ von dem Schacht ab und bedachte Vera plötzlich mit einem misstrauischen Blick. »Wie bist du darauf gekommen, hier zu suchen?«

Vera ahnte, was Hans in den Sinn gekommen war. Sie hob die Hände in die Luft. »Ich bin nicht diejenige, die hierfür verantwortlich ist. Ich habe hier im Keller nach den Sachen gesucht und dann sind mir die Lüftungsschächte eingefallen. Ein geniales Versteck, habe ich gedacht, und wie du siehst, ist noch jemand auf die Idee gekommen.« Vera hatte ein treuherziges Gesicht aufgesetzt, aber hinter ihrer Stirn arbeitete es fieberhaft. Vielleicht war Hans ja der Dieb? War er wirklich nur in den Keller gekommen, um zu sehen, was hier los war? Unwillkürlich schaute sie auf seine Hände. Aber sie hatte natürlich vorher schon gesehen, dass Hans nichts dabeihatte. Gabriele hatte recht gehabt. Niemand war mehr über einen Verdacht erhaben. Auch sie selbst nicht. Für den Mord an Margo schon, denn jeder wusste, dass sie keine Ahnung von dem Kriechkeller gehabt hatte. Aber hinter den gestohlenen Gegenständen konnte sie genauso stecken wie jeder andere. War Kleptomanie nicht viel häufiger bei Frauen als bei Männern? Von dem Standpunkt aus betrachtet, war sie sogar verdächtiger als Hans, der in diesem Augenblick abwinkte.

»Tut mir leid, Vera. Natürlich warst du das nicht. Was machen wir jetzt?«

»Wir lassen hier alles so, wie es ist, gehen nach oben und ich informiere Katharina über meinen Fund. Na, die wird Augen machen.«

* * *

Veras Anruf erreichte Katharina in dem Moment, als sie mit Eva das Büro verlassen wollte, um zur Heerdestraße zu fahren.

Nachdem sie von ihrer Tante erfahren hatte, was diese im Lüftungsschacht des Kriechkellers entdeckt hatte, berichtete sie Eva davon, die sie fragend anschaute.

»Du hast also nicht nur die Locken, sondern auch deinen kriminalistischen Spürsinn von deiner Tante. Kompliment an euch beide. Ihr hattet die richtige Eingebung.«

Katharina teilte auch ihrem Chef mit, was sich in der Heerdestraße mittlerweile ereignet hatte. KD war gerade dabei, die geplante Durchsuchung des Kellers zu organisieren. Er blies die Aktion umgehend ab und setzte sich stattdessen mit den Beamten der Spurensicherung in Verbindung.

Als Katharina und Eva bereits auf dem Weg ins Kreuzviertel waren, geschah etwas Unvorhergesehenes. Katharina, die wie üblich Eva das Steuer überlassen hatte, erhielt einen Anruf von KD.

»Ja? KD? Was gibt's?«

Sie hatte den Lautsprecher aktiviert, sodass Eva mithören konnte. Das Telefon in der Hand glitt Katharinas

Blick an den Fassaden der Häuser in der Finkenstraße entlang. Hier standen einige der prachtvollen Jugendstilhäuser, die dem Kreuzviertel seinen Charme gaben.

»Birgit hat gerade angerufen«, ertönte die Stimme von KD durchs Telefon. »Sie hatte auf dem Weg zu diesem Arnold Reichmann einen Autounfall.«

Katharina und Eva warfen sich einen erschrockenen Blick zu.

»Keine Sorge«, stellte KD klar. »Ein kleiner Auffahrunfall. Nur Blechschaden, niemand ist ernsthaft zu Schaden gekommen. Aber Birgit hat durch den Rums einen ordentlichen Schlag in den Nacken bekommen. Sie sagt, sie kann vor Schmerzen den Kopf kaum bewegen und geht jetzt erst zum Arzt. Übernimmt jemand von euch das Gespräch mit Herrn Reichmann? Oder wollt ihr es verschieben? Ich schicke euch auf jeden Fall den Link zum Pflegeheim, dann könnt ihr euch dort melden.«

»Okay«, sagte Katharina. »Wir besprechen gleich, wie wir es machen.« Sie beendete das Gespräch und sah Eva von der Seite an. »Und? Was meinst du? Heute noch dorthin?«

»Wir könnten dann einen Haken dahinter machen. Wer weiß, vielleicht kann sich Herr Reichmann auch gar nicht mehr an Margo erinnern. Aber wenn doch, bekommen wir vielleicht noch verwertbare Informationen.«

»Das sehe ich auch so. Die Chance, noch mehr Druckmittel für die Befragungen in die Hände zu bekommen, sollten wir nicht aufschieben. Ich kann die Fahrt nach Ahlen übernehmen.«

»Gut. Dann mache ich den Herrschaften schon mal klar, dass wir das Stadium der Anfangsermittlungen hinter uns gelassen haben und wir uns in einer neuen Phase befinden, die weitere intensive Befragungen mit sich bringen wird.«

Katharina nickte. »Sag ihnen auch, dass wir einer konkreten Spur nachgehen. Die weiteren Vernehmungen werden auf dem Präsidium stattfinden, und zuvor werden alle erkennungsdienstlich erfasst. Außerdem kannst du auch darauf hinweisen, dass die Kollegen der Spurensicherung ganz bestimmt eine gute Arbeit machen werden, was das Sichern von Fingerabdrücken auf den gestohlenen Sachen angeht. Wir werden sie akribisch auswerten und abgleichen. Dann werden wir ja sehen, wessen Fingerabdrücke auffallend häufig zu finden sind. Es kann nicht schaden, jetzt mal Wasser ins Fass einzulassen und zu sehen, was passiert, wenn der Pegel steigt.«

* * *

Drei Stunden später war Katharina wieder auf dem Rückweg von Ahlen nach Münster. Sie hatte ihr Handy in die dafür vorgesehene Halterung gesteckt und die Freisprechanlage aktiviert. Ungeduldig trommelten ihre Finger auf das Lenkrad, während sie darauf wartete, dass Eva an ihr Telefon ging.

»Und?«, klang die Stimme ihrer Freundin blechern durch den Lautsprecher.

»Ich würde sagen, der Besuch hat sich gelohnt. Herr Reichmann war zwar hin und wieder etwas durcheinander und ist öfters von meinen Fragen abgekommen, aber seine Tochter war die ganze Zeit dabei, und sie hat ihn immer wieder sehr geschickt auf meine Fragen zurückgebracht. Eine Sache, die er gesagt hat, war zumindest sehr aufschlussreich.«

»Und zwar?«

»Margo hatte ihm erzählt, dass in ihrer WG geklaut wird. Als ich fragte, ob sie ihm auch gesagt hat, wer ihrer Meinung nach dahintersteckt, meinte Herr Reichmann: ›Daran kann ich mich nicht erinnern. Ich weiß nur noch, dass Margo in dem Zusammenhang gesagt hat, sie hätte immer schon gewusst, dass Psychologen auch meistens eine Macke haben.‹ Das weist doch in eine klare Richtung, oder nicht?«

»Allerdings. Sie hatte Gabriele in Verdacht.«

»Leider konnte ich nicht mehr aus ihm herausbekommen. Ich wollte den armen Mann und auch seine Tochter nicht überstrapazieren.«

Katharina hatte inzwischen die Landstraße nach Münster erreicht und fuhr im Schritttempo hinter einem Trecker her, der so breit war, dass sie den Gegenverkehr nicht einsehen konnte.

»Gabriele«, wiederholte Eva. »Klingt für mich nachvollziehbar. Irgendwie macht sie schon einen etwas schrägen Eindruck.

»Und dann hat sich ganz zum Schluss noch etwas Interessantes ergeben. Als ich gegangen bin und schon fast den Ausgang erreicht hatte, hat mich die Tochter von Herrn Reichmann eingeholt. Sie meinte, sie wisse nicht, ob es wichtig sei, aber sie wollte es mir auf jeden Fall mitteilen, weil es doch besser wäre, wir wüssten zu viel über das Opfer als zu wenig.«

»Da hat sie recht.«

»Sie erzählte, dass ihr Vater gestern einen ziemlich guten Tag hatte und sie sich eine Weile ganz normal mit ihm unterhalten konnte. Sie hat ihn über den anstehenden Besuch der Kripo aus Münster informiert und dass es dabei um Margo gehen würde. Daraufhin hat er in den höchsten Tönen von Margo und ihrem politischen und gesellschaftlichen Engagement gesprochen. Er meinte, dass sie selbst keine glückliche Zeit im Kinderheim hatte. Es hat auch einen Vorfall gegeben, der sie Jahre später noch sehr beschäftigt hat. Ein Kind ist zu Tode gekommen. Ein Unfall. Mein Vater wusste keine Einzelheiten. Nur, dass das so eine Art Schlüsselerlebnis für Margo gewesen ist.«

»Mhmm«, machte Eva etwas ratlos. »Schwierig, das jetzt einzuordnen, aber wir sollten es im Hinterkopf behalten.«

Katharina hörte das Rascheln einer Tüte, und dann ertönte wieder Evas Stimme. »Tschuldigung«, nuschelte sie, »ich musste mal eben in mein Rosinenbrötchen beißen. Übrigens haben wir hier noch ein weiteres Versteck entdeckt. Deine Tante hat uns darauf aufmerksam gemacht, dass es noch einen zweiten Lüftungsschacht gibt.«

»Haben die Kollegen von der SpuSi gesagt, wie lange sie für die Sicherung und Auswertung der Spuren brauchen werden?«

»Wahrscheinlich bekommen wir erst morgen den Bericht. Es wird wohl etwas dauern, bis alle Fingerabdrücke gesichert sind. Es ist ja auch ganz schön viel Kram. Allerdings ist es sehr fraglich, ob bei dem Zeug, das vor fünfzig Jahren in dem Schacht versteckt wurde, überhaupt verwertbare Spuren zu finden sind. Der Kollege Schulte meinte zwar, er habe schon öfter Fingerabdrücke nachgewiesen, die mehrere Jahrzehnte alt waren, aber das hängt natürlich von der Qualität der Spuren ab und von Faktoren wie Temperatur und Luftfeuchtigkeit.«

Als die Straße, die an abgemähten Wiesen und unbestellten, winterbraunen Äckern vorbeiführte, über ein längeres Stück hinweg gerade verlief, nutzte Katharina die Gelegenheit und überholte den Trecker.

Eva sprach unterdessen weiter. »KD hat übrigens noch zusätzlich einen Kollegen vom Erkennungsdienst in die Heerdestraße geschickt, um von allen die Fingerabdrücke nehmen zu lassen. Er wollte nicht damit warten, bis die ganze Truppe zu den Befragungen aufs Präsidium kommt.«

»Es macht ja auch Sinn, die Vergleichsspuren direkt bei der Hand zu haben«, sagte Katharina. »So kann der Abgleich mit den gesicherten Abdrücken sofort erfolgen.«

»Jetzt können wir nur hoffen, dass die Spuren so eindeutig ausfallen, dass sie auch Rückschlüsse auf die Person zulassen, die die Gegenstände entwendet hat. Ich bin mir nämlich ziemlich sicher, mit den entsprechenden Beweisen wird ein Geständnis von Gabriele nicht lange auf sich warten lassen. Sie ist keine harte Nuss. Und ihr traue ich das von allen am ehesten zu.«

»Das schätze ich auch so ein«, stimmte Katharina zu.

»Dann bleibt noch die große Frage, ob wir hier auch das Motiv für Margos Tod aufgespürt haben oder ob die Sache mit den Diebstählen ein Nebenschauplatz war.«

»Was hat sich denn noch bezüglich Hans und Theo ergeben?«, fragte Katharina und beschleunigte den Wagen.

»Ich habe zuerst mit Theo gesprochen. Für ihn war es nie eine Option, dass jemand anderes als Margo die Gegenstände an sich nimmt. Er schwört aber hoch und heilig, dass er seine Mitbewohnerin nicht ein einziges Mal zur Rede gestellt hat und er nie mit Margo aneinandergeraten ist.«

»Aber wenn er doch so überzeugt war, warum hat er sie dann nicht auf seinen Verdacht angesprochen?«

»Das habe ich ihn auch gefragt, und er meinte, er habe als junger Mensch offene Konfrontationen gerne gemieden. Ich muss sagen, ich habe ihm das abgenommen. Aber natürlich muss das noch mal auf den Prüfstand.«

Katharina nickte, obwohl Eva sie ja nicht sehen konnte. »Und Hans? Hast du den Eindruck, dass sein heimliches Verhältnis mit Margo eine weitere vielversprechende Spur sein könnte?«

»Auf jeden Fall ist das eine Spur, der wir nachgehen müssen. Wie vielversprechend sie sein wird, bleibt abzuwarten. Auch hier zähle ich auf die Befragung auf dem Präsidium. Festhalten kann man aber schon mal, dass er sehr überrascht reagiert hat, als ich ihn mit der Affäre konfrontiert habe. Er hat auf mich auch einen unangenehm berührten und besser gesagt ertappten Eindruck gemacht. Ich habe mich gefragt, warum er so reagiert, wenn da nicht mehr hintersteckt. Er hat sich auch bemüht, die Angelegenheit zu relativieren und darauf gepocht, dass das nur über eine ganz kurze Zeitspanne war und sie im Grunde genommen nur ein paar

Mal miteinander geschlafen hätten. Mehr wäre da nicht gewesen. Ich habe dann aus Margos Aufzeichnungen zitiert, aber auch das hat er alles kleingeredet. Er habe Margo auf keinen Fall von ihren Plänen abbringen wollen. Letztendlich sei sie ja für sich selbst verantwortlich gewesen. Er habe lediglich darauf hingewiesen, dass es auch mal ganz gut sei, etwas zu Ende zu bringen. Deshalb habe er ihr empfohlen, das Grundstudium in Münster erst abzuschließen und danach einen Wechsel in Betracht zu ziehen.«

»Und was war seine Erklärung dafür, dass er bei unserem ersten Gespräch nichts von seiner intimen Beziehung zu Margo gesagt hat? Wir haben ja sehr deutlich gemacht, dass für uns alles von Bedeutung ist, was mit Margo zusammenhängt – und gerade die persönlichen Beziehungen.«

Er hielt es nicht für wichtig, weil es ja keine richtige Beziehung war und dann auch nur sehr kurz. Er hat aber auch eingeräumt, dass er Sorge hatte, sich damit in Verdacht zu bringen, etwas mit Margos Tod zu tun zu haben, was er selbstverständlich nicht hat.«

»Ah ja. Dann ist ja gut«, sagte Katharina in einem ironischen Ton, setzte den Blinker und überholte einen Caddy, in dem eine mehrköpfige Familie saß. »Du bist jetzt im Präsidium?«

»Ja. Ich bin dabei, das Gespräch mit Hans zu protokollieren. Übrigens ist Birgit für zwei Wochen krankgeschrieben. Sie hat ein heftiges Schleudertrauma. Dafür hat aber Staatsanwältin Reinbeck grünes Licht gegeben. KD hat es mir gerade gesagt. Es gibt jetzt wohl genug Ermittlungsansätze, die ein Weitermachen rechtfertigen.«

»Okay, ich komme dann jetzt auch ins Büro.«

Nach dem Telefonat mit Eva ließ Katharina sich den derzeitigen Ermittlungsstand durch den Kopf gehen. Auf der Straße war nicht viel los, sodass sie sich nicht sonderlich auf den Verkehr konzentrieren musste. Für Katharina war so gut wie sicher, dass Margo von Gabriele gesprochen hatte. Ihre Bemerkung konnte nur so interpretiert werden. Sie musste die Psychologiestudentin zufällig beobachtet haben. So hatte sie es in ihr Tagebuch geschrieben. Daraufhin hatte sie sich vorgenommen, die Verdächtige im Auge zu behalten.

Katharina erreichte den Parkplatz des Präsidiums und stellt den Motor des Wagens ab. Eine Weile starrte sie durch die Windschutzscheibe. Gut denkbar, dass es sich damals tatsächlich so zugetragen hatte. Dass eine kleptomanische Gabriele von Margo beobachtet worden war und in einem Panikanfall den Tod der Mitbewohnerin verschuldet hatte. Vieles an dieser Theorie passte. Aber an einem Punkt versagte sie, denn etwas an dem Konstrukt stimmte nicht. Und das war leider etwas sehr Wesentliches.

* * *

Später am Nachmittag rief Katharina Harald Schulte an. Er war derjenige Kollege vom Erkennungsdienst, zu dem sie den besten Draht hatte. Wenn sie miteinander telefonierten oder sich irgendwo über den Weg liefen, nahmen sie sich immer Zeit für einen kleinen Plausch. Harald hatte sich nach einem Bandscheibenvorfall vor einigen Jahren von Klaas behandeln lassen. Seitdem behauptete er, Klaas ten Venne sei der beste Physiotherapeut von ganz Münster und habe magische Hände. Jedes Mal wenn er mit Katharina zu tun hatte, verpflichtete er sie ausdrücklich dazu, Klaas die besten Grüße auszurichten. Doch diesmal war er sehr kurz angebunden, sodass Katharina schnell zur Sache kam. Sie erkundigte sich, ob sie noch im Laufe des Tages mit einem Bericht rechnen könne.

Harald reagierte daraufhin etwas ungehalten. »Wir sind dran, Katharina. Aber wir haben gerade erst angefangen. Wir hatten noch einiges anderes zu tun, was sich nicht aufschieben ließ. Die Spuren sichern wir heute noch. Aber die schriftliche Auswertung für euch werden wir wohl erst morgen früh schaffen. Wir versuchen, den Bericht bis zum späten Vormittag fertigzuhaben.«

Gerade als Katharina auflegen wollte, rief Harald: »Grüße an Klaas!«

Gegen achtzehn Uhr beendete Katharina ihren Arbeitstag. Eva war schon eine halbe Stunde früher gegangen. Als sie die Wohnungstür aufschloss, erwartete sie eine Überraschung. Die drei Nachbarhunde Amboss, Else und Erich lagen ausgestreckt im Flur. Jeder von ihnen auf seiner eigenen Decke. Als Katharina eintrat, hoben sie ihre breiten Köpfe und schlugen mit ihren Schwänzen auf den Boden, was ein lautes Klopfgeräusch verursachte. Amboss, der größte von ihnen, streckte alle vier Beine von sich und gähnte dann herzhaft. Dabei kam sein kräftiges Gebiss eindrucksvoll zum Vorschein.

Offenbar hatte Luc Katharina am Morgen beim Wort genommen und seine drei Hunde mit zu ihnen geschleppt. Dass Klaas ihn überhaupt hereingelassen hatte!

Die Wohnzimmertür öffnete sich, und Klaas' Gesicht erschien in dem Spalt. »Da bist du ja! Habe ich doch richtig gehört.« Ungeduldig winkte er Katharina zu sich heran. »Komm rein und schau dir das an.«

Katharina durchquerte den Flur. Klaas ließ sie eintreten und schloss die Tür sofort wieder. Dann machte er eine ausladende Armbewegung. »Voilà! Hier siehst du einen fix und fertig renovierten Holzfußboden. Mehrfach abgeschliffen, ausgebessert und frisch versiegelt.«

Katharina ließ ihren Blick über das glänzende Parkett gleiten. Nicht ein Körnchen Staub lag auf den Holzdielen. Der Fußboden sah fantastisch aus. »Oh, Klaas, das ist wirklich so … so …« Sie brach ab und begrüßte Luc, der ihr lächelnd zunickte und einen Wischlappen über einem Eimer auswrang.

»Ja, ist ganz gut geworden, oder?«

»Ganz gut?«, wiederholte Katharina. »Wunderschön! Hier in diesem großen Raum wirken die Holzdielen auch noch mal ganz anders als im Schlafzimmer.«

»Ich muss allerdings auch zugeben, dass das Ergebnis deutlich besser ist«, gestand Klaas. »Dank Luc. Er hat mir den ganzen Tag geholfen. Er ist Profi im Fußboden abschleifen.«

Luc winkte ab. An Katharina gewandt sagte er: »Ich bin gelernter Zimmermann. Bevor ich Nachtclubbesitzer wurde, gehörte das Abschleifen von Fußböden zu meinem Alltagsgeschäft. Als ich vor ein paar Tagen Brigitte vorm Haus traf, hat sie mir erzählt, dass ihr euch etwas schwertut mit dem Renovieren, und da dachte, ich frage mal nach, ob ihr Hilfe gebrauchen könnt.«

»Dich hat wirklich der Himmel geschickt«, sagte Katharina.

»Habe ich gerne gemacht.« Luc hängte den Aufnehmer über den Rand des Eimers. »Unter Nachbarn hilft man sich doch. Morgen komme ich noch mal und dann erledigen wir den Rest. Wird ja höchste Zeit, dass ihr hier mal fertig werdet.«

»Ich bin dir wirklich so dankbar«, sagte Klaas und klopfte seinem hilfsbereiten Nachbarn freundschaftlich auf die Schulter. »Jetzt musst du aber noch mit uns essen. Vorher lasse ich dich nicht hier weg.«

Als sie alle drei durch den Flur Richtung Küche gingen, sagte Luc: »Vielleicht kann ich ja als kleine Gegenleistung ab und zu mal meine drei Chaoten bei euch lassen. Die scheinen sich hier ja sehr wohlzufühlen.«

Klaas, der die drei schlafenden Hunde beim Durchqueren des Flurs keine Sekunden aus den Augen gelassen hatte, erwiderte: »Das können wir dann ja noch mal sehen.«

22. KAPITEL

Während Katharina, Klaas und Luc mit Prosecco auf das baldige Ende der Renovierungsarbeiten anstießen und sich anschließend Klaas' flink gezaubertes Nudelgericht schmecken ließen, genoss die ehemalige WG Heerdestraße die Kochkünste von Agnieszka. Außer Vera und Theo allerdings, die mit gutem Appetit aßen, stocherten alle anderen nur lustlos in den selbstgemachten polnischen Kartoffelklößen mit Pilz-Fleisch-Sauerkraut-Füllung herum.

Beim Essen wurde kaum geredet und immer wieder flogen verstohlene Blicke hin und her. Die Atmosphäre war aufgeladen, wie kurz vor einem Sommergewitter. Fast ließ sich die Spannung mit Händen greifen. Es war die erste Mahlzeit, die sie heute alle gemeinsam einnahmen, deshalb hatte Karl vorgeschlagen, dass Agnieszka kein klassisches Abendbrot vorbereiten, sondern etwas kochen sollte.

Nachdem sie eine Weile schweigend gegessen hatten, wurde es dem Gastgeber zu dumm. Karl fuhr sich mit seiner Serviette über den Mund, warf sie anschließend neben seinen Teller auf den Tisch und sagte: »Herr Gott noch mal, das ist doch so was von albern. Wer auch immer hier an diesem Tisch ein Robin Hood der etwas anderen Art ist, kann es doch jetzt einfach zugeben. Die gestohlenen Sachen wurden zwar nicht bedürftigen Menschen zugeführt, aber sie wurden auch nicht entwendet, um sich daran zu bereichern. So what? Es ist doch auch nur eine Frage der Zeit, bis die Kommissarinnen dahinterkommen, wer es war. Und sie werden das herausfinden, glaubt mir. Die haben ihre Methoden. Es kann nur Vorteile haben, sich jetzt hier in diesem Kreis zu bekennen. Mehr als den Kopf abgerissen zu bekommen, kann doch nicht passieren. Also, los. Wer ist unser Eichhörnchen?«

Auffordernd sah Karl von einem zum anderen. Sein Gesicht war unnatürlich gerötet und sein Mund stand ein Stück auf, als wollte er sich auf diesem Weg zusätzlich Sauerstoff verschaffen. Vera bemerkte auch die Schweißperlen an seinem Haaransatz.

»Wenn ich ehrlich bin«, sagte Antje mit ernster Miene, »dann verharmlosen Bezeichnungen wie Robin Hood und Eichhörnchen, dass wir es hier mit einer gravierenden Zwangsstörung zu tun haben. Und außerdem gilt es ja auch eins noch zu bedenken: Wer sagt denn, dass nicht genau hier das Motiv für Margos schrecklichen Tod liegt. Vielleicht ist sie dem Eichhörnchen auf die Spur gekommen und dem kleinen possierlichen Tierchen hat das gar nicht gut gefallen und es hat sich mal eben in ein Monster verwandelt.«

Nach diesen Worten schlug Gabriele plötzlich ihre Hände vors Gesicht und begann zu weinen. Erschrocken starrten alle die Psychologin an. Ihr strähnig gewordenes, grauweißes Haar fiel ihr ins Gesicht und ihre knochigen Schultern bebten unter den Schluchzern. Sie wiederholte immer dieselben Worte, die kaum zu verstehen waren. »Ich kann nicht mehr. Ich kann einfach nicht mehr.«

»Ups«, ließ Theo verlauten und weil ihm nichts Besseres einfiel, schob er nach: »Haben wir da etwa unser Eichhörnchen?«

»Mensch, Theo!« Vera bedachte ihn mit einem strafenden Blick, erhob sich gewohnt schwerfällig und ging zu Gabriele hinüber. Während alle anderen etwas hilflos und peinlich berührt wirkten, beugte sich Vera zu Gabriele hinunter und nahm sie in die Arme. Daraufhin weinte Gabriele noch hemmungsloser. Eine ganze Weile stand Vera gebückt da, ihre Arme um die mageren Schultern ihrer Studienfreundin geschlungen, und wiegte sie hin und her. Dabei murmelte sie unzusammenhängende, tröstende Worte.

Karl, der nicht länger tatenlos zusehen konnte, erhob sich. Mit seinem Sauerstoffgerät in der Hand ging er zum Sideboard hinüber und schob eine der Schiebetüren auf. Er holte eine Flasche Schnaps und sechs Gläser hervor. Zurück am Tisch sagte er: »Ich weiß nicht, wie es euch geht, aber ich brauche jetzt einen Schnaps.«

»Ja, bitte«, sagte Hans. Er sah erschüttert aus.

»Gerne auch zwei«, sagte Theo und grinste etwas dämlich.

»Für mich auch einen«, ließ Vera über Gabrieles Kopf hinweg verlauten. Sie hatte im Laufe ihrer langen Berufstätigkeit als Strafrichterin häufig spontane Gefühlsausbrüche bei Schuldigen erlebt und auch immer wieder festgestellt, wie verunsichernd solche Emotionen auf die Mitmenschen wirkten. Hier war es gerade nicht anders.

Vera strich Gabriele immer wieder mit der Hand über den Kopf, und nach und nach beruhigte sich ihre ehemalige Mitbewohnerin. Ihre Schluchzer wurden weniger und verebbten schließlich ganz. Sie löste sich aus Veras Armen, warf ihr einen tränenverhangenen Blick zu und murmelte: »Ist schon gut, Vera. Danke.« Mit den Handrücken fuhr sie sich über die Augen. Ein letztes Schniefen, dann griff sie nach dem Schnapsglas, das Karl ihr hingestellt hatte, und kippte die klare Flüssigkeit in einem Schluck herunter. Vera und Karl hatten sich in der Zwischenzeit wieder auf ihre Plätze gesetzt.

Gabriele vermied jeden Blickkontakt, als sie sagte: »Tja, dann ist es wohl jetzt amtlich. Mein über Jahrzehnte wohlgehütetes Geheimnis ist keines mehr.« Sie lächelte traurig und dann fing sie an zu reden. »Antje hat ganz recht. Kleptomanie ist eine Zwangsstörung. Übrigens eine eher seltene. Nach heutigen Zahlen sind von tausend Menschen sechs betroffen. Aber das ist ja jetzt auch gar nicht wichtig. In der Regel tritt diese Störung zwischen dem zwanzigsten und dreißigsten Lebensjahr auf oder auch schon früher. Bei mir hat sich der Hang zum pathologischen Stehlen nach meinem achtzehnten Lebensjahr herausgebildet. Auf einmal war er da, dieser Zwang, irgendwelche Gegenstände einstecken zu müssen. Viele Menschen, die an Kleptomanie leiden, sind süchtig nach dem Nervenkitzel, der ihnen das Stehlen verschafft. Ich habe so etwas nie verspürt. Ich bin immer nur einem inneren Zwang gefolgt, der mir keine Wahl ließ, als diesen oder jenen Gegenstand einzustecken.« Gabriele stockte. »Kann ich einen Schluck Wasser haben?«

Antje, die in Reichweite der Wasserflasche saß, reagierte sofort. Gabriele goss sich ihr Glas halb voll und sprach dabei weiter. »Als das bei mir anfing, war ich entsetzt über mich selbst. Ich habe so viel Scham dabei empfunden und war nicht in der Lage, mich irgendjemandem anzuvertrauen. Schon gar nicht meinen Eltern. Aber ich habe angefangen, mich mit dem Thema und überhaupt mit der menschlichen Psyche auseinanderzusetzen. So bin ich auch darauf gekommen, Psychologie zu studieren. Ganz gegen den Wunsch meiner Eltern, die immer gewollt hatten, dass ich Lehrerin werde.« Gabriele lächelte Antje flüchtig zu. »Als ich mit zwanzig in die Heerdestraße zog, waren die krankhaften Episoden noch nicht so häufig und die gesunden, also diebstahlfreien Intervalle noch lang. Aber nach einiger Zeit wurden die Perioden des Stehlens länger, waren aber immer noch unterbrochen von unauffälligen Zwischenzeiten. Das war zu dem Zeitpunkt, als Margo bei uns einzog. Nach und nach glitt ich dann hinüber in die chronische Phase. Es gab fast keine diebstahlfreien Abschnitte mehr. Allerdings erfuhr ich immer mehr über diese Impulskontrollstörung. Inzwischen wusste ich, dass sie zwar nicht heilbar ist, aber dass man lernen kann, mit ihr umzugehen. Und das ist mir dann zum Schluss unserer WG-Zeit so einigermaßen gelungen.«

»Deshalb verschwanden mehr Gegenstände, als Margo einzog, und dann wieder weniger, als sie nicht mehr da war«, sagt Hans langsam. »Es war ein zeitlicher Zufall.«

Gabriele nickte.

»Was ich nicht verstehe«, sagte Antje, »du warst doch eine intelligente, junge Frau aus einem intakten Elternhaus, Gabriele. Was hat bei dir diesen Zwang ausgelöst? Was war die Ursache?«

Die Psychologin trank einen Schluck Wasser und hielt das Glas anschließend mit beiden Händen umklammert auf ihrem Schoß fest. Als bräuchte sie etwas zum Festhalten, dachte Vera.

»Kleptomanie hat nichts mit viel oder wenig Intelligenz zu tun«, erklärte Gabriele. »Im Gegenteil. Dreiviertel aller Kleptomanen haben eine höhere Schulbildung. Zur Ursache dieser Impulskontrollstörung gibt es verschiedene wissenschaftliche Erklärungen. Um bei meinem Fall zu bleiben«, wieder zeigte Gabriele dieses traurige Lächeln, »war es wohl unter anderem so etwas wie eine Ersatzbefriedigung unterdrückter beziehungsweise unerfüllter Wünsche. Das ist zumindest mein eigener, unvollständiger Erklärungsansatz. Auch als ausgebildete Psychologin ist es schwierig, sich selbst zu analysieren. Mein Elternhaus war intakt, das stimmt schon, aber irgendwie auch nicht. Ich bin als Einzelkind aufgewachsen. Die Fürsorge und Erwartungen meiner Eltern haben sich von Anfang an nur auf mich konzentriert. Und beides war unangemessen groß. Meine ganze Kindheit und Jugend hindurch war mein größter Wunsch, es meinen Eltern rechtzumachen. Aber ich bin immer wieder gescheitert. Sie wollten ein fröhliches, aufgeschlossenes Kind mit vielen Freunden, das überall immer in der ersten Reihe steht. Ich aber war altklug, verträumt, unsportlich und eine Einzelgängerin. Gabriele hob die Hände. »Versteht mich nicht falsch. Ich bin ganz bestimmt nicht die einzige Tochter auf dieser Welt, die den Erwartungen ihrer Eltern nicht gerecht werden konnte. Aber ich habe extrem darunter gelitten. Erst in der späteren Phase der Adoleszenz ist es mir gelungen, mich von den Wünschen und Vorstellungen meiner Eltern abzugrenzen und unabhängig zu machen. Aber da war es schon zu spät.«

Vera räusperte sich und ergriff das Wort. »Wie hat sich diese Störung denn im Laufe der Jahre entwickelt? Ist es übertrieben zu sagen, dass du sie nicht in den Griff bekommen hast?«

Gabriele nahm eine geradere Haltung ein und straffte die Schultern. »Sagen wir so. Ich hatte alles unter Kontrolle. Ich habe mir selbst Verhaltensregeln beigebracht, um den Impuls steuern zu können, und das hat gut geklappt. Man muss dazu auch wissen, dass der Impuls zum Stehlen auch gewissen Auslösern unterliegen kann. Bei mir ist das definitiv alles, was man unter psychosozialem Stress versteht. Also habe ich immer sehr auf mich geachtet und alles vermieden, was mich sozial, menschlich oder beruflich überfordert hätte. Das hat gut funktioniert.« Gabriele zuckte mit den Schultern. »Und zwar so lange, bis Margo wieder aufgetaucht ist. Ab da stand ich wieder ganz am Anfang meiner Krankengeschichte.« Nach diesen Worten sackte Gabriele wieder in sich zusammen.

Vera konnte nicht anders. Sie musste die Gelegenheit am Schopf packen und hoffte, dass die anderen ihr nicht in die Parade fuhren. Vera war sich sicher, dass sie Gabriele zu einem Geständnis bringen könnte, wenn es etwas zum Gestehen gab. In einem ruhigen, verständnisvollen Ton sagte sie zu Gabriele: »Das muss ein riesiger Schock für dich gewesen sein, als wir das Skelett gefunden haben.«

Gabriele runzelte leicht die Stirn. »Ich war erschrocken, so wie alle anderen auch. Ich konnte doch nicht ahnen, dass es sich um Margo handelte.«

Vera spürte, wie die Blicke ihrer ehemaligen Mitbewohner auf ihr ruhten. Niemand sagte etwas. Sie zählen auf mich, dachte Vera. Sie konzentrierte sich wieder auf Gabriele. »Nicht?«

Gabriele starrte Vera an. »Glaubst du etwa, ich hätte sie in den Kriechkeller gezerrt und dort sterben lassen?«, fragte sie mit schriller Stimme. »Niemals wäre es mir gelungen, sie dort hinzuschleppen.«

Veras Körper versteifte sich. Sie spürte die Anspannung bis in die Fingerspitzen und bemühte sich, ihre Erregung nicht in ihre Stimme sickern zu lassen. Ruhig sagte sie: »Es ist schwer einen leblosen Körper zu bewegen, oder?«

Gabriele nickte heftig mit dem Kopf. »Ja, es ist fast gar nicht …« Sie brach ab. Die Augen hinter ihren Brillengläsern weiteten sich. »Ich meine … ich weiß nicht, ich habe ja nicht … ich …«, stammelte sie.

Vera ließ die Psychologin nicht aus den Augen. »Was ist passiert, Gabriele? Erzähl es mir.« Die Stimme der ehemaligen Richterin war nun ganz sanft. Gabriele brach zum zweiten Mal an diesem Abend zusammen. Aber diesmal weinte sie nicht. Sie ließ einfach den Kopf auf die Brust sinken und schloss die Augen. Es vergingen einige Sekunden, in denen nichts zu hören war außer dem Knacken der brennenden Holzscheite im Kamin.

Dann nahmen alle Gabrieles leise Stimme wahr. »Margo hat mich im Keller überrascht, wie ich etwas in dem Schacht verstecken wollte. Sie wollte euch von ihrer unglaublichen Entdeckung erzählen. Ich habe versucht, sie festzuhalten und sie angefleht, nichts zu sagen, aber Margo war nicht aufzuhalten. Sie hat gelacht und gesagt, dass sie sich schon auf das Gesicht der anderen freuen würde. Da habe ich mich mit meinem ganzen Gewicht an ihren Arm gehängt, aber es ist ihr trotzdem gelungen, sich loszureißen. Sie ist dabei ins Taumeln geraten und mit einer ziemlichen Wucht rücklings gestürzt. Ich habe gesehen, wie ihr Hinterkopf auf den großen Werkzeugkasten geknallt ist, der ja leider immer überall im Weg stand. Dieses schwere Ding aus Eisen. Vielleicht erinnert ihr euch? Ich glaube, es war deiner, Hans. Ich habe die Augen zugekniffen und mich eine ganze Weile nicht getraut, sie zu öffnen. Margo sagte keinen Pieps mehr. Mit einem Ohr habe ich immer gelauscht, ob sich im Erdgeschoss etwas tut und einer von euch nach Hause gekommen ist. Dass ihr alle unterwegs wart, wusste ich ja. Sonst hätte ich auch nicht im Wohnzimmer etwas mitgehen lassen und wäre mit meiner Beute in den Keller gegangen. Ich habe mit dem Gang in den Keller immer gewartet, bis ich alleine im Haus war. Margo muss sich versteckt haben, um mich auf frischer Tat zu ertappen. Irgendwann habe ich dann doch mal geblinzelt. Margo lag ganz still da, die

Augen geschlossen. Ich bin zu ihr hin und habe sie angesprochen, doch sie hat sich nicht gerührt. Der Kopf lag immer noch auf der scharfen Kante der Werkzeugkiste. Darunter hatte sich eine kleine Blutlache gebildet. Ich bin mit meinem Ohr ganz dicht an ihren Mund heran, und ich schwöre bei allem, was mir heilig ist, sie hat geatmet. Sogar ziemlich ruhig und gleichmäßig. Sie war nicht tot! Aber was mich anging, so war ich kurz vor einer Panikattacke. Ich bekam kaum Luft und hatte das Gefühl, als wäre mein Brustkorb in einen Schraubstock eingeklemmt. Ich habe gedacht, ich muss ersticken, wenn ich noch länger im Keller bleibe und so bin ich die Treppe nach oben gerannt und in den Garten gestürzt. Es war immer noch niemand zu Hause. Ich dachte, Margo würde jeden Moment zu sich kommen und dann würde sie schon dafür sorgen, dass bald jeder von meiner Kleptomanie erfuhr. Bei der Vorstellung hat etwas in mir ausgesetzt und ich wollte einfach nur noch weg. Ich habe meine Jacke vom Haken gerissen und bin losgelaufen. Blindlings drauflos.«

Karl starrte Gabriele fassungslos an. »Du bist einfach abgehauen und hast deine Mitbewohnerin mit einer schweren Kopfverletzung im Keller liegen lassen?«

Verzweifelt und schuldbewusst sah Gabriele zu Karl hinüber. »Ich weiß nicht, was in mich gefahren ist. Ich konnte einfach mit mehr klar denken.«

»Das war unterlassene Hilfeleistung, weißt du das?«, fuhr Karl sie an. »Oder vielleicht auch …«

»Karl, bitte«, unterbrach Vera den aufgebrachten Lyriker. »Lass uns jetzt auch noch das Ende der Geschichte hören.« Sie wandte sich an Gabriele. »Du bist dann ja irgendwann wieder nach Hause gekommen. Was ist dann geschehen?«

»Ich kann nicht mehr sagen, wie lange ich unterwegs war. Aber als ich nach Hause kam, war auf jeden Fall wieder Leben im Haus. Ich habe Stimmen aus der Küche gehört, doch ich habe es nicht fertiggebracht, sie zu betreten. So stand ich eine Weile an der Garderobe und habe gelauscht, über was ihr euch unterhalten habt. Schnell war mir klar, dass es auf jeden Fall nicht um Margo und mich ging. Ich habe auch gar nicht ihre Stimme gehört. Da bekam ich einen riesigen Schreck, weil ich plötzlich dachte, dass Margo noch im Keller liegen könnte.«

Karl ließ einen empörten Laut hören. »Schön, dass dir Stunden später dann doch noch mal ein Licht aufgegangen ist.«

Gabriele reagierte nicht auf Karls Einwurf und fuhr fort: »Die Kellertür war allerdings geschlossen. Ich hatte sie auf keinen Fall hinter mir zugemacht, deshalb vermutete ich, dass Margo nach oben gekommen war. Ich wollte aber Gewissheit, also bin ich die Kellertreppe hinuntergestiegen. Meine Vermutung bestätigte sich, Margo war nicht mehr da. Es deutete auch nichts mehr auf ihren Sturz hin. Es war kein Blut mehr auf dem Boden, und die Werkzeugkiste stand auch nicht mehr im Weg, sondern ganz hinten im Kellergang. Erleichtert, dass sie nicht mehr dalag, aber verzweifelt, dass jetzt bald alles auffliegen würde, ging ich wieder nach oben und direkt in mein Zimmer. Dort bin ich bis zum nächsten Morgen geblieben. Ich habe mich in mein Bett gelegt und bin in einen komatösen Schlaf gefallen. Ich habe bis morgens sieben Uhr geschlafen. Tja, und den Rest kennt ihr ja. Als Margo in den nächsten Tagen nicht auftauchte, bestätigte sich der Verdacht, sie könnte auf und davon sein. Da niemand von euch mir gegenüber auch nur die kleinste Bemerkung gemacht hat, war mir klar, dass ihr nichts von der Auseinandersetzung wusstet. Ich habe es Margo haushoch angerechnet, dass sie mich vor ihrem Weggang nicht verraten hat. Dass sie gar nicht nach Berlin oder Frankfurt gegangen ist, sondern die ganze Zeit in dem Kriechkeller lag, habe ich nicht gewusst.«

Karl schüttelte den Kopf. »Da fällt einem wirklich nichts mehr zu ein.«

Auch die anderen schienen das Gehörte erst verdauen zu müssen. Sie betrachteten Gabriele mit gemischten Gefühlen.

Vera übernahm wieder die Gesprächsführung. »Du musst bei Katharina und Eva eine offizielle Aussage machen.«

Gabriele nickte. »Das mache ich, aber hat das Zeit bis morgen früh?«

Vera schaute auf die Uhr. Gabriele hatte ihre Kleptomanie vor fünf Zeugen eingeräumt und die Ereignisse von damals ausführlich geschildert. Die Gefahr, dass sich die aufgelöste Psychologin aus dem Staub machen würde, ohne offiziell ausgesagt zu haben, bestand nach Veras Einschätzung nicht. Sie nickte Gabriele zu. »Es ist ja schon spät. Ich werde meine Nichte gleich morgen früh informieren.«

Karl starrte ihr nach und schüttelte den Kopf. »Unfassbar«, murmelte er.

Vera ergriff das Wort. »Was mich im Moment beschäftigt, ist noch etwas anderes. Wenn es stimmt, was Gabriele sagt, dann ist sie eine Kleptomanin, aber keine Mörderin. Jemand anderes muss im Keller auf Margo gestoßen sein. Und diese Person hat die verletzte Margo in den Kriechkeller geschafft und sie dort sterben lassen.«

Hans erhob sich. »Für mich ist es hiermit genug. Ich werde morgen nach der Befragung meine Sachen packen und nach Hause fahren. Gute Nacht.« Er verließ das Wohnzimmer.

Vera warf einen Blick zu Karl hinüber. Er fummelte an dem Regler seines Sauerstoffgeräts herum.

Antje hauchte: »Mir wird das alles zu viel. Ich habe richtige Herzschmerzen.«

»Lasst uns schlafen gehen«, sagte Vera. Es war weniger ein Vorschlag als eine Aufforderung. »Morgen werden wir dann sehen, wie es weitergeht.«

23. KAPITEL

Obwohl Vera der Tag sehr angestrengt hatte und sie sich erschöpft fühlte, konnte sie nicht auf Anhieb einschlafen. Sie hatte nie mit Ein- oder Durchschlafproblemen zu tun gehabt, wie das bei einigen ihrer Kollegen der Fall gewesen war. Die Gerichtsverhandlungen konnten noch so aufreibend und emotional belastend gewesen sein, sobald sie in ihrem Bett gelegen hatte, war alles von ihr abgefallen und sie hatte in einen tiefen, oft traumlosen Schlaf gefunden.

Sie lag auf dem Rücken, die Hände unter dem Kopf verschränkt, und starrte unter die Decke. Kurz huschte ein Lächeln über ihr Gesicht, als sie daran dachte, dass sie Katharina nicht nur zuvorgekommen war, was das Versteck anging, sondern dass heute Abend auch noch das Eichhörnchen enttarnt worden war. Dass Gabriele so plötzlich ihre Kleptomanie eingestanden hatte, war natürlich in dem Sinne nicht ihr Verdienst gewesen. Es war wohl eher dem wachsenden Druck geschuldet gewesen, der auf Gabriele gelastet hatte. In Veras Kopf erschien das Bild der unglücklichen und verzweifelten Gabriele. Im Gegensatz zu Karl empfand sie Mitgefühl für ihre ehemalige Mitbewohnerin. Und noch etwas anderes wurde Vera bewusst. Sie war absolut sicher, dass Gabriele die Wahrheit gesagt und Margo noch gelebt hatte, als sie selbst kopflos aus dem Keller geflüchtet war. Vera war erfahren genug, um bei einem Persönlichkeitstyp wie Gabriele heraushören zu können, ob eine Geschichte konstruiert war oder den Tatsachen entsprach. Also verhielt es sich so, wie Antje es auf den Punkt gebracht hatte. Jemand anderes hatte Margo in den Kriechkeller gesperrt und sie dort ihrem Schicksal überlassen. Aber wer? Der Kreis hatte sich dezimiert. Es blieben Antje, Karl, Hans oder Theo.

Vera spürte, wie sie müde wurde. Ihre Augenlider wurden immer schwerer. Erinnerungsbilder zogen vor ihren geschlossenen Augen vorbei. Margo, wie sie zum ersten Mal bei ihnen in der Küche aufgetaucht war. Die langen, schwarzen Haare im Gesicht und die abgetragenen Klamotten. Ihre unnahbare Art und das Fehlen jeglichen Bemühens, nett und sympathisch rüberzukommen. Vera dachte im Halbschlaf daran, wie sie genau das heimlich bewundert hatte. Ihr fielen Margos Enthusiasmus und Engagement für politische und gesellschaftliche Protestaktionen ein. Ihre Fürsorglichkeit für die zugelaufene Katze … Vera schreckte hoch. Die Katze! Mr. Spook!

Sie schlug die Decke zurück und kämpfte sich aus dem Bett. Sie hatte ihren Kater völlig vergessen. Sie hatte ihn schon seit Stunden nicht mehr gesehen. Normalerweise nahm sie ihn abends mit nach oben, wo er dann brav bis drei oder vier Uhr morgens am Fußende ihres Bettes schlief. Dann entschied er sich meistens dafür, das Zimmer verlassen zu wollen, um ein bisschen im Haus herumzuspazieren. Er stupste dann so lange mit seinem Kopf gegen Veras Beine oder traktierte ihre Arme mit seiner Pfote, bis sie aufwachte und ihn hinausließ.

Vera warf sich ihren Morgenmantel über und tappte durch den dunklen Flur. Sie erreichte den Treppenabsatz. Dort betätigte sie den Lichtschalter. Mit einer Hand am Geländer stieg sie die Stufen hinunter. Auf halbem Weg nach unten blieb sie plötzlich stehen. Es war ruhig im Haus, aber Vera meinte gehört zu haben, wie sich eine Tür geöffnet hatte. Sie konnte aber nicht sagen, ob das Geräusch von oben oder aus dem Erdgeschoss gekommen war. Sie lauschte noch ein paar Sekunden und setzte ihren Weg dann fort. Wahrscheinlich eine Einbildung, sagte sie sich. Die Tür zum Wohnzimmer stand halb auf. Dahinter lag alles im Dunkeln. Vera stieß die Tür auf und rief leise nach ihrem Kater. Als sie Licht gemacht hatte, sah sie sich um. Mr. Spook war nirgends zu sehen. Da hörte Vera wieder ein Geräusch. Ein verhaltenes Klappern. Aus der Küche? Vera ging in den Flur zurück. Diesmal hatte sie sich nicht geirrt. Das Geräusch kam zweifelsfrei aus der Küche und es stammte ganz sicher nicht von einem Tier. Jemand machte sich dort zu schaffen. Die Küchentür war nicht ganz geschlossen, aber es drang kein Licht nach draußen. Das war seltsam, fand Vera. Geräuschlos schlich sie zur Tür und horchte. Vera gab sich einen Ruck und stieß energisch die Tür auf. Der Schrei war so laut, dass Vera vor

Schreck einen Schritt nach hinten machte. Antje, in einem bodenlangen Nachthemd und einem gehäkelten Dreieckstuch über den Schultern, stand am Herd und starrte Vera entgeistert an. Sie hatte lediglich die Lampe der Dunstabzugshaube angemacht, deshalb war kein Licht zu sehen gewesen. In ihrer Hand hielt sie einen kleinen Stielkochtopf. »Vera!«, stieß sie hervor. »Du hast mich zu Tode erschreckt.« Sie griff sich an ihre linke Brust.

»Du mich auch«, versicherte Vera, deren Herzschlag sich schnell wieder normalisierte. Sie kam in die Küche und lehnte die Tür wieder an. »Entschuldige. Ich war mir nicht sicher, was hier drinnen vorgeht.«

»Schon gut. Wir sind wohl alle etwas mit den Nerven zu Fuß. Kein Wunder. Ist alles ein bisschen viel. Ich muss immer noch verarbeiten, was Gabriele uns alles gebeichtet hat. Willst du auch etwas trinken?«

Mit Blick auf den Topf in Antjes Hand antwortete Vera: »Nein. Ich bin auf der Suche nach Mr. Spook. Hast du ihn gesehen?«

Antje schüttelte den Kopf und goss heiße Milch in eine Tasse. »Ich bin todmüde, aber mein Herz rast wie verrückt. Ich komme überhaupt nicht zur Ruhe. Wie denn auch? Es reißt ja gar nicht ab hier. Und jetzt grübel ich auch noch über diese Sache mit dem Foto von Margos Wohngruppe nach. Ich habe schon die doppelte Dosis Tabletten genommen, und nun versuche ich es mit heißer Milch mit Honig. Manchmal hilft das besser als die Medikamente.«

Vera murmelte etwas Undeutliches. Wo steckte der verdammte Kater nur wieder? Antje redete unterdessen weiter. Sie hatte sich gegen die Küchenablage gelehnt und rührte in ihrer Tasse. Vera hatte inzwischen die Tür zu einem kleinen Vorratsraum geöffnet und hörte nur mit halbem Ohr zu.

»Als wir da nämlich gestern bei der Zimmerdurchsuchung in deinem Zimmer standen, hatte ich ein regelrechtes Déjà-vu«, fuhr Antje fort. »Nur dass mir die Szene nicht aus einem Traum vertraut war, sondern sie wirklich stattgefunden hat. Damals war es aber Margos Zimmer gewesen, und ich war nur mit Theo dort. Wir hatten dieses Foto entdeckt. Es zeigte Margo mit sechzehn Jahren und eine Gruppe weiterer Kinder, die zusammen mit ihrer Erzieherin vor dem Kinderheim standen. Scheußliches Gebäude übrigens. Da erinnere ich mich auch noch dran. Oder es lag an der Schwarz-Weiß-Aufnahme. Während wir es angeschaut haben, wurde mir auf einmal klar, dass ich genau dieses Foto schon einmal irgendwo im Haus gesehen hatte. Ich wusste nur nicht mehr, wo das gewesen war. Aber heute ist es mir wieder eingefallen. Wie aus heiterem Himmel. Und das ist wirklich seltsam. Ich habe es nämlich bei …«

In diesem Augenblick hörten sie ein lautes Poltern direkt vor der Tür. Antje kam nicht dazu, ihren Satz zu beenden. Vera zischte ihr ein »Psssst« zu und legte einen Zeigefinger auf ihre Lippen. Antje verstummte.

»Da ist jemand im Flur«, flüsterte Vera. Deutlich hörten die beiden Frauen, wie die alten Dielen im Flur knarrten. Jetzt wusste Vera, dass sie sich das Geräusch einer sich öffnenden Tür vorhin auf der Treppe nicht eingebildet hatte. Schritt für Schritt näherte sie sich der Küchentür. Noch bevor Vera die Küche durchquert hatte, rief Antje mit einem hysterischen Unterton in der Stimme: »Hey! Was soll das? Wer ist da? Komm einfach herein, statt vor der Tür zu lauschen!«

Es kam keine Antwort. Außer dem Gluckern in den Heizungsrohren war nichts weiter zu hören. Vera hatte die Tür erreicht und riss sie mit einem Ruck auf. Vor ihr stand … niemand. Der Flur war leer.

In diesem Augenblick hörte Vera ein anderes Geräusch. Ein energisches Kratzen. Das konnte nur ihr geliebter Kater sein! Das Geräusch kam aus Richtung der Kellertür. Mit zwei, drei langen Sätzen war Vera dort und drückte die Klinke hinunter. Mit gemächlichen Schritten, als wäre nichts gewesen, stolzierte Mr. Spook an ihr vorbei. Er lief die Treppe halb hinauf und drehte sich dann zu ihr um. In seinem langen Fell hatten sich Staub und Spinnweben verfangen. Er maunzte, als wollte er sagen: Jetzt komm endlich. Ich will schlafen.

Antje war aus der Küche gekommen. »Da ist ja Mr. Spook! Dann haben wir ihn wohl gehört.«

Vera hatte nicht vor, Antje noch mehr Anlass zum Grübeln zu geben. Sie war der Meinung, dass ihre Studienfreundin etwas zur Ruhe kommen sollte. »Ja. Wahrscheinlich ist er vor der Tür herumgeschlichen und dann dagegen gesprungen, als er festgestellt hat, dass er nicht durch den Spalt passt.« Sie gähnte. »Gute Nacht. Wir sehen uns morgen.«

Antje wünschte Vera ebenfalls eine gute Nacht und kehrte in die Küche zurück. Sie spülte die Tasse unter dem Wasserhahn ab und stellte sie dann auf die Ablage der Spüle. Als sie ein Geschirrhandtuch vom Haken nahm, hörte sie hinter sich ein Rascheln. In der Erwartung, Vera dort zu sehen, drehte sie sich um und fragte: »Möchtest du doch noch etwas tri…?« Überrascht hielt sie inne. »Ach, du bist es. Ich dachte, Vera sei zurückgekommen. Wir scheinen aber wirklich alle Einschlafprobleme zu haben.«

24. KAPITEL

Die melodiöse Tonfolge ihres Handys riss Katharina aus dem Schlaf. Wie immer nach zu viel Alkohol hatte sie schlecht geschlafen. Sie war mehrfach aufgewacht, hatte zur Toilette gemusst und, wegen des schlechten Geschmacks im Mund, anschließend jedes Mal ein ganzes Glas Wasser getrunken.

Der Abend mit Luc war sehr lustig und unterhaltsam gewesen. Zum Anstoßen hatte Klaas eine Flasche Prosecco geöffnet. Danach waren sie auf Weißwein umgestiegen. Luc hatte erzählt, wie er seinen Beruf als Zimmermann an den Nagel gehängt hatte und zum Nachtclubbesitzer geworden war und was ihn am Nachtleben so reizte. Er hatte jede Menge Anekdoten aus seinem Club zum Besten gegeben und berichtet, dass er kurz davor war, einen zweiten Laden in der Altstadt zu eröffnen.

Katharina hatte schon in der Nacht einen Anflug von Kopfschmerzen verspürt, aber sie wollte mit der Einnahme einer Aspirin noch bis zum Morgen warten.

Mit halb geschlossenen Augen tastete sie jetzt nach ihrem Handy. Klaas, der dicht neben Katharina lag und dessen Arm schwer auf ihren Schultern ruhte, grunzte leise vor sich hin. Katharina erinnerte sich, dass Klaas einiges mehr getrunken hatte als sie. Sie wand sich unter seinem Arm durch und nahm das Telefon vom Nachttisch. Blinzelnd spähte sie auf das Display. Es war nicht der Wecker, wie sie zuerst angenommen hatte, sondern ein Anruf von Vera. Katharinas Müdigkeit machte einem tieferen Gefühl Platz. Schlagartig wurde sie von einer dunklen Vorahnung erfasst. Ein Anruf ihrer Tante um diese Uhrzeit konnte nichts Gutes bedeuten.

»Ja? Vera?«

»Katharina, es ist etwas Schreckliches passiert!«, stieß Vera aufgeregt hervor. »Antje ist tot! Ich habe sie vor ein paar Minuten in der Küche gefunden. Ich habe den Notarzt schon verständigt.«

Obwohl Katharina sofort ganz wach war, fiel es ihr schwer, einen klaren Gedanken zu fassen. Hinter ihren Schläfen pulsierte munter ein Schmerzzentrum. Sie schloss die Augen und massierte sich mit den Fingerspitzen die Stirn. »Kannst du sagen, woran sie gestorben ist?«

»Wie bitte?«, rief Vera in den Hörer. »Du musst etwas lauter sprechen!«

Katharina kniff schmerzhaft die Augen zusammen und hielt das Telefon ein Stück von sich weg. Dann hielt sie es wieder an ihr Ohr. Bevor sie ihre Frage wiederholen konnte, sprach Vera schon weiter: »Sie scheint einfach zusammengebrochen zu sein. Wahrscheinlich das Herz. Ich kann keine äußeren Verletzungen erkennen. Ich stehe direkt neben ihr.«

»Gut. Ich bin auf dem Weg zu euch.« Katharina schälte sich aus dem Bett. Als sie feststellte, dass sie nackt war, fiel ihr auch wieder ein, wie der Abend geendet hatte. Die Kommissarin tastete sich durch das dunkle Zimmer, klaubte ihre Anziehsachen von einem Sessel, der am Fußende des Bettes stand und verließ das Schlafzimmer. Nach einem großen Becher schwarzen Kaffee, einer Banane und zwei Kopfschmerztabletten war Katharina bereit, sich dem Tag zu stellen.

Die Kopfschmerzen schwebten allerdings immer noch über ihr, als sie vor der dunkelbraunen Haustür der Heerdestraße 38 stand. Katharina fand, dass der merkwürdige Tierkopf heute Morgen noch grimmiger ins Nichts starrte als an den Tagen zuvor. Vera öffnete die Tür. »Oh, du siehst aber müde aus«, begrüßte sie ihre Nichte.

Katharina kannte Veras Angewohnheit, lange zu schlafen, und fragte: »Was hat dich denn so früh schon aus dem Bett getrieben?« Als Vera angerufen hatte, war es Viertel vor sieben gewesen. Jetzt war es kurz nach halb acht.

Vera ging voran Richtung Küche. Über die Schulter sagte sie. »Mr. Spook natürlich. Er hat keine Ruhe gegeben. Ich wollte ihn nur kurz füttern und dann noch mal für ein Stündchen ins Bett gehen, aber dann habe ich die arme Antje gefunden.« Die Richterin a. D. deutete mit betroffenem Gesicht auf den Küchenfußboden.

Vor der am Boden liegenden Antje kniete eine junge Frau mit kurzen, blonden Haaren. Ihr Medizinstudium konnte noch nicht lange hinter ihr liegen, stellte Katharina fest. Die Notärztin blickte hoch, als Katharina mit Vera die Küche betrat.

Nach einer knappen Begrüßung ratterte die junge Frau los: »Sie ist schon einige Stunden tot. Frau Langenkämper hat mir gesagt, dass sie die Tote gegen 23:30 Uhr noch hier in der Küche angetroffen hat. Kurz danach muss sie gestorben sein. Anzeichen äußerer Gewaltanwendung sind nicht zu erkennen. Ich halte ein Herz-Kreislauf-Versagen für das Wahrscheinlichste. Es besteht auch die Möglichkeit, dass sie einen Hirnschlag oder eine Hirnblutung erlitten hat. Doch ich tippe auf das Herz. In dem Alter muss man leider immer mit so etwas rechnen.«

»Was soll das denn heißen?« Vera musterte die Ärztin entrüstet. »In dem Alter? Die Frau war zweiundsiebzig Jahre.«

»Ja, eben.« Die Ärztin warf Vera einen Blick zu, der zu sagen schien: Punkt für mich.

Vera schüttelte missbilligend den Kopf. Ihrer Nichte raunte sie zu: »Sie hatte tatsächlich was am Herzen.«

Katharina nickte. Sie blickte auf Antje herab, die rücklings auf dem Küchenfußboden lag. Das Nachthemd war bis zu ihren Knien hochgerutscht. Die purpurroten und bläulich lilafarbenen Totenflecken, die sich bereits nach wenigen Stunden nach Eintritt des Todes bildeten, waren auf den weißen Unterschenkeln nicht zu übersehen. Ein großer, feuchter Fleck zwischen den Beinen der Toten und der scharfe Geruch nach Urin und Kot zeigten an, dass sich Darm und Blase entleert hatten.

Antjes Augen waren geöffnet, ihr leerer Blick richtete sich auf einen imaginären Punkt an der Decke. Ihr Mund stand halb auf. Es sah aus, als wäre ein Schrei auf ihrem Mund erstarrt.

Katharina deutete auf Antjes linke Schläfe, wo dunkles, verkrustetes Blut klebte. »Was hat sie da?«

»Eine Platzwunde, die vom Sturz auf den Fußboden herrührt. Sie muss in sich zusammengesackt sein und ist dann mit dem Kopf auf den Fliesen aufgeschlagen.«

»Aber sie liegt doch auf dem Rücken. Wie kann sie sich da eine Verletzung an der Stirn zugezogen haben?«

»Das wollte ich gerade ansprechen«, erklärte die Ärztin leicht gereizt. »Aufgrund der Platzwunde hätte sie eigentlich auf dem Bauch beziehungsweise seitlich liegen müssen. Ich glaube nicht, dass sie noch in der Lage war, sich auf den Rücken zu drehen, nachdem sie zusammengebrochen ist. Jemand muss sie bewegt haben.«

Automatisch wanderten Katharinas und der Blick der jungen Ärztin zu Vera hinüber. Die Richterin a. D. hatte sich an den Küchentisch gesetzt. »Ihr braucht mich gar nicht anschauen. Ich habe sie nicht angerührt. Als ich in die Küche kam, lag Antje da genauso wie jetzt auch.«

Katharina wandte sich an die Notärztin. »Da Sie keine eindeutige Todesursache benennen können und aufgrund des Verdachts, dass die Tote post mortem bewegt wurde, werde ich die Leiche in die Rechtsmedizin überführen lassen und die Spurensicherung verständigen.«

Die Ärztin zuckte mit den Schultern. »Machen Sie, was Sie für richtig halten.« Sie griff nach ihrer Tasche und wandte sich zum Gehen. »Für mich gibt es nichts mehr zu tun. Schönen Tag noch.«

»Sie finden sicher alleine raus«, rief Vera hinter ihr her. »So etwas!«, wandte sie sich empört an ihre Nichte. »So jung und schon so abgebrüht. Kalt wie eine Hundeschnauze und so empathisch wie ein Rasenmäher.«

Katharina lächelte ihrer Tante nur flüchtig zu. Sie war schon dabei, die Überführung von Antje in die Rechtsmedizin zu regeln und die Spurensicherung zu informieren.

Anschließend verließ sie mit Vera im Schlepptau die Küche. Die beiden Frauen setzten sich ins Wohnzimmer und Katharina ließ sich von Vera berichten, wie das Zusammentreffen mit Antje am Abend genau verlaufen war.

Als Vera darauf zu sprechen kam, dass sie und Antje Schritte vor der Tür gehört hatten und sie vorher auf der Treppe schon den Eindruck gehabt hatte, jemand hätte im Erdgeschoss oder oben eine Tür geöffnet, wurde Katharina hellhörig. Das und die Tatsache, dass Antje nach ihrem Tod auf den Rücken gedreht worden war, ließen Zweifel an einem natürlichen Tod aufkommen.

Nachdem Vera von dem Zusammentreffen mit Antje erzählt hatte, wartete sie mit der nächsten Neuigkeit auf. Sie informierte ihre Nichte darüber, dass Gabriele sich als Kleptomanin geoutet hatte und fasste dann den Gesprächsverlauf vom vorangegangenen Abend für Katharina zusammen, nicht ohne ihre eigene Einschätzung direkt beizusteuern.

»Sehr praktisch«, sagte Katharina und meinte es keinesfalls ironisch, »wenn man eine Tante hat, die einem die Hälfte der Arbeit abnimmt.« Sie erzählte nun ihrerseits der aufmerksam lauschenden Vera von der Kladde und den Hinweisen, die sie darin gefunden hatte, und von ihrem Gespräch mit Herrn Reichmann. »Wir hatten Gabriele also schon auf dem Schirm. Allerdings sind mir bereits Bedenken gekommen, ob sich hinter diesem

Ermittlungsansatz tatsächlich auch das Mordmotiv verbirgt. Ich kann mir nämlich nicht vorstellen, wie dieses zerbrechlich wirkende Wesen, das ich auf euren Fotos als Gabriele erkannt habe, die bewusstlose Margo in den Kriechkeller geschleppt haben soll. Deine Einschätzung, dass sie die Ereignisse so geschildert hat, wie sie tatsächlich stattgefunden haben, bestärken mich in meinen Zweifeln.«

»Ich bin mir zu hundert Prozent sicher, dass sie die Wahrheit sagt. Aber ihr werdet euch bei der Befragung ja auch noch euer eigenes Bild machen können.« Vera sah nachdenklich vor sich hin. »Ich muss sagen, dass mit Hans ist eine Überraschung. Ich habe mich zwar manchmal gefragt, ob Hans auf Margo steht, aber trotzdem hätte ich nicht vermutet, dass die beiden etwas miteinander hatten.«

Mit einem seltsamen Ausdruck im Gesicht sah sie Katharina an. »Ich frage mich, ob Karl davon gewusst hat.«

»Diese Frage ist mir auch schon durch den Kopf gegangen. Aber noch mal etwas anderes. Wenn ich an die Fotos denke, Antje war nie besonders groß, aber durchaus kräftig, oder?«

»Auf jeden Fall. Antje war unser Mädel vom Land. Rotwangig und zupackend. Ganz anders als die schwächliche Gabriele. Ein richtig kerniger Typ.«

Katharina nickte. Obwohl sie sich gerne noch weiter mit ihrer Tante ausgetauscht hätte, hatten jetzt erst mal andere Dinge Priorität. Sie bat Vera, ihre Studienfreunde zu wecken und sie zu bitten, aufzustehen und direkt ins Wohnzimmer zu kommen. »Eins noch«, fügte sie hinzu, als Vera das Zimmer verlassen wollte. »Vorerst sagen wir nichts davon, dass noch jemand nach dir bei Antje gewesen sein muss.«

* * *

Eine halbe Stunde später saßen alle mit fragenden Gesichtern um den Esstisch herum. Vera thronte in einer apricotfarbenen Tunika am Kopfende des Tisches. Katharina hatte an der gegenüberliegenden Seite Platz genommen.

»Antje fehlt noch«, bemerkte Gabriele.

Katharina ignorierte die Bemerkung und kam ohne Umschweife zur Sache. Sie informierte die Senioren darüber, dass Antje in der vergangenen Nacht aller Wahrscheinlichkeit nach an einem Herzversagen gestorben war. Die Kommissarin studierte die Regungen in jedem der vier Gesichter. Alle sahen geschockt und überrascht aus. Gabriele fing an zu weinen.

Während Katharina darauf gewartet hatte, dass die ehemalige WG Heerdestraße sich zusammenfand, hatte sie mit KD und Eva gesprochen und die beiden über Gabrieles Geständnis und Antjes Tod informiert. »Die Obduktion muss so schnell wie möglich geschehen«, hatte Katharina in drängendem Ton zu KD gesagt. »Es gibt keinen deutlich sichtbaren Hinweis auf Fremdeinwirkung, aber dass Vera gestern Abend jemanden im Haus gehört hat und Antje nach ihrem Tod noch bewegt wurde, ist beunruhigend.«

KD versprach, dafür zu sorgen, dass die Untersuchung von Antjes Leichnam in der Rechtsmedizin Priorität erhielt. »Ich werde auch bei der SpuSi Dampf machen«, fügte er hinzu. Als sie zum Ende des Gesprächs kamen, sagte KD: »Wichtig ist noch, dass du den Herrschaften klarmachst, dass sie Münster vorerst nicht verlassen dürfen. Erst müssen wir Gewissheit über die Todesursache von Frau Lagemann haben. Allein wegen des Verdachts, dass einer von ihnen die Verantwortung für die Leiche im Keller trägt, hätten wir sie nicht festhalten können. Aber jetzt haben wir eine neue Situation. Wer nicht in der Heerdestraße bleiben will, kann in ein Hotel gehen.«

Nachdem sich alle von dem ersten Schreck über Antjes Tod erholt und Katharina geduldig die aus dieser Nachricht resultierenden Fragen beantwortet hatte, brachte sie KDs Anweisung zur Sprache. Hans machte deutlich, dass er eigentlich vorgehabt habe, abzureisen und sich nun im Laufe des Tages überlegen wolle, in ein Hotel zu gehen.

Daraufhin ergriff Karl das Wort. Vera fiel auf, dass er heute Morgen wieder etwas besser aussah. Mitgenommen zwar, aber die unnatürliche Röte vom Vorabend war aus seinem Gesicht verschwunden. »Lasst mich kurz etwas dazu sagen.« Er räusperte sich. »Ich habe gestern Nacht im Bett darüber nachgedacht, unser Zusammenkommen heute zu beenden. Unser WG-Revival hat so schön angefangen und dann eine derart tragische Wendung genommen, dass es mir zwischendurch vorkommt, als wäre ich in einem schlechten Traum. Jetzt kommt noch der Tod von Antje dazu. Vera und ich haben vorhin im Flur kurz miteinander gesprochen. Ich habe ihr von meinem Vorhaben erzählt, aber sie hat mich davon überzeugt, es nicht zu tun.« Der Lyriker wandte sich an Hans. »Wenn du lieber in ein Hotel gehen möchtest, Hans, dann steht dir das selbstverständlich zu. Was mich angeht, so dürft ihr alle so lange hierbleiben, bis wir Klarheit über die Geschehnisse von damals haben. Vera hat vorhin etwas zu mir gesagt, das mich nachdenklich gestimmt hat. Sie meinte, es sei die Aufgabe der Kripo, den Tod von Margo aufzuklären. Unsere Aufgabe aber sei es, und das wären wir Margo schuldig, die Beamtinnen in ihren Ermittlungen so gut es geht zu unterstützen und ihnen die Arbeit so leicht wie möglich zu machen. Und das tun wir nicht, wenn wir jetzt alle auseinanderlaufen.« Karl machte eine kleine Kunstpause. »Natürlich bedeutet es eine gewisse psychische Belastung für uns alle. Aber zumindest zwei, drei Tage sollten wir noch durchhalten und gemeinsam hier bleiben. Wir wollen doch alle, dass derjenige, der für Margos schreckliches Schicksal verantwortlich ist, zur Rechenschaft gezogen wird, oder nicht?«

Zustimmendes Gemurmel und Kopfnicken waren die Antwort auf diese rhetorische Frage, und Katharina konnte nicht anders, als in sich hineinzulächeln. Das hatte Vera wirklich raffiniert eingefädelt.

Die Kommissarin wandte sich an Gabriele und teilte ihr mit, dass sie von Vera bereits über den gestrigen Abend informiert worden sei. »Kannst du in einer Stunde auf dem Präsidium sein? Wir benötigen von dir eine offizielle Aussage, was damals genau im Keller passiert ist.«

Gabriele, die sich mit einem zerknüllten Papiertaschentuch über die Augen wischte, nickte erneut. »Ich komme. Ich möchte an dieser Stelle aber noch zwei Dinge loswerden, die ich gestern nicht mehr angesprochen habe. Ich wollte nicht, dass es so aussieht, als hätte ich vor, meine eigene Schuld zu relativieren.« Ihr Blick glitt zu Karl hinüber. »Ich verstehe dein Unverständnis, Karl, das du gestern ja sehr deutlich gemacht hast. Wenn man selber keine schwache Psyche hat, dann ist das Handeln labilerer Menschen schwer nachzuvollziehen. Aber lass mich eins sagen: Wenn wir an den Ursprung dieser unglückseligen Geschichte zurückgehen, dann landen wir bei dir. Theo hat das vor ein paar Tagen schon mal auf den Punkt gebracht. Hättest du Margo nicht einfach hier einziehen lassen, hätten wir uns alle viel ersparen können. Denn wenn du dich erinnerst, dann gab es hier Leute, die dagegen waren. Und vielleicht lag ja auch da das Problem. Du bist oder warst zumindest als junger Mann jemand, der ein Nein von anderen nicht akzeptiert hat, und so etwas kann schlimme Folgen nach sich ziehen.«

Karl wollte etwas erwidern, aber Gabriele redete schon weiter. »Und das andere, was ich ansprechen wollte, hat mit dir zu tun, Theo. Ich bin nämlich nicht die Einzige hier, die unaufrichtig war. In das Zimmer von einer Mitbewohnerin zu schleichen, ist nun auch nicht gerade die feine Art, oder?«

Theo begegnete Gabrieles Blick ruhig und gelassen. »Hast du mich gesehen, als ich damals in Margos Zimmer gegangen bin?«

Gabriele nickte. »Ich war gerade nach Hause gekommen und wollte meine Zimmertür schließen, da sah ich dich durch den Türspalt über den Flur huschen und in ihrem Zimmer verschwinden. Ich habe damals nichts gesagt, weil ich zwei Minuten vorher von der Kommode im Flur ein Brillenetui von Karl an mich genommen hatte. Ich hielt es noch in der Hand, als ich dich sah. Ich war zu dem Zeitpunkt geistig und seelisch so in Anspruch genommen von meinem Zwang zu stehlen, dass ich mich nicht auch noch um das kümmern konnte oder wollte, was andere trieben. Sogar als Margo mit dem lädierten Teddy nach unten kam, sah ich mich nicht in der Lage, den Mund aufzumachen und darauf hinzuweisen, dass du in ihrem Zimmer gewesen bist.«

»Okay, dann muss ich jetzt auch etwas einräumen«, gestand Theo und räusperte sich. »Ihr wisst ja, dass ich von Anfang an Margo in Verdacht hatte, hinter dem ständigen Schwund von unseren sieben Sachen zu stecken und sicher erinnert ihr euch auch noch daran, wie aufgebracht ich war, als es meinen geliebten Drehbleistift traf.«

Die anderen nickten. »Oh ja«, sagte Karl, »der Drehbleistift mit dem silbernen Handball als Anhänger.«

»Genau. Sein Abhandenkommen hat für mich das Fass zum Überlaufen gebracht, und an dem Nachmittag habe ich Antje überredet, mal einen oder auch zwei Blicke in Margos Zimmer zu werfen. Ich war der festen Überzeugung, wir würden etwas finden. Allerdings hat Hans uns überrascht und uns aus dem Zimmer geworfen.«

Theo warf einen fragenden Blick zu Hans. »Du erinnerst dich?«

Hans nickte erneut. »Sehr gut sogar.« Erklärend fügte er für die anderen hinzu: »Mir erschien es damals ratsam, das nicht zum Thema zu machen. War ja sowieso alles schon angespannt genug.«

Theo fuhr fort. »Ich wollte mich nicht damit abfinden, dass du uns bei unserer Suchaktion unterbrochen hast.

Jetzt hatten wir schon einmal den Schritt gemacht, uns in Margos Zimmer umzuschauen, jetzt wollte ich es auch zu Ende bringen. Und ich wollte, verdammt noch mal, meinen Bleistift zurück. Die Vorstellung, er könnte irgendwo in Margos Chaos herumfliegen, hat mich einfach so wütend gemacht.«

»Dann bist du tatsächlich noch ein zweites Mal in ihrem Zimmer gewesen?«, fragte Hans und schüttelte den Kopf. »So viel also zur Autorität meines zweiundzwanzigjährigen Ichs.«

»Ja, und diesmal habe ich in jede Schublade, in jedes Schrankfach und in jedes Fach ihres Schreibtisches geschaut. Auch in ihren Koffer, der unter dem Bett verstaut lag. Aber weder der Bleistift noch irgendetwas, was nicht in Margos Zimmer gehört hätte, ist mir in die Hände gefallen. Zum Schluss habe ich sogar noch ihr Bett durchsucht und dabei ihren Teddy etwas unsanft hochgerissen. Der Kopf purzelte aufs Bett, und ich hielt nur noch den Rumpf in der Hand. Das war für mich das Zeichen, schleunigst das Zimmer zu verlassen und einzusehen, dass die Sachen sich zumindest nicht in Margos Zimmer befanden.«

»Dann war der kopflose Teddy ein Unfall und kein böser Streich«, sinnierte Vera.

»Wie geht das dann jetzt überhaupt alles weiter?«, fragte Hans. »Gestern hat Eva uns gesagt, dass wir alle noch mal auf dem Präsidium befragt werden sollen. Das war aber, bevor Gabriele gestanden hat.«

Katharina, die zunächst Gabriele und dann Theo aufmerksam zugehört hatte, betrachtete nun Hans' gepflegtes Gesicht und seine hellblauen Augen, die aufgrund der kleinen Fältchen in den Augenwinkeln immer zu lächeln schienen. Sie rief sich in Erinnerung, dass Hans Margo dazu angehalten hatte, ihre intime Beziehung geheim zu halten. Er hatte nicht gewollt, dass Margo Münster verlässt und sie nach dem Sex immer so eigenartig angesehen. Das waren Margos Worte gewesen. Was hatte sie mit *eigenartig* gemeint? Verliebt? Sehnsüchtig? Melancholisch? Ängstlich? Veras Frage kam ihr in den Sinn. Hatte Karl, entgegen seiner Aussage, von den beiden gewusst? In dem Zusammenhang drängte sich noch eine ganz andere Frage auf. Hatte Margo vielleicht vorgehabt, Karl doch etwas zu erzählen?

Katharina wischte ihre Überlegungen bezüglich Hans beiseite und erhob sich. »Es wird auf jeden Fall zu weiteren Befragungen kommen. Ich kann nur noch nicht sagen, wann wir mit wem sprechen werden. Es wäre gut, wenn ihr euch alle bis auf Weiteres zur Verfügung halten könntet.«

Nach dieser Bitte entließ Katharina die Senioren und ging in die Küche, wo die Kollegen der SpuSi zwischenzeitlich ihre Arbeit aufgenommen hatten. Kurze Zeit später saß sie auf ihrem Rad und fuhr zum Präsidium.

* * *

Die Befragung von Gabriele fand in einem der nüchternen Vernehmungszimmer des KK 11 statt. Zunächst bat Eva die Psychologin, im Detail zu erzählen, was sich genau an jenem Abend im Dezember 1972 abgespielt hatte. Gabriele wiederholte, was sie bereits am Abend zuvor ihren ehemaligen Mitbewohnern erzählt hatte, und wich an keiner Stelle von dem ab, was Katharina bereits von Vera wusste. Als Gabriele die Rangelei und den Sturz von Margo beschrieb, hakten Katharina und Eva abwechselnd immer wieder ein. Sie ließen Gabriele die Szene immer wieder erzählen, unterbrachen sie, stellten Verständnisfragen oder versuchten, sie in Widersprüche zu verwickeln. Eva probierte auch, Gabriele zu überrumpeln, indem sie die Psychologin bat: »Beschreib doch noch mal, wie du es geschafft hast, die schwerverletzte Margo in den Kriechkeller zu bekommen.«

Doch Gabriele knickte nicht ein. Geduldig und mit einem gewissen Verständnis für die Verhörmethoden blieb sie bei ihrer ursprünglichen Version. Nach einer guten Stunde beließen es die Kommissarinnen dabei, allerdings nicht ohne Gabriele noch mal darauf hinzuweisen, dass es in ihrer Hand gelegen hatte, den Dingen im Anschluss einen komplett anderen Verlauf zu geben.

»Hättest du Hilfe geholt«, sagte Katharina im ernsten Ton, »vielleicht hätte man noch etwas für Margo tun können. Aber auf jeden Fall wäre es nicht dazu gekommen, dass sie in einem Kriechkeller hätte sterben müssen.«

Gabriele nahm sich daraufhin ihre Brille ab und wischte sich über die Augen. »Was meint ihr, wie oft ich mir das in den letzten Tagen zum Vorwurf gemacht habe?«

Die Kommissarinnen boten der Psychologin etwas zu trinken an und gönnten ihr eine Pause. Sie ließen sie mit einer dafür abgestellten Beamtin allein und stellten sich, jede mit einem Becher Kaffee in der Hand, ans Fenster am Ende des Flurs.

»Sie sagt die Wahrheit.« Katharina pustete in ihren Becher. Einer der Kollegen hatte erst vor ein paar Minuten frischen Kaffee gekocht, sodass er ausnahmsweise mal heiß war.

»Ja«, sagte Eva. »Alles, was man ihr vorwerfen kann, ist unterlassene Hilfeleistung und eine gehörige Portion Skrupellosigkeit. Einfach so abzuhauen.« Eva schüttelte den Kopf.

Katharina ließ sich das Wort durch den Kopf gehen. Skrupellosigkeit. Erst vor Kurzem hatte jemand diese Bezeichnung ebenfalls verwendet. Katharina erinnerte sich im Moment nicht an den Zusammenhang, nur daran, dass das eigentlich nicht das richtige Wort gewesen war. Sie fand auch jetzt, dass Gabrieles Verhalten nicht als skrupellos bezeichnet werden konnte. Sie war jung gewesen, aufgelöst und nahe an einer Hysterie oder, wie sie es selber beschrieben hatte, an einer Panikattacke. Sie hatte ganz gewiss nicht skrupellos den Keller verlassen. Kopflos traf es wohl besser.

Zurück bei Gabriele setzten sie ihre Vernehmung fort. Sie hatten sich vor der Tür darauf verständigt, der Befragung ab jetzt eine andere Richtung zu geben und Gabriele nun als Zeugin und nicht mehr als Verdächtige zu behandeln. »Sie kennt sich mit der menschlichen Psyche gut aus, und Verhaltensweisen in extremen Situationen sind ihr geläufig«, hatte Katharina gesagt. »Wir sollten sie nach ihrer Einschätzung fragen.«

Eva machte den Anfang. Sie setzte sich auf ihren Platz, stellte ihren Kaffeebecher ab und sah Gabriele freundlich an. »Als wir das erste Mal mit dir gesprochen haben, sind wir noch davon ausgegangen, dass derjenige, der Margo die schwere Kopfverletzung zugefügt hat, sie auch in den Kriechkeller geschafft hat. Inzwischen sind wir ein Stück weiter. Margos gebrochene Schädeldecke rührt von einem Unfall und hat nicht umgehend zu ihrem Tod geführt. Nun ist es unsere Aufgabe herauszufinden, wer Margo im Keller gefunden und sie dann im Kriechkeller versteckt hat. Deshalb die Frage an dich als Psychologin. Wer von deinen vier ehemaligen Mitbewohnern bringt die psychische Konstitution für so eine Tat mit, und bei wem siehst du am ehesten ein Motiv?«

Dass Gabriele um ihre professionelle Meinung gefragt wurde, schien den gefestigten Teil ihrer Persönlichkeit wieder aufleben zu lassen. Sie richtete sich auf, schlug die Beine übereinander und legte die Hände locker verschränkt in ihren Schoß. Ein mildes Lächeln erschien auf ihrem Gesicht. So musste sie während ihrer Therapiesitzungen ausgesehen haben, dachte Katharina.

»Natürlich kann ich nur eine Vermutung aussprechen, aber ich halte Karl für die gesuchte Person. Den Karl von früher. Er hatte ein starkes Ego. Er gab den Ton an und war es gewohnt, dass man ihm folgte. Wie ich es schon vorhin in der Heerdestraße gesagt habe, konnte er kein Nein akzeptieren. Dass Margo sich seiner Kontrolle und seinem Einflussbereich entzogen hat, war für ihn nur schwer auszuhalten. Vielleicht kam noch ein anderer Aspekt hinzu, über den ich aber nur spekulieren kann. Ihr habt nach einem neuen Mann in Margos Leben gefragt. Vielleicht gab es einen, und Karl hat davon gewusst. Das muss ihn zusätzlich getroffen haben. Verletzte Gefühle können Menschen zu extremen Taten veranlassen. Karl hat sich gestern sehr überzeugend über mein Verhalten gegenüber Margo empört. Auch heute Morgen wirkte er glaubhaft, als er uns zu verstehen gab, dass ihm die Aufklärung des Mords an Margo am Herzen liegt. Aber Karl, der unzählige Male auf der Bühne stand, ist es gewohnt, in unterschiedliche Rollen zu schlüpfen. Ganz sicher kann er einen Unschuldigen mimen, obwohl er schuldig ist.« Gabriele machte eine kurze Pause und sprach dann weiter. »Möglicherweise ist Karls unerwiderte Liebe in Hass umgeschlagen. Damit würde sich auch die Radikalität der Tat erklären. Margo regelrecht aus dem Weg zu räumen und sie in der hintersten Ecke des unterirdischen Kellers ihrem Schicksal zu überlassen, dazu bedarf es schon eine ganze Portion negativer Gefühle.«

Eva öffnete den Mund. Ihrer Meinung nach galt das ebenso gut für den Umstand, einen schwer verletzten Menschen einfach zurückzulassen, aber Katharina warf ihr einen warnenden Blick. Darum geht es jetzt nicht, war die stumme Botschaft.

»Im Übrigen glaube ich«, fuhr Gabriele fort, »dass Karl auch hinter den mehr oder weniger schlimmen Vorfällen steckt, die Margo passiert sind. Meiner Meinung nach waren das so etwas wie Vorläufer der eigentlichen Tat. Ich will mich jetzt nicht herausreden, aber wenn Karl Margo nicht zufällig verletzt im Keller gefunden und dort seine Chance ergriffen hätte, dann hätten sich seine Gefühle wahrscheinlich anders Bahn gebrochen. Ich bin mir sicher, dass es zu einer anderen Katastrophe gekommen wäre. Die Übergriffe, die vorher stattgefunden haben, weisen darauf hin.« Gabriele trank einen Schluck Kaffee, der inzwischen eiskalt sein musste. »Dass Karl Margo geliebt hat, davon bin ich überzeugt«, fuhr sie fort. »Wenn Menschen, die wir lieben, uns enttäuschen, dann ist das gegenteilige Gefühl von Liebe, der Hass, umso größer. Es gibt eine Studie, die 2017 unter dem deutschen Titel *Je größer die Liebe, desto größer der Hass* veröffentlicht wurde. Diese These wird auch bestätigt durch die Tatsache, dass nach Eifersuchtsmorden die Berufung auf die große Liebe eher Standard als Ausnahme ist. Nachdem herausgekommen ist, dass es sich bei der Toten um Margo handelt, war mir klar, dass nur einer von den anderen sie in den Keller geschafft haben kann. Ich habe direkt an Karl gedacht. Aber wegen der großen Schuld, die ich selber auf mich geladen habe, war ich nicht in der Lage, mich irgendwie dazu zu äußern. Ich habe einfach alles verdrängt und versucht, mich so zu verhalten, als wäre ich eine Unbeteiligte. Dieses Verhaltensmuster ist mir ja durch meine Kleptomanie vertraut. Verdrängen und sich unbeteiligt geben, gehörte lange zu meinem Repertoire.« Gabriele zog die schmalen Schultern hoch und lachte unglücklich auf. »Ihr denkt sicher, die Psychotante hat selber den größten Knacks von allen. Margo hat auch mal so etwas in der Richtung zu mir gesagt.«

»Wir denken nichts in der Richtung«, sagte Eva nicht ganz wahrheitsgemäß. »In erster Linie danken wir dir, dass du dich so kooperativ zeigst.«

Gabriele schlug die Augen nieder und lächelte dankbar. »Es gibt da noch etwas, das ich euch sagen wollte. Kurze Zeit bevor das ganze Drama passiert ist, hatte ich ein Gespräch mit Margo. Ich erinnere mich sehr gut daran, denn es war das erste und einzige Mal, dass ich mich länger mit ihr alleine unterhalten habe. Ich hatte immer ziemlichen Respekt vor ihr, weil sie so direkt sein konnte und nie ein Blatt vor den Mund nahm. Auf der anderen Seite fand ich es wahnsinnig spannend, dass sie in einem Kinderheim aufgewachsen war. Also, ganz anders als ich, die ich mit meinen wohlmeinenden, aber völlig übergriffigen Eltern zu tun hatte. Wir hatten uns zufällig im Kaufhaus getroffen, und Margo hat mich spontan zu einem Kaffee eingeladen.«

Katharina bat die Psychologin, das Gespräch mit Margo so wortgetreu wie möglich wiederzugeben. Es stellte sich heraus, dass sich Gabriele tatsächlich auch an Details noch bestens erinnern konnte. Selbstverständlich wurde alles, was sie sagte, aufgezeichnet. Trotzdem flog Katharinas Stift über die Seiten ihres Notizblocks. Hier bekamen sie nicht nur weitere Einschätzungen von Margo über ihre Mitbewohner zu hören, sie erhielten auch einen erweiterten Einblick in Margos Persönlichkeit, was Katharina für die Lösung des Falls für sehr hilfreich erachtete.

»Was ich im Nachhinein für interessant halte«, sagte Gabriele am Schluss, »ist Margos Bemerkung darüber, dass einer von uns nicht das ist, was er zu sein vorgibt. Ich weiß noch, dass ich mich ein wenig ertappt fühlte. Denn auf mich traf das ja irgendwie zu. Als sie dann noch sagte, einer von uns halte mit etwas hinterm Berg, wurde ich richtig nervös. Aber ich glaube, Margo spielte hier gar nicht auf denjenigen an, der für das Verschwinden der Gegenstände verantwortlich war. Sonst hätte sie das ja klar gesagt. Ich meine, herausgehört zu haben, dass sie selber nicht wusste, um was es geht, aber dass jemand von uns ein Geheimnis hütet.«

Manche Dinge, die Gabriele wiedergab, unterstrich Katharina mehrmals. Sie stellte keine einzige Frage, das hatte Eva übernommen. Sie schrieb und schrieb, und als die Vernehmung zu Ende war, konnte Katharina das Gesamtbild zwar noch nicht überblicken, aber sie waren auf jeden Fall ein Stück weitergekommen.

Nachdem Gabriele den Vernehmungsraum verlassen hatte, kam KD hereinmarschiert. »Das ist zwar jetzt nicht mehr ausschlaggebend, aber die Fingerabdrücke von Gabriele Kleinschmidt befinden sich auf allen Gegenständen, auf denen sich Spuren nachweisen ließen. Wäre sie nicht geständig gewesen, hätten wir sie damit gehörig unter Druck setzen können. Und dann noch eine gute Nachricht. Tatjana Peitz hat mir zugesagt, mich sofort anzurufen, wenn sie Näheres über die Todesursache von Antje Lagemann sagen kann. Sie hat bereits mit der inneren Leichenschau begonnen.«

25. KAPITEL

Februar 1973

Vera fühlte sich wie ein neuer Mensch. Sie hatte ihre beiden Klausuren mit Bravour bestanden, und das Ende des Semesters war in Sicht. Endlich wieder richtig leben, dachte sie und biss mit Genuss in ihr Marmeladenbrot. Es war noch früh am Morgen. Die anderen waren noch nicht aufgestanden. Sie liebte diese Zeit morgens alleine in der Küche. Die Stille, wenn alle noch schliefen und nichts weiter zu hören war als die Geräusche, die das alte Haus von sich gab. Spätestens wenn Theo die Küche betrat, war es vorbei mit der Ruhe. Seine erste Handlung am Morgen war immer, das Radio anzustellen.

Zufrieden ließ Vera ihren Blick durch die Küche gleiten. Es lag immer noch hier und da etwas herum, aber es herrschte nicht mehr dieses unüberschaubare Chaos. Margo war jetzt seit zwei Monaten weg, und seitdem hatte sich einiges zum Guten verändert. Die Atmosphäre war nicht mehr so angespannt. Es kam Vera so vor, als würden sie endlich alle wieder richtig durchatmen können.

Die ständige Sucherei hatte auch aufgehört. Nur ab und zu kam noch mal etwas abhanden, aber das war wohl der Schwund, den man in Kauf nehmen musste, wenn man zu sechst in einer WG lebte. Was Vera aber noch viel wichtiger fand: seit Margo weg war, passierten auch keine Unglücke mehr. Das war ein Segen, denn Vera war sich nicht sicher, wie lange ihre angegriffenen Nerven das noch mitgemacht hätten. Manchmal meldete sich ganz hinten in ihrem Kopf eine leise Stimme, die fragte: »Kommt dir das nicht komisch vor? Deine Mitbewohnerin ist weg, und schon passiert rein gar nichts mehr? Keine Ratten, die unterm Schrank vor sich hin verwesen. Keine Fahrräder, die zusammenkrachen, und keine zugelaufenen Katzen, die im Regenfass ertrinken. Meinst du nicht, dass da ein Zusammenhang bestanden hat zwischen Margo und diesen Vorfällen? Willst du das wirklich so stehen lassen, Vera Langenkämper?

Doch Vera hörte nicht auf diese Stimme. Sie ließ nicht zu, dass sie lauter wurde, und verdrängte ihr schlechtes Gewissen, was sich daraufhin meldete. Die Stimme äußerte sich immer seltener und verschwand schließlich ganz.

Die Küchentür ging auf, und Theo kam im Trainingsanzug herein. Sein dunkler Lockenschopf war noch plattgelegen vom Schlafen. »Morgen«, brummte er und stellte das Radio an. Vera seufzte innerlich. WG-Leben bedeutete eben immer auch, Abstriche machen zu müssen.

Nach und nach trudelten auch Antje, Gabriele, Hans und Karl ein. Vera, die ihr Frühstück beendet hatte, stellte ihr Geschirr zusammen. »Übrigens«, verkündete sie, »ich möchte einen Vorschlag machen. Übermorgen ist Sperrmüll. Können wir nicht morgen in einer kleinen Gemeinschaftsaktion den ganzen Krempel unter der Kellertreppe an die Straße stellen? Inzwischen steht das Zeug ja nicht mehr nur in diesem toten Winkel, sondern auch schon im Gang. Wenn wir alle zusammen anpacken, ist das doch schnell gemacht. Karl, zum Teil ist das ja sogar noch das Zeug von deinem Onkel, und eigentlich wollten wir das schon vor anderthalb Jahren machen.«

Karl machte ein langes Gesicht. »Ich wollte heute Abend noch ins Kino.«

»Bis heute Abend sind wir längst fertig, wenn wir rechtzeitig anfangen«, sagte Vera unnachgiebig.

Karl seufzte. »Gut, von mir aus können wir uns da morgen dranmachen.«

Die anderen stimmten mehr oder weniger begeistert zu, und so war die Sache beschlossen.

* * *

In der darauffolgenden Nacht träumte Karl von einem Sommertag auf dem Hof seiner Oma, als plötzlich ein lautes Krachen die ländliche Idylle störte und der Traum vom warmen Sonnenschein, grüner Wiese und dem lustigen Dackel Waldemar sich zurückzog. Karl fuhr in seinem Bett hoch. Hans hatte die Zimmertür so heftig aufgestoßen, dass sie gegen die Wand gekracht war. Seine Haare waren vom Schlafen verstrubbelt, und er trug einen Schlafanzug, dessen Ärmel und Hosenbeine für den über 1,90 Meter großen Hans viel zu kurz waren.

»Karl!«, schrie er, »es brennt!«

Karl brauchte nur wenige Sekunden, um zu realisieren, was Hans gebrüllt hatte. Er schwang die Beine über die Bettkante und tastete mit seinen Füßen nach seinen Hausschuhen.

»Lass die verdammten Hausschuhe und komm!«, rief sein Mitbewohner und verschwand im Flur.

Karl hastete hinter ihm her. Im Flur erkannte er sofort, wo sich der Brandherd befinden musste. Dick wie Brei quoll grauschwarzer Qualm unter der geschlossenen Kellertür hindurch in den Flur. Karls Augen fingen an zu tränen, und er musste husten.

Hans war bereits auf der Treppe nach oben, immer zwei Stufen auf einmal nehmend. »Ich wecke die anderen. Ruf du die Feuerwehr. Und dann nichts wie raus hier.«

Karl sprang zum Telefon, das auf einer alten Kommode im Flur stand. Er riss den Hörer hoch und wählte die *112*. »Hallo? Karl Wagner hier. Bei uns im Keller brennt es! Heerdestaße 38 … ja, richtig … Nummer 38. Das freistehende Haus auf der Ecke. Heerdestraße ganz am Ende, Ecke Kleimannstraße. Beeilen Sie sich!«

Er knallte den Hörer wieder zurück auf die Gabel. In diesem Augenblick kam Hans die Treppe wieder hinunter. Hinter ihm her stolperte, aufgescheucht und mit erschreckten Mienen, der Rest der WG.

Antje und Gabriele hatten lediglich ihre Nachthemden an und Theo trug nur eine Unterhose und ein ausgeleiertes, weißes T-Shirt. Nur Vera hatte noch die Zeit gefunden, sich einen roten Bademantel überzuwerfen. Sie redeten alle wild durcheinander.

»Wie konnte das passieren?«

»Wo brennt es denn genau?«

»Boah, was für ein Rauch!«

»Wir müssen hier raus, sonst bekommen wir eine Rauchvergiftung.«

Karl hatte inzwischen den ersten Schreck überwunden. Er wandte sich an Hans. »Sollen wir nicht versuchen, den Feuerlöscher zu aktivieren. Ich habe keine Lust, dass uns hier die ganze Bude abbrennt.«

»Spinnst du?«, fuhr Theo dazwischen. »Wir sollten zusehen, dass wir hier schleunigst herauskommen.« Theo fuhr sich nervös mit der Hand durch seinen dichten kurzen Lockenschopf.

»Das finde ich auch«, stimmte Gabriele ihm zu. In ihrem bodenlangen, weißen Nachthemd und den offenen, langen Haaren erinnerte sie an ein klapperdürres Gespenst.

»Bis die Feuerwehr hier ist, kann es dauern«, beharrte Karl. »Ihr könnt ja vors Haus gehen. Ich schaue mir die Lage mal an. Direkt unten neben der Treppe hängt ein Feuerlöscher.«

»Komm mit raus, Karl«, sagte Hans, »das ist Wahnsinn, da jetzt runterzugehen.«

Doch Karl ließ sich nicht überzeugen. »Geht ihr nach draußen und haltet nach der Feuerwehr Ausschau. Wer weiß, ob die das hier so schnell finden. Ich versuche mein Glück.«

Gabriele zerrte an Karls Schlafanzugärmel. Unter Husten würgte sie hervor: »Das ist Blödsinn, was du da vorhast.«

Theo und Antje standen bereits an der Haustür. Vera, die begriff, dass der sture Karl sich nicht von seiner Absicht abbringen lassen würde, rannte in die Küche und holte ein Geschirrhandtuch. »Bind dir das um und komm sofort nach, wenn du da nichts ausrichten kannst.« Dann lief sie hinter Gabriele und Theo her, die das Haus inzwischen verlassen hatten.

Karl band sich das Handtuch vor Mund und Nase. Hans stand unschlüssig hinter ihm. »Scheiße! Karl! Das ist verrückt.« Doch da hatte Karl die Tür zum Keller schon geöffnet.

Die Rauchwolke, die die beiden jungen Männer daraufhin in Sekunden einhüllte, war riesig. Hans machte ein paar Schritte rückwärts, wandte sich ab und drückte sein Gesicht in seine Armbeuge. Nachdem der Qualm, der sich hinter der Tür angestaut hatte, etwas abgezogen war, spähte Karl in den Keller. Er konnte keine Flammen sehen, nur Rauch, der die Treppe hochzog. Er fasste sich ein Herz und stieg die Stufen hinab. Es wurde immer wärmer, je weiter er nach unten ging. An den unteren Treppenstufen angekommen, konnte er sehen, wo es brannte. Im Raum gegenüber der Treppe schlugen die Flammen schon fast bis zur Decke. Doch bis auf den Gang hatte sich das Feuer noch nicht ausgebreitet. Karl zerrte den Feuerlöscher von der Wand. Er hatte noch nie so ein Ding in der Hand gehabt, aber die drei leicht verständlichen Abbildungen auf der roten Flasche verdeutlichten, was zu tun war. Gelbe Sicherung am Handgriff nach hinten wegziehen, den Auslösehebel oben an der Flasche einmal ganz durchdrücken und wieder loslassen. Löschdüse auf den Brandherd halten, den Auslösehebel erneute betätigen und dann los! Weißer Schaum spritzte mit solcher Wucht aus dem Schlauch, dass Karl vor Schreck einen Schritt rückwärts machte. Doch dann stieß er einen triumphierenden Schrei aus und zielte auf die Flammen.

Der ohrenbetäubende Knall, der einige Sekunden später ertönte, riss ihm fast das Trommelfell weg. Die Druckwelle, die ihm aus dem Kellerraum entgegenschlug, schleuderte ihn nach hinten. Rücklings krachte er auf die Treppenstufen. Der Feuerlöscher traf ihn mit Wucht an der Stirn. Karl hatte das Gefühl, als würde seine Schädeldecke wegfliegen. Dann wurde alles schwarz.

* * *

Als Karl eine viertel Stunde später die Augen wieder aufschlug, lag er auf dem Gehweg vor dem Haus auf einer silberfarbenen Isolierdecke. Über ihn war eine kratzige Wolldecke ausgebreitet worden. Das Licht einer Straßenlaterne fiel direkt in seine Augen. Er ließ ein leises Stöhnen hören.

»Er wird wach«, hörte Karl eine Stimme sagen. Es war die von Gabriele. Sogleich beugten sich fünf Köpfe zu ihm hinunter und Karl blickte in die besorgten Gesichter seiner Mitbewohner. Alle fünf hatten sie Isolierdecken um die Schultern, die sie mit einer Hand vor der Brust zuhielten.

»Wie sieht's aus, Mann?«, fragte Hans. »Wieder unter den Lebenden?«

Karl machte Anstalten, sich aufzusetzen. Vera und Theo halfen ihm, indem sie ihn unter seine Arme griffen und ihren Mitbewohner in eine sitzende Position zogen. Karl hatte das Gefühl, hinter seinen Schläfen arbeiteten Presslufthämmer. Ihm wurde übel von dem klopfenden Schmerz.

»Du siehst aber gar nicht gut aus«, bemerkte Vera. Von allen fünfen machte sie den gefasstesten Eindruck.

»Was ist mit dem Feuer?«, krächzte Karl. Sein Hals fühlte sich von innen wund und rau an. Außerdem hatte er einen eigenartigen Geschmack im Mund.

»Das ist gelöscht«, erklärte Hans. »Mann, Karl, du hast echt Glück gehabt. Mir schlottern immer noch die Knie. Das hätte auch ganz anders ausgehen können.«

»Allerdings«, bestätigte Antje. Wie immer, wenn sie aufgeregt war, hatten sich auf ihren Wangen zwei kreisrunde, hellrote Flecken gebildet. »Eine Gasexplosion fordert nicht selten auch Todesopfer.«

»Gasexplosion?« Karl erinnerte sich jetzt an den ohrenbetäubenden Lärm. Nun nahm er auch ein unangenehmes Piepen in seinem rechten Ohr wahr.

»Ja, genau.« Hans zog die Isolierdecke fester um seinen Körper. Die Folie knisterte bei der Bewegung. »Ich wollte gerade zu dir runter, da sind da unten zwei Campinggasflaschen in die Luft geflogen. Jedenfalls meinte das vorhin einer von den Männern. Ich habe wirklich gedacht, das Haus explodiert.«

»Das haben wir hier draußen auch gedacht.« Gabriele zog schaudernd die Schultern hoch.

»Gott sei Dank war die Feuerwehr zwei Minuten später hier«, ergriff Hans wieder das Wort. »Ich habe dich bewusstlos unten an der Treppe liegen sehen, aber ich hätte dich wohl kaum alleine nach oben schaffen können. Doch die waren ganz fix. Ruckzuck haben sie dich zu zweit aus dem Haus getragen und ebenso schnell sind sie mit dem Schlauch wieder rein.«

»Was für ein Mist.« Karl stöhnte wieder und berührte vorsichtig seine Stirn. An der linken Seite ertastete er eine riesige Beule. »Also, nicht nur Feuer, sondern auch noch eine Explosion.«

In diesem Augenblick bog ein Krankenwagen um die Ecke.

»Der ist aber jetzt nicht wegen mir hier, oder?«, fragte Karl argwöhnisch.

»Aber ganz genau.« Ein älterer Feuerwehrmann mit einem stattlichen Bauch war an die kleine Gruppe herangetreten. Unter seinem Helm war ein freundliches, rußverschmiertes Gesicht zu sehen. »Ich bin Brandoberinspektor Lehmbrock. Sie haben Verdacht auf eine Rauchgasvergiftung und eine Gehirnerschütterung, Herr Wagner. Sie fahren jetzt erst mal ganz brav ins Krankenhaus. Ins Haus kann sowieso vorerst niemand rein.«

»So schlimm?«, fragte Vera.

»Das Feuer konnten wir auf den Kellerraum begrenzen«, erklärte der Feuerwehrmann, »aber der Rauch hat sich im ganzen Haus verteilt. Vor allem im Erdgeschoss ist alles verrußt. Das kann dauern, bis der Brandgeruch und die Schadstoffe vom Ruß und der Gasexplosion verschwunden sind. Haben Sie eine Möglichkeit, wo Sie für ein paar Tage unterkommen können?«

»Wir können uns auf andere WGs aufteilen«, sagte Hans. »Das dürfte kein Problem sein.«

Der Feuerwehrmann nickte bedächtig. »Ihr Studenten, ihr kennt euch ja alle untereinander. Ihr geht ja auch immer zusammen demonstrieren.«

»Vor allem gehen wir zusammen studieren«, erwiderte Vera spitz und schleuderte mit einer Kopfbewegung ihr langes, blondes Haar nach hinten.

Der Feuerwehrmann lachte gutmütig. Dann wurde er wieder ernst. »Die genaue Brandursache wird noch von unseren Experten untersucht werden, aber einen ersten Überblick konnten wir uns schon verschaffen. Wie es aussieht, lag es an der Tiefkühltruhe, die da im Keller angeschlossen war. Wahrscheinlich hat es einen Wärmestau gegeben.«

»Was heißt das genau? Wärmestau?«, wollte Vera wissen.

»Ein Wärmestau ist die Aufspeicherung von Wärmeenergie, während die Wärmezufuhr gegenüber der Abgabe von Wärme aus dem entsprechenden Gerät überwiegt«, kam Antje dem Feuerwehrmann zuvor. »Aufgrund eines bestimmten, vorliegenden Grades der Wärmedämmung kann diese Energie nicht abgeführt werden, sodass die Wärmeakkumulation weiterhin durch einen allmählichen Temperaturanstieg gekennzeichnet ist, der auch Selbstentzündungsprozesse auslösen kann.«

Vera wandte sich an Antje, während der Feuerwehrmann beifällig nickte. »Also echt, Antje, bislang hast du dein Fachwissen rund um Brandursachen und so'n Kram aber wirklich gut für dich behalten.«

»Was ein Jammer ist«, hakte der Feuerwehrmann ein. »Ich bin mir sicher, dass man diesen Brand hätte verhindern können.«

»Wie meinen Sie das?«, fragte Hans.

»Na ja, es dürfte bekannt sein, dass man die Lüftungsschlitze eines elektrischen Gerätes wie einer Kühltruhe niemals abdecken darf. Auch dürfen sich keine Gegenstände hinter dem Gerät befinden, eben wegen der Gefahr des Wärmestaus. Aber abgesehen davon, dass die Truhe quasi eingeklemmt von Gerümpel war, haben wir auf und hinter der Truhe einige Überbleibsel von verbrannter Pappe oder Kartonagen entdeckt. Das meiste davon ist nur noch Asche, aber wir haben hinter der Kühltruhe unten am Boden noch Kartonreste entdeckt, die nur angesengt waren. Ich sag mal so, es war nicht sehr schlau, die dort zu lagern. So war die Truhe quasi isoliert.«

In diesem Augenblick schoss Karl der Inhalt seines Magens in die Speiseröhre, und er erbrach sich auf dem Gehweg.

»Höchste Zeit, dass Sie hier wegkommen«, befand Brandoberinspektor Lehmbrock nun energisch. Er nickte den beiden jungen Sanitätern auffordernd zu, die geduldig abgewartet hatten. Anschließend hob er grüßend den Arm und wandte sich von der kleinen Gruppe ab.

Karl, der das Gefühl hatte, als klopfte ein Eisenhammer hinter seiner Stirn, überließ sich voll und ganz der Fürsorge der Sanitäter.

Vera schaute ihm nach, wie er auf der Bahre liegend von den Sanitätern abtransportiert wurde. Dann warf sie einen Blick auf das Haus, das in den letzten Jahren ihr Zuhause gewesen war, und wusste schlagartig, dass ihre Zeit in der Heerdestraße 38 vorbei war. Sie würde nicht mehr zurückkommen und fühlte sich mit einem Mal regelrecht befreit.

26. KAPITEL

Zurück im Büro ließ Eva sich auf ihren Bürostuhl fallen, öffnete die oberste Schublade ihres Schreibtisches und kramte einen Schokoriegel hervor, der aussah, als wäre er schon einmal geschmolzen und dann wieder fest geworden. Schuldbewusst sah sie zu Katharina hinüber. »Ich habe nur noch den einen. Soll ich dir ein Stück abbrechen?«

Katharina winkte ab. Beim Anblick des Riegels wurde ihr allerdings bewusst, dass sie, außer einer Banane um sieben Uhr morgens, nichts mehr gegessen hatte. Jetzt war es halb drei. Sie spürte auch, wie die Kopfschmerzen zurückkamen und die Müdigkeit ihr auf die Augen drückte.

»Du siehst irgendwie fertig aus«, sagte Eva mitfühlend. Sie erhob sich. »Vielleicht trinkst du mal ein bisschen Wasser und ich versuche, uns noch etwas aus der Kantine zu besorgen.«

Mit einem Seufzer setzte sich Katharina auf ihren Stuhl und griff nach der halbvollen Wasserflasche.

»Danke, Eva, ich fühle mich gerade wirklich etwas schwach.«

Eva verschwand. Katharina drehte die Wasserflasche auf und versuchte sich zu erinnern, seit wann sie geöffnet auf ihrem Schreibtisch stand. Zu lange, dachte sie, trank aber trotzdem die Flasche fast leer. Danach schloss sie die Augen und atmete mehrmals tief ein und aus.

Es dauerte nicht lange, bis Eva zurückkam. »Es gab nur noch Brötchen, aber ich habe aus dem Automaten noch zwei Dosen Cola gezogen. Die sind eiskalt.«

»Was würde ich nur ohne dich machen.« Katharina lächelte ihrer Freundin dankbar zu. »Cola ist jetzt genau das Richtige.«

Schon nach dem dritten Bissen von ihrem Käsebrötchen und einer halben Dose Cola kehrte Katharinas Energie zurück.

Eva kaute noch, als Katharina ihre Finger an der Serviette abwischte und sich ihre Aufzeichnungen vornahm, die sie während des Gesprächs mit Gabriele gemacht hatte. »Nachdem wir nun davon ausgehen, dass es nicht Gabriele war, die Margo in den Kriechkeller bugsiert hat, nehmen wir uns also unsere anderen Anhaltspunkte vor.« Mit einem gezielten Treffer warf Katharina die Serviette in den Papierkorb. »Ich finde es sehr schlüssig, was Gabriele über Karl gesagt hat«, meinte Eva und leerte geräuschvoll ihre Coladose. »Man muss schon wirklich einen lang aufgestauten Hass gegen jemanden verspüren, um ihm so etwas anzutun. Ich meine, erst diese Übergriffe und dann das Finale. Gabriele meinte ja, dass diese vermeintlichen Unglücksfälle so eine Art

Vorspiel waren. Ein Herantasten. Karl könnte in so eine negative Gefühlsspirale geraten sein. Das deutet sich ja auch in Margos Aufzeichnungen an. Er hat Stress gemacht und wollte sie kontrollieren. Sie hat ihn sogar als bedrohlich oder zumindest als gruselig empfunden.«

»Ja, krankhafte Eifersucht und ein verletztes Ego können Menschen nicht nur zu überzogenen, sondern auch zu extremen Handlungen verleiten. Wenn wir ein Motiv in diese Richtung unterstellen, dann halte ich Hans allerdings für genauso wahrscheinlich wie Karl. Was Margo über ihn geschrieben hat, ist ebenso aufschlussreich wie ihre Beschreibung von Karl. Hans war ihr auch nicht ganz geheuer, wollte sie vom Weggang aus Münster abhalten und hat komische Sachen gesagt. Kurzum, sie war irritiert von seinem Verhalten. Außerdem hat sie noch eine weitere, sehr bedeutende Bemerkung gemacht. Sie hat erwähnt, dass gerade ruhige und introvertierte Menschen ganz plötzlich aus ihrer Rolle ausbrechen können. Was absolut wahr ist.«

»Ja, du hast recht«, stimmte Eva ihrer Freundin zu. »Auch die Tatsache, dass er das Verhältnis zu Margo vorsorglich verschwiegen hat, spricht auch nicht unbedingt für ihn. Wir hätten nie etwas davon erfahren, wärst du nicht auf Margos Aufzeichnungen gestoßen. Und als ich ihn mit unserem Wissen konfrontierte, stand sein schlechtes Gewissen ihm so was von ins Gesicht geschrieben. Der Mann fühlt sich schuldig – und das nach fünfzig Jahren. Wie ich schon gestern sagte, ob allein wegen des Verhältnisses an sich oder weil er für Margos Schicksal verantwortlich ist, bleibt noch dahingestellt.«

Katharina hatte damit begonnen, an den Rand ihres Notizblocks kleine Sternchen und Kringel zu kritzeln. Mit der anderen Hand stützte sie ihren Kopf ab. Gedankenverloren sagte sie: »Theo war anscheinend der Einzige der drei Männer, der nichts von Margo wollte. Im Gegenteil. Ihm ging es nur darum, sie der Diebstähle zu überführen.«

In diesem Augenblick klopfte es flüchtig, fast gleichzeitig wurde die Tür geöffnet und KD trat ein. »Tatjana hat sich gemeldet.«

»Und?«, fragten Katharina und Gabriele wie aus einem Mund.

»Ich mache es kurz. Antje Lagemann ist an dem sogenannten Broken-Heart-Syndrom gestorben.«

»An gebrochenem Herzen?«, fragte Eva verblüfft.

»Na ja, nicht im eigentlichen Sinn. Beim sogenannten Broken-Heart-Syndrom kommt es zu einer plötzlich auftretenden Funktionsstörung des Herzmuskels, ausgelöst durch extreme emotionale Belastung, aber auch durch lebensbedrohende Situationen.«

»Wie kann man das Auftreten einer solchen Funktionsstörung denn feststellen?«, fragte Katharina. Sie hatte den Kuli aus der Hand gelegt und sich wieder aufrechter hingesetzt.

»Durch eine sehr gründliche Untersuchung des Herzens«, erläuterte KD. »Tatjana hat eine Verformung des Herzmuskels entdeckt. Genauer gesagt, wies die linke Herzkammer eine veränderte Form auf. Die Muskulatur war an der Stelle ballonartig aufgebläht. Ein eindeutiges Zeichen für das Broken-Heart-Syndrom. Durch die Ausdehnung der linken Herzhälfte wird die Pumpfunktion des Herzens eingeschränkt und es kann zu einem Herzstillstand kommen. Nicht immer ist das Broken-Heart-Syndrom tödlich, aber es kommt vor. Vor allem, wenn eine Vorerkrankung vorliegt.«

»Es ist sehr wahrscheinlich, dass es zu einer solchen Extremsituation gekommen ist«, sagte Katharina. »Und zwar mit der Person, die Vera im Flur gehört hat und die Antje post mortem auf den Rücken gedreht hat.«

KD nickte. »Deshalb habe ich auch gerade noch mal bei der SpuSi nachgehört. Sie haben keine auffälligen genetischen Spuren an oder auf der Leiche sichern können. Wäre natürlich sowieso die Frage gewesen, ob so eine Spur uns überhaupt Rückschlüsse auf den Tod von Frau Lagemann erlaubt hätte. Schließlich hocken die Herrschaften da ja auch sehr dicht aufeinander. Haare, Hautschuppen, selbst Speichel hätte auch zu einem anderen Zeitpunkt auf Frau Lagemann landen können. Aber egal. Man lässt ja nichts unversucht.« Er wandte sich zum Gehen, hielt dann aber inne. »Ich frage mich, ob es verantwortbar ist, Karl Wagner und seine Gäste weiterhin sich selbst zu überlassen. Einer von ihnen ist gefährlich. Wenn derjenige sich in die Ecke gedrängt fühlt, könnte es für die anderen brenzlig werden. Wir müssen die Entwicklungen in der Heerdestraße gut im Auge behalten und die Herrschaften notfalls voneinander trennen. Lasst mich deshalb wissen, wenn ihr euch für die nächsten Schritte entschieden habt.« KD verließ den Raum.

Eva sah ihre Kollegin und Freundin fragend an. »Was sind unsere nächsten Schritte?«

»Ein bisschen Abstand gewinnen und Feierabend machen. Ich denke nicht, dass wir so schnell einen weiteren Todesfall haben werden«, sagte Katharina. »Morgen früh arbeiten wir dann die Verhörstrategien für Karl, Hans und Theo aus und nehmen sie uns nacheinander vor. Vielleicht bringt das ja schon den Durchbruch.«

»Sehr gut.« Eva erhob sich augenblicklich. Im Stehen ließ sie ihren Computer herunterfahren. »Kommst du nicht mit?«, fragte sie Katharina, die keine Anstalten machte, aufzustehen.

»Ich habe Vera versprochen, mich kurz zu melden, wenn ich etwas über Antjes Todesursache weiß. Ich glaube, für die Stimmung in der Heerdestraße ist es ganz gut, wenn ich sagen kann, dass Antje an einem Herzversagen gestorben ist. Wie das ausgelöst wurde, darüber werde ich mich nicht weiter auslassen. Die sollen da jetzt erst mal zur Ruhe kommen. Ich habe Vera auch gebeten, zunächst Stillschweigen darüber zu bewahren, dass nach ihr noch jemand bei Antje gewesen sein muss.«

»Willst du Vera nichts von dem Broken-Heart-Syndrom sagen?«

»Nicht mehr heute Abend. Sie will das zwar nicht hören, aber sie ist auch nicht mehr die Jüngste und kann ebenfalls etwas Entspannung gebrauchen.«

Eva war noch nicht ganz zur Tür hinaus, da nahm Vera den Anruf schon entgegen. »Na endlich«, legte sie sofort los, »ich platze hier bald vor Ungeduld. Was ist mit Antje?«

Katharina fand, dass ihre Tante nicht nur ungeduldig, sondern auch nervös und etwas zerstreut klang. Deshalb hielt sie sich an das, was sie sich vorgenommen hatte, und sagte lediglich, Antje sei an einem Herzstillstand gestorben, verschwieg aber die Details.

Bevor Vera fragen konnte, fügte Katharina noch hinzu: »Die SpuSi hat übrigens keine genetischen Spuren gefunden, die Aufschluss darüber geben könnten, wer sie nach ihrem Tod bewegt hat.«

»Schade«, sagte Vera und fügte dann etwas unvermittelt hinzu: »Katharina, da gibt es etwas, was mich schon den ganzen Tag beschäftigt.«

»Ja?«

»Als ich gestern Abend auf der Suche nach Mr. Spook war, hat Antje mir etwas erzählt. Ich habe ihr nicht richtig zugehört, da ich mich nebenher in der Küche nach dem Kater umgeschaut habe und darüber ärgere ich mich jetzt. Es hatte nämlich mit Margo zu tun und einem Bild oder besser gesagt einer Fotografie.«

»Um was ging es genau?«

»Antje hat gesagt, dass sie so etwas wie ein Flashback hatte oder, um genau zu sein, sprach sie von einem Déjà-vu. Und zwar passierte das, als wir die Zimmerdurchsuchung veranstaltet haben. Ich bin ja in Margos altem Zimmer untergebracht. Antje und Theo haben sich damals mal in dem Zimmer umgeschaut, als Margo nicht da war. Wir waren ja alle sicher, dass sie für das Abhandenkommen der Sachen verantwortlich war. Auf jeden Fall sind Antje und Theo dabei auf ein Foto gestoßen. Eine Gruppenaufnahme von Margos Wohngruppe während ihrer Zeit im Kinderheim. Damals war Antje sich sicher, dass sie genau das Foto schon mal gesehen hatte, aber sie erinnerte sich nicht mehr bei wem. Nur, dass es in der Heerdestraße gewesen war. Als wir vorgestern in meinem Zimmer standen, erinnerte sie sich wieder daran, wie sie mit Theo in dem Zimmer gewesen war und sie auf diese Fotografie gestoßen sind. Und mehr noch! Nicht sofort, aber einen Tag später hat ihr Gedächtnis noch eine weitere Information freigegeben. Antje fiel wieder ein, bei wem sie das Foto gesehen hat, und sie fand das sehr seltsam.«

»Bei wem hat sie es gesehen?« Katharina spürte, wie sich ihr Herzschlag beschleunigte.

»Das weiß ich leider nicht«, sagte Vera zerknirscht, »denn in dem Augenblick hörten wir die Schritte im Flur und ich habe Antje dazu angehalten, still zu sein. Später sind wir nicht mehr darauf zurückgekommen. Aber jetzt geht mir im Kopf herum, ob ein Zusammenhang besteht zwischen Antjes Bemerkungen über dieses Foto, die Person im Flur, die auf jeden Fall alles gehört haben muss, was wir in der Küche gesprochen haben und ihrem plötzlichen Tod.«

»Ich weiß um welches Foto es geht. Ich habe es in Margos Sachen gefunden.«

»Wirklich?«, fragte Vera. Sie konnte die Aufregung über diese Nachricht nicht aus ihrer Stimme verbannen. »Kannst du es abfotografieren und mir die Aufnahme schicken?

Katharina zögerte.

»Bitte, Katharina. Vielleicht fällt mir etwas auf, was weiterhelfen könnte.«

Katharina hatte zwar keine Idee, was das sein sollte, sagte aber: »Okay, mache ich. Aber Vera, tu mir einen Gefallen. Gönn dir heute Abend trotz allem ein wenig Ruhe. Das mit dem Foto werden wir auf jeden Fall überprüfen, aber ich muss auch erst meine Gedanken ein wenig sortieren.«

»Ja, ja, schon gut. Ich habe verstanden, und ich finde es rührend, dass du dir um mich Gedanken machst. Aber keine Sorge, deine alte Tante ist so robust wie ein Schweizer Taschenmesser.«

Katharina verabschiedete sich von Vera, legte ihr Handy zur Seite und versuchte, ihre durcheinander wirbelnden Gedanken richtig hintereinander zu schalten.

Hatte sie gerade die Ursache für Antjes Broken-Heart-Syndrom erfahren? Hatte sie ihr Geplauder über ein Foto aus vergangenen Zeiten das Leben gekostet?

Vorstellbar war es. Jemand hörte durch die angelehnte Tür, dass Antje das Foto gesehen hat. Bevor sie sagen konnte, bei wem, lenkte die Person die beiden Damen mit einem lauten Geräusch ab. Das Gespräch wurde daraufhin unterbrochen und nicht zu Ende geführt, denn Vera ging ins Bett. Der heimliche Lauscher kehrte zurück und es kam zu einem Zusammentreffen mit Antje. Sie offenbarte ihm ihre Erinnerung und forderte eine Erklärung. Der Lauscher hingegen war gar nicht glücklich über ihr Wissen, denn zum ersten Mal drang etwas an die Oberfläche, was bislang im Verborgenen geblieben war. Eine Verbindung zwischen jemandem aus der WG und Margo, von der bislang nichts bekannt gewesen war. Dass sich ein Foto von Margos Wohngruppe im Besitz einer ihrer Mitbewohner befunden hatte, konnte nämlich nur eins bedeuten. Der- oder diejenige musste in Beziehung zu dem Heim, zur Wohngruppe und zu Margo gestanden haben. Das war ein Fakt, der den Fall in einem völlig neuen Licht dastehen ließ.

Katharina stand auf und öffnete den Karton mit Margos Habseligkeiten, der direkt neben ihrem Schreibtisch an der Wand stand. Sie kramte darin herum und zog schließlich die gerahmte Fotografie heraus. Mit dem Bild in der Hand setzte sie sich wieder an den Schreibtisch. Sie machte ein Foto für Vera und sendete es ihr, ohne einen weiteren Kommentar.

Fräulein Almut Kaminski mit Wohngruppe 2. Eine ziemlich unpersönliche Bildunterschrift, ging es Katharina durch den Kopf. Aufmerksam betrachtete sie jedes einzelne Gesicht.

Katharina starrte lange auf das Foto. Die Wohngruppe 2 bestand aus sieben Kindern. Drei davon waren im jugendlichen Alter. Dazu gehörte Margo, der hochgewachsene Junge neben ihr und ein weiteres Mädchen, das auf der anderen Seite des Jungen mit dem Bürstenhaarschnitt stand. Der schmächtige Junge links neben Margo mochte sechs oder sieben Jahre alt sein. Er hatte dunkles, kurzes Haar und trug eine Brille. Drei weitere Kinder knieten vor der Vierergruppe. Zwei Jungen, der eine blond, der andere dunkel im Alter von elf oder zwölf Jahren und ein jüngeres Mädchen mit schiefen Zähnen und zwei langen Zöpfen.

Konnte es sein, dass noch jemand von den ehemaligen WG-Mitgliedern als Kind in dem Heim gewesen war? Kaum, dachte Katharina, denn was hätte es für einen Grund gegeben, diesen Zufall nicht öffentlich zur Sprache zu bringen? Trotzdem schaute sich Katharina die Gesichter des großen Jungen und des Mädchens neben ihm noch mal genauer an. Sie waren die Einzigen, die vom Alter her infrage kamen. Doch Katharina konnte nicht wirklich eine Ähnlichkeit mit einem von Veras ehemaligen Mitbewohnern feststellen. Sie versuchte, die Jugendlichen mit den jungen Erwachsenen zu vergleichen, die sie auf den Fotos gesehen hatte, als sie das erste Mal in der Heerdestraße gewesen war. Ihr Blick blieb an dem Jungen hängen. Er war groß und breitschultrig. Die kurzen Haare gaben seinem Gesicht etwas Hartes. Aber wenn man sich diesen militärischen Bürstenhaarschnitt mal wegdachte ... Da es eine Schwarz-Weiß-Aufnahme war, konnte man die Augenfarbe nicht genau erkennen. Aber der Junge war in jedem Fall blond. Wahrscheinlich waren seine Augen blau. Also, groß, blond, durchtrainierte Figur.

Hans?

Der Junge hatte seinen Arm um Margos Schultern gelegt und sie ein Stück zu sich herangezogen. Irgendwie eine dominante Geste. Hier schaut her! Das ist mein Mädchen! Genau wie die anderen Kinder lächelte er nicht in die Kamera. Ein herablassender Zug umspielte seinen Mund. Das entsprach nicht dem heutigen Hans und passte auch nicht zu dem, was Katharina von dem Studenten Hans wusste. Andererseits verhielt man sich mit sechzehn Jahren oft anders als im Alter eines jungen Erwachsenen.

Katharina legte die Fotografie auf den Schreibtisch, verschränkte die Arme vor der Brust und rollte sich mit ihrem Stuhl ein Stück nach hinten. Es brachte nichts, nach möglichen Übereinstimmungen der Gesichter auf dem Foto mit Margos späteren Mitbewohnern zu suchen. Das war zu spekulativ. Sie musste bei Margo ansetzen und dem, was ihr über ihren Hintergrund als Heimkind bekannt war. Denn das war eine ganze Menge. Doch Katharina merkte schnell, dass sie für eine konstruktive Denkarbeit nicht mehr die Kraft aufbringen konnte. Ihre Kopfschmerzen hatten weiter an Fahrt aufgenommen, sie fühlte sich ausgelaugt und schlapp. Inzwischen war es halb acht und vor dem kleinen Bürofenster war es seit Stunden stockdunkel. Sie musste morgen weitermachen. Sie wusste zwar, dass sie sich würde zwingen müssen, nicht mehr an den Fall zu denken. Aber es war wichtig, auch mal Abstand zu bekommen.

Während Katharina ihren Computer herunterfuhr, trafen fast gleichzeitig zwei WhatsApp-Nachrichten ein. Sie öffnete zuerst die von Klaas. Katharina musste lächeln. Klaas hatte ein Selfie von sich und Luc geschickt. Beide Männer standen Schulter an Schulter im Flur und streckten lachend eine Bierflasche in die Höhe. Im Hintergrund konnte Katharina die drei Hunde erkennen. Unter das Foto hatte Klaas geschrieben: *Wo bleibst du? Alles fertig! Wir sind schon beim verdienten Feierabendbier. Ich lade Luc ins Kling-Klang ein. Kommst du dazu?*

Katharina sendete mehrere Daumen-hoch-Emojis und einen Kussmund zurück. Dann schrieb sie noch eine Nachricht. *Ihr seid die Besten! Ich freue mich. Bin aber platt. Heute kein Alkohol für mich. Viel Spaß und 1000 Dank an Luc.*

Die zweite WhatsApp war von Edith. Auch sie hatte einen Anhang mitgeschickt. Aber bei ihr handelte es sich nicht um ein Foto, sondern um zehn. Unverkennbar zeigten die Aufnahmen Ediths und Bens neuen Schrebergarten. Unter jedes Foto hatte Katharinas Mutter einen kurzen Satz geschrieben. Unter der ersten Aufnahme stand: *Unser kleines Paradies.* Alles, was Katharina sah, war eine große, buckelige Rasenfläche und ganz hinten eine dunkelgrün gestrichene Bretterbude mit zugeklappten Fensterläden und einer wackelig aussehenden Veranda. Auf dem nächsten Foto war nichts weiter zu sehen als ein Stück braune, frisch umgegrabene Erde. Darunter stand, verziert mit einem lachenden Emoji: *Unser Kartoffelacker hinter dem Haus.* Auf einer weiteren Aufnahme war eine Anzuchtschale mit mehreren Pflanztöpfen zu sehen, die mit Erde gefüllt waren. *Man sieht schon die ersten Setzlinge,* hatte Edith darunter geschrieben. Selbst beim Heranzoomen konnte Katharina nicht das allerkleinste grüne Pflänzchen erkennen. Kopfschüttelnd scrollte sie sich bis zum letzten Bild durch. Auf dem waren Edith und Ben zu sehen. Katharina fand, dass sie ein bisschen verloren wirkten, wie sie da Arm in Arm in Gummistiefeln und mit Gartenwerkzeug in der Hand mitten auf der Wiese vor ihrem Häuschen standen. Bildete sie es sich nur ein oder lächelte ihre Mutter ein klein wenig gequält. Ediths Kommentar zu dem Bild war: *Es gibt viel zu tun, packen wir's an.*

Während Katharina das Handy in ihre Umhängetasche steckte und die leere Wasserflasche in die Kiste mit den Pfandflaschen stellte, dachte sie: Hoffentlich habt ihr euch da mal nicht übernommen.

27. KAPITEL

Einige Zeit später schreckte Katharina in ihrem Bett hoch. Das Wachsein durchzuckte die Kommissarin wie ein elektrischer Schlag. Sie konnte sich nicht erklären, was sie geweckt hatte. Klaas lag neben ihr auf der Seite und atmete tief und ruhig. Sein Schnarchen konnte es nicht gewesen sein. Katharina warf einen Blick auf das Display ihres Handys. Es war kurz nach drei. Sie ließ ihren Kopf wieder auf das Kissen sinken und schloss die Augen. Doch die bleierne Müdigkeit, die sie ein paar Stunden zuvor innerhalb von wenigen Minuten hatte einschlafen lassen, war verschwunden.

Ihre Gedanken begannen wieder, um den Fall zu kreisen, und nach zwanzig Minuten gab Katharina die Versuche, wieder einzuschlafen, auf. Ohne das Licht einzuschalten, schlüpfte sie in ihre Jogginghose und den Hoodie, den sie am Vortag getragen hatte, und tappte aus dem Zimmer. In der Küche stellte sie den Wasserkocher an und hängte einen Teebeutel in eine Tasse.

Kurz darauf saß sie am Küchentisch und ließ den Teebeutel an dem Bändchen auf und ab hüpfen. Also los, dachte Katharina. Die Kommissarin zog ein paar Blätter Schmierpapier zu sich heran, auf dem sie normalerweise ihre Einkäufe notierte, und begann aufzuschreiben, was sie über Margo und ihre Kindheit im Kinderheim behalten hatte.

Katharina wusste noch, dass Margo bereits mit vier Jahren ins Heim gekommen war und nicht gerne über ihre Kindheit dort geredet hatte. Im Gespräch mit Gabriele im Café Schucan hatte Margo allerdings die Missstände im Kinderheim angesprochen und deutlich gemacht, was bei dem von der Arbeitsgruppe *Jugend, Erziehung und Demokratie* geplanten Kinderhaus ganz anders laufen sollte.

Laut Gabriele hatte Margo bemängelt, dass es an gut ausgebildeten, empathischen Mitarbeitern gefehlt habe und außerdem am Selbstbestimmungsrecht der Kinder und demokratischen Strukturen. Aber Margo war Gabriele zufolge auch noch genauer geworden. Sie hatte davon berichtet, dass die Kinder nur verwaltet worden seien und man von ihnen erwartet habe, dass sie funktionierten. Und das hat man ihnen nicht nur mit gutem Zureden beigebracht. Das war ja bekannt, dachte Katharina. Heutzutage wusste jeder, dass die Zustände in den Kinderheimen bis in die Achtzigerjahre hinein teilweise schrecklich gewesen waren. Willkür, Gewalt und Missbrauch seitens des Personals waren nicht selten gewesen. Umso interessanter war es da, was Margo Gabriele gegenüber noch erwähnt hatte. Nämlich, dass es auch die Kinder untereinander gewesen seien, die sich das Leben zur Hölle gemacht hätten. »Eine Gruppe emotional vernachlässigter Kinder baut sich ihre eigenen Hierarchien auf.« Genauso hatte Gabriele Margos Worte wiedergegeben. Und sie hatte noch hinzugefügt: »Diese Hierarchien funktionieren immer nach demselben Prinzip. Der Stärkste gibt den Ton an und der Schwächste muss leiden. Und die in der Mitte ordnen sich dem Stärksten unter, um nicht selbst auf der Strecke zu bleiben.«

Gabriele hatte angemerkt, dass sie Margo gerne gefragt hätte, wo sie in dieser Hierarchie gestanden hatte. Katharina rief sich das Foto in Erinnerung. Sie sah die sieben Kinder genau vor sich. »Du hast weit oben gestanden, Margo«, murmelte sie in Gedanken. »Denn du und das andere Mädchen, ihr ward die Gehilfinnen des Anführers. Es braucht nicht viel, um das zu erkennen.«

Katharina ließ den Stift über dem Papier schweben. Wenn sie ihre Gedanken zu einem bestimmten Aspekt eines Falls schriftlich festhielt, machte sie das nicht nur, um sich einen Überblick darüber zu verschaffen, was sie bereits wusste. Häufig stellte sich ein zusätzlicher, sehr nützlicher Nebeneffekt ein. Auskünfte, Informationen oder Bilder, die sie irgendwo in ihren Gehirnwindungen abgelegt hatte, trudelten in ihr Bewusstsein. Gerade war ihr so ein Erinnerungsbild in den Sinn gekommen. Sie sah die Tochter von Arnold Reichmann vor sich, wie sie sie nach dem Gespräch am Ausgang des Pflegeheims eingeholt hatte. Was hatte sie noch einleitend gesagt? »Besser Sie wissen zu viel als zu wenig.«

Damit hatte sie recht gehabt. Und was sie dann gesagt hatte, schien jetzt eine neue Bedeutung zu bekommen.

»Gestern hat mein Vater in den höchsten Tönen von dieser Margo gesprochen. Er meinte, dass sie selbst auch keine glückliche Zeit im Kinderheim hatte. Es muss dort auch einen Vorfall gegeben haben, der sie Jahre später noch sehr beschäftigt hat. Ein Kind ist zu Tode gekommen. Ein Unfall. Mein Vater wusste keine Einzelheiten. Nur, dass dieses Unglück so eine Art Schlüsselerlebnis für Margo gewesen ist.«

Katharina verspürte das vertraute Kribbeln im Nacken, und in ihren Ohren hörte sie das Blut rauschen. Die Starken geben den Ton an und die Schwachen müssen leiden. So hatte es Margo gesagt. Eine Eingebung durchzuckte sie. »Du hattest etwas mit dem Tod des Kindes zu tun«, murmelte Katharina, »und dein ganzes Engagement Jahre später war eine Art Wiedergutmachung.«

Weitere Gedanken drängten sich nach vorne. Konnte jemand aus der WG davon gewusst haben und war vielleicht sogar in irgendeiner Art und Weise von dem schrecklichen Ereignis betroffen? Sie hatten bereits Hass als mögliches Motiv ins Spiel gebracht. Dabei waren sie davon ausgegangen, dass es sich um Hass handelte, der aus Liebe resultierte. So wie Gabriele es beschrieben hatte. Sie hatten genug Hinweise, Karl und Hans ein solches Motiv zu unterstellen. Aber vielleicht rührte dieser Hass gegen Margo, der sich in den Übergriffen und schließlich in ihrer Verschleppung in den Kriechkeller manifestiert hatte, von etwas ganz anderem. Von einem schrecklichen Ereignis ein paar Jahre zuvor. In dem Fall musste es eine Verbindung zwischen einem von Margos Mitbewohnern zu dem verunglückten Kind geben. Nur wie konnte diese Verbindung ausgesehen haben und wer kam dafür infrage? Katharina lehnte sich zurück und griff gedankenverloren nach dem Teebecher. Ihre Gedanken wanderten zu Theo und Hans. Was hatte Margo noch über Theo gesagt? Er sei wie ein Fisch. Er schwimme überall mit. Und zu Hans? Hans sei eben Hans. So hatte Gabriele Margos Einschätzung wiedergegeben. Katharina fand den hochgewachsenen Hans mit seinem braungebrannten Gesicht und den gutmütig lächelnden Augen sehr sympathisch. Den Eindruck, den sie sich von ihm im Rahmen ihrer Nachforschungen gemacht hatte, war durchweg ein positiver gewesen. Das Bild eines ruhigen, ausgleichenden und überlegten, jungen Mannes war in ihrem Kopf entstanden. Umso mehr hatte Katharina Hans' Verhältnis mit der sprunghaften Margo überrascht. Was allerdings nur wieder bestätigte, dass man nicht in die Menschen hineinsehen konnte.

Plötzlich regte sich etwas in Katharinas Gedächtnis. Sie erinnerte sich daran, was Karl über Hans gesagt hatte. Er habe immer eine Vermittlerrolle in der WG innegehabt. Ja, dachte Katharina. Das passt. Aber Karl hatte noch etwas anderes über Hans gesagt. In einem ganz anderen Zusammenhang. Der Lyriker hatte erklärt, dass er Hans' Eltern nie kennengelernt habe. Während alle Eltern irgendwann mal in der Heerdestraße aufgekreuzt seien, hätten Hans' Eltern ihren Sohn nie besucht. Hans habe nicht mal mit ihnen telefoniert. Vor Aufregung war Katharina von ihrem Stuhl aufgestanden und ging in der Küche auf und ab. Warum waren Hans' Eltern nie aufgetaucht? Warum hatte er sie niemals angerufen? Weil es sie nicht gab? Weil er eine Waise war? War hier die Verbindung zu dem Kind, das im Kinderheim durch einen Unfall gestorben war? Katharina blieb an der Tür stehen, durch die man auf die Terrasse und in den Garten gelangte, und starrte in die Dunkelheit.

Wenn sie herausfinden wollte, ob der Tod des Kindes das Motiv für Margos Schicksal war, dann musste sie die Identität des Kindes klären.

Für diesen Ermittlungsschritt benötigte Katharina allerdings ihren Dienstrechner. Die Kommissarin warf einen Blick über die Schulter auf die Uhr des Backofens. Es war zehn Minuten vor vier. Zu früh, um ins Büro zu fahren. Katharina entschied sich dazu, sich noch mal für zwei Stunden hinzulegen und dann im Präsidium weiterzumachen.

* * *

Dreieinhalb Stunden später saß sie wieder an ihrem Schreibtisch. Fest eingeschlafen war sie nicht mehr, aber immerhin war sie hin und wieder ein bisschen eingedöst. In den Zeiten zwischen Wachen und Schlummern hatte sie ihr weiteres Vorgehen geplant. Um an Informationen über das verstorbene Kind zu gelangen, erschien es Katharina am einfachsten, es zunächst über die damalige Erzieherin zu versuchen. Von ihr wusste sie immerhin den Vor- und Zunamen. Sie würde nach Almut Kaminski im Melderegister der Stadt Dortmund suchen. Vielleicht hatte sie Glück und die Erzieherin von damals war weder verstorben noch verzogen. Von ihrem Dienstrechner aus hatte Katharina die Berechtigung, auf die im polizeilichen Informationssystem Inpol beim Bundeskriminalamt zusammengefassten Datenbanken zuzugreifen. Katharina rief die entsprechende Datenbank auf, die ihr eine erweiterte Abfrage von Meldedaten ermöglichte, und gab in die Suchmaske *Almut Kaminski* und *Dortmund* ein. Die Trefferliste war sehr überschaubar, obwohl sie auch die verheirateten Almut Kaminskis enthielt. Katharina kam zugute, dass der Vorname Almut eher selten war. Nachdem die Kommissarin die Almuts, die vom Alter her nicht infrage kamen, aussortiert hatte, blieben vier Frauen zwischen siebenundsiebzig und zweiundachtzig Jahren übrig. Eine davon war bereits verstorben.

Mit Hilfe einer weiteren Datenbank suchte sie die Telefonnummern heraus. Beim zweiten Telefonat hatte sie Glück. Eine munter klingende Frauenstimme meldete sich, und als Katharina Frau Kaminski erläuterte, in welcher Angelegenheit sie anrufe, sagte die Frau am anderen Ende: »Sie haben die richtige Almut Kaminski gefunden. Ich habe von 1965 bis 1985 als Erzieherin im Städtischen Kinderheim Dortmund gearbeitet. So hieß das damals. Aber sagen Sie mir bitte, um was für einen Todesfall geht es, und was habe ich damit zu tun?« Die Stimme der Frau war angespannt, was nur verständlich war, und so setzte Katharina Frau Kaminski darüber in Kenntnis, dass die Überreste von Margit Meyer in Münster in einem unterirdischen Keller gefunden worden seien, wo sie seit fünfzig Jahren gelegen habe. Sie unterrichtete die sprachlose Frau weiterhin darüber, dass Margit Meyer einem Gewaltverbrechen zum Opfer gefallen sei und das nun eine Spur zu ihrer Zeit im Kinderheim und zu einem Kind führte, das tödlich verunglückt sein müsse.

»Franz?«, brachte Frau Kaminski hervor. »Reden Sie von Franz Heuer?«

Katharina versuchte, sich ihre Aufregung nicht anmerken zu lassen. »Was ist mit Franz passiert?«

Almut Kaminski berichtete, wie der kleine Franz Heuer im Februar 1966 in einer Bachverrohrung ertrunken war. »Ich habe diese schreckliche Sache nie vergessen. Ausgerechnet der ängstliche, kleine Franz kommt bei so einem waghalsigen Unterfangen ums Leben. Wenn ich jetzt darüber rede, ist mir alles so präsent, als wäre es erst gestern passiert.«

Katharina, darauf geschult auf Zwischentöne zu achten, hörte sofort heraus, dass es für Frau Kaminski noch mehr zu sagen gab, wenn sie nur die richtigen Fragen stellte. »War es ungewöhnlich für Franz, Betonröhren auszukundschaften? Ich kann mir schon vorstellen, dass sie auf Kinder eine große Anziehungskraft ausüben. Zumindest früher. Heute sind sie wahrscheinlich alle mit Gittern verschlossen.«

»Es passte überhaupt nicht zu Franz«, sagte Frau Kaminski entschieden. »Er war kein mutiger Junge. Kein Draufgänger. Ganz im Gegenteil. Deshalb habe ich auch immer den Verdacht gehabt, dass die größeren Kinder aus der Gruppe ihre Finger da im Spiel hatten. Ihn irgendwie dazu gezwungen haben.«

»Spielen Sie hier auf Margit Meyer an?«

»Auf Margit Meyer, Wolfgang Bauer und Annegret Bartsch. Wolfgang war ein auffällig aggressiver und schwieriger Junge, der die anderen Kinder terrorisiert hat. Auch den Franz. Er hat das immer sehr geschickt gemacht. Richtig nachweisen konnten wir ihm nichts, aber alle haben davon gewusst. Margit und Annegret waren dabei immer an seiner Seite. Ich habe versucht herauszufinden, ob sie Franz unter Druck gesetzt haben, aber die haben alle ihre Klappe gehalten. Ein Jahr nach Franz' Tod kam Wolfgang in eine Jugendarrestanstalt wegen mehrfacher versuchter Körperverletzung.«

Katharina hatte bereits registriert, dass der Name Heuer mit keinem der Nachnamen der WG-Mitglieder übereinstimmte. Es hatte also keine direkte Verwandtschaft zu dem verunglückten Franz bestanden. Dennoch fragte sie: »Hatte Franz Familie?«

»Einen Halbbruder. Das war auch so eine traurige Geschichte.«

»Inwiefern?«

»Franz und sein Halbbruder waren ursprünglich zusammen in einem anderen Kinderheim in Dortmund untergebracht. Dann kam Franz' Bruder zu Pflegeeltern, die ihn später auch adoptierten.«

Katharina holte Luft. Eine Adoption! Dann lag natürlich keine Übereinstimmung der Familiennamen mehr vor, falls es bei den Halbgeschwistern eine gegeben hatte.

Frau Kaminski redete inzwischen weiter. »Franz blieb alleine zurück. Das Ehepaar wollte nur ein Kind. Außerdem lag bei Franz eine Entwicklungsverzögerung vor. Das mag zusätzlich abgeschreckt haben. Hinzu kam, dass die Brüder lediglich Halbgeschwister waren. Man sah deshalb kein Problem darin, sie zu trennen. In den Sechzigerjahren ist man ja sowieso nicht sehr zimperlich mit den Kindern umgegangen.« Almut Kaminski seufzte.

Katharina dachte an die fröhliche junge Frau auf dem Foto. Sie hatte bestimmt versucht, es besser zu machen.

»Franz hat allerdings sehr darunter gelitten, dass sein Halbbruder nicht mehr da war. Er hat das Essen verweigert und sich jede Nacht eingenässt. Deshalb kam er schließlich zu uns. Man ging davon aus, dass er nur in eine andere Umgebung müsse, um sich daran zu gewöhnen, dass sein Bruder nicht mehr da war. Bei uns lief es dann auch viel besser. Sein Halbbruder durfte ihn die ersten sechs Monate nicht besuchen, damit der Abnabelungsprozess nicht gestört würde. Allerdings haben sie regelmäßig telefonieren dürfen. Franz war immer sehr traurig nach den Gesprächen. Mein Gott, heute wäre so etwas unvorstellbar. Nach zwei Monaten passierte dann der schreckliche Unfall.«

»Der Bruder ist also nie bei ihnen gewesen?«

»Nein, aber er kam mit seinen Adoptiveltern zur Beerdigung. Sie saßen ganz hinten in der Kirche und auch auf dem Friedhof haben sie sich im Hintergrund gehalten. Keiner von uns hatte die Gelegenheit, mit ihnen zu sprechen. Nur der Heimleiter Dr. Eckert hat kurz mit der Familie geredet. Er hat dem Halbbruder ein paar persönliche Dinge von Franz überreicht.«

Aha, dachte Katharina. Auf diese Weise ist wahrscheinlich das Foto in Theos Besitz gelangt.

»Erinnern Sie sich an den Namen des Bruders oder an den Nachnamen der Eltern?«

»Nein. Ich habe mit Franz nie über seinen Bruder geredet.«

»Wie sah der Junge denn aus?«

»Ich habe ihn nur von Weitem gesehen. Ein ganz normales Kind. Ich weiß noch, dass er nicht geweint hat. Sein Gesicht war so unbeweglich wie das einer Puppe, und seine Bewegungen irgendwie mechanisch. Er hat den Eindruck gemacht, als ginge ihn das Leben nichts mehr an. Er hat mir sehr leid getan. Na ja.« Wieder ließ Almut Kaminski ein tiefes Seufzen hören. Dann sagte sie mit einem Anflug von Neugier, die man ihr nicht verdenken konnte: »Und Sie sind wirklich sicher, dass es sich um Margit Meyer handelt?«

»Ja. Es wurde ein unverwechselbares Merkmal entdeckt.«

»Ach ja, der halbe Finger.« Frau Kaminski schwieg kurz. Dann sagte sie plötzlich etwas unvermittelt: »Die Margo, die war eigentlich gar nicht so schlimm. Sie ist nur so mitgelaufen. Eigentlich kann man ihr das gar nicht zum Vorwurf machen. Das war eine Art Überlebensstrategie. Sie wurde ihrer Mutter mit vier Jahren weggenommen. Da hatte sie schon so viel bei ihr mitgemacht, dass ihr nicht nur ein halber Finger fehlte, sondern auch jegliches Selbstvertrauen. Vielleicht hat sie es als junge Erwachsene etwas aufbauen können, aber als Jugendliche besaß sie keins. Sie brauchte jemanden, hinter dem sie sich verstecken konnte, und da war Wolfgang genau der Richtige. Das habe ich bei einem bestimmten Typ von Heimkindern damals oft erlebt. In der Herde unauffällig mitzulaufen, wurde bei vielen zur Strategie. Auf jeden Fall war Margo keine gewissenlose, skrupellose Person. Das ist mir aber erst klar geworden, als Wolfgang weg war.«

Nach ein paar weiteren eher belanglosen Fragen kam Katharina zum Ende des Gesprächs und bedankte sich bei Almut Kaminski. Eine Weile saß sie dann nur da und starrte vor sich auf die Schreibtischplatte. Ihr verlässliches Gespür für bedeutsame Details begann sich zu regen. In ihrem Kopf ließ sie das Gespräch mit Frau Kaminski Revue passieren. Einiges von dem, was die ehemalige Erzieherin erzählt hatte, hatte etwas in Katharina angestoßen.

Und da passierte es. Ein Teilchen nach dem anderen fiel an seinen Platz und plötzlich wusste sie, bei wem von Margos drei Mitbewohnern es sich um Franz' Halbbruder handelte.

Das Klingeln ihres Handys riss sie aus ihren Grübeleien. Katharina nahm das Gespräch entgegen. Es war Gabriele. Erst verstand Katharina nicht ganz, was die Psychologin ihr sagen wollte. Aber dann begriff sie es und sie spürte einen kalten Hauch der Bestätigung in ihrem Nacken.

Während sie aufsprang und ihre Dienstwaffe samt Holster und ein Funkgerät aus der obersten Schreibtischschublade zerrte, fragte sie: »Weißt du, in welche Richtung sie wollten?« Katharina lauschte kurz auf Gabrieles Antwort, dann rief sie in den Hörer: »Ich bin auf dem Weg!«

28. KAPITEL

Während Katharina den Flur entlangeilte und gleichzeitig hektisch mit KD telefonierte, bog Vera in ihrem gemächlichen Tempo in die Kleimannstraße und passierte einen kleinen Spielplatz. Theo ging neben ihr her. Er hatte die Hände in die Taschen seiner winddichten Daunenjacke gesteckt und trug eine Skimütze, die er bis zu seinen Augenbrauen heruntergezogen hatte.

Nicht nur Katharina, auch Vera hatte in der vergangenen Nacht wenig geschlafen. Ihr war viel zu viel im Kopf herumgegangen. Immer wieder waren ihre Gedanken zu Antje zurückgekehrt. Sie hatte bei Margo im Zimmer ein Foto von Margos Wohngruppe aus dem Kinderheim gesehen und genau das gleiche bei jemand anderem aus der WG. Bei wem? Und was bedeutete das? Vera hatte das Foto, das Katharina ihr per WhatsApp geschickt hatte, lange angestarrt. Beim Anblick des kleinen Jungen mit dem zugeklebten Brillenglas regte sich etwas am Rande ihres Bewusstseins. Veras Merkfähigkeit für Details war ebenso ausgeprägt wie Katharinas. Doch obwohl dieses Etwas zum Greifen nahe schien, war es zu weit, um es fassen zu können.

Hin und wieder war Vera über ihre Grübelei eingenickt, aber sobald von Osten her die Morgendämmerung die Schwärze der Nacht verdrängte, war sie aufgestanden. Auch die anderen waren bereits auf den Beinen. Keiner hatte die Ruhe zum Ausschlafen gehabt. Alle waren voller nervöser Energie. Als Vera die Treppe herunterkam, hörte sie Agnieszka in der Küche herumklappern, und der Duft von frischem Kaffee zog ihr in die Nase. Im Wohnzimmer saß Karl und blätterte fahrig durch die *Westfälischen Nachrichten*. Gabriele fragte Agnieszka zum wiederholten Mal, ob sie ihr helfen könne, und Theo streifte ziellos im Erdgeschoss herum. Hans war nicht zu sehen gewesen.

Entgegen ihrer sonstigen Gewohnheit, sich möglichst wenig zu bewegen, verspürte Vera plötzlich das dringende Bedürfnis nach frischer Luft und einem kleinen Spaziergang. Vom Flur aus rief sie: »Ich drehe eine kleine Runde!«, und schlüpfte in ihren Dufflecoat.

Theo, der gerade in den Flur gekommen war, schlug Vera spontan vor, sie zu begleiten. »Ich wollte sowieso gleich Brötchen holen«, sagte er. »Die können wir ja auf dem Rückweg mitbringen.«

Auch Mr. Spook und Gabriele erschienen im Flur. Der Kater strich Vera um die Beine und miaute laut. »Du bekommst dein Frühstück, wenn ich zurück bin«, sagte sie zu dem aufdringlichen Kater und schob ihn sanft zur Seite.

»Ich kann ihn füttern«, bot Gabriele an und schob noch hinterher: »Wird das ein längerer Spaziergang?«

»Ach was«, antwortete Vera. »Du kennst mich doch. Bis zur Kreuzschanze und zurück.«

Eigentlich wäre Vera lieber alleine gegangen und hätte ihren Gedanken nachgehangen, aber sie wollte Theo nicht vor den Kopf stoßen. So kam es, dass die beiden nun einträchtig nebeneinanderher gingen. Die Luft war kalt und trocken und für Veras brummenden Kopf eine Wohltat.

Von der Kleimannstraße aus gelangte man über eine Fußgängerbrücke zur Kreuzschanze, eine üppig bewachsene, hügelige Grünanlage. Kleine, verschlungene Wege, teilweise mit Treppenstufen, uralte Buchen, Kastanien und Platanen, dazwischen kleine Rasenflächen und Parkbänke machten diesen Park zu einem lauschigen Ort, direkt neben der hektischen Promenade.

Vera und Theo erreichten die größte Erhebung der Anlage, den sogenannten »Liebeshügel«. Vera fasste Theo am Jackenärmel und deutete auf eine Marmorbüste, die einige Meter entfernt auf einem Sockel thronte. »Lass uns mal darübergehen.«

»Ahh«, sagte Theo. »Die gute, alte Annette.«

»Das ist eins der schönsten Denkmäler von ihr, finde ich.« Vera blickte versonnen zu der in Stein gehauenen Dichterin hoch. »Unspektakulär, aber sehr detailverliebt und von zeitloser Schönheit. Meiner Meinung nach, mit eins von Rüllers gelungensten Werken.«

»Rüller?«, fragte Theo. Sein Blick war schon längst wieder von der Skulptur abgeschweift.

»Das ist der Bildhauer, der diese Büste erschaffen hat«, erklärte Vera.

Sie setzten ihren Weg fort. Um diese Zeit war in dem Park kaum etwas los. Sie kamen an einer Bank vorbei, auf der ein Obdachloser seine Habseligkeiten sortierte. Dabei murmelte er unentwegt vor sich hin. Ein struppiger Hund lag zusammengerollt zu seinen Füßen. Vera, die immer ein paar lose Münzen in ihrer Manteltasche hatte, fischte drei Euro hervor und streckte sie dem Mann im Vorbeigehen hin. »Für einen Kaffee und ein Brötchen.«

Der Obdachlose schaute überrascht hoch und blinzelte. Der Hund klopfte mit dem Schwanz auf den Boden. »Danke, gnädige Frau. Danke. Danke.« Mit aneinandergelegten Handflächen deutete der Obdachlose mehrere Verbeugungen an und grinste dabei. In seinem Ober- und Unterkiefer fehlten jeden Menge Zähne. »Vergelt's Gott, gnädige Frau. Vergelt's Gott.«

Vera lächelte gutmütig. »Ja, ja, schon gut.« Sie hob grüßend die Hand.

Sie entschieden sich für einen leicht ansteigenden, dicht bewachsenen Weg, und Vera wurde bereits warm vor Anstrengung. »Früher bin ich im Sommer oft hierhergekommen, um zu lernen. An der Promenade war mir immer zu viel los. Aber hier war es meistens ruhig und unter den Bäumen angenehm schattig.«

»Ich konnte nie gut draußen lernen«, meinte Theo. »Ich saß immer in der Unibibliothek.«

Veras Gedanken wanderten zu Antje, die auch immer behauptet hatte, dass es draußen zum Lernen entweder zu warm oder zu kalt sei. »Übrigens habe ich gestern Abend noch mit Katharina gesprochen. Die Einschätzung der Notärztin hat sich bestätigt. Antje ist an einem

Herzstillstand gestorben.« Sie blieb stehen und wischte sich mit dem Handrücken über die Stirn. »Puuuh, ich bin so einen Frühsport gar nicht gewöhnt.«

Theo befand sich etwas oberhalb von Vera und blickte zu ihr hinunter.

Nachdenklich sagte Vera. »Ich kann mir das gar nicht vorstellen, dass ein Herz einfach so aufhört zu schlagen. Als ich Antje verließ, da war sie zwar etwas angegriffen, aber ich hatte nicht den Eindruck, dass sie kurz darauf tot umfallen würde.«

»Doch. Sie ist einfach mir nichts dir nichts zusammengeklappt.«

Zwei leere Sekunden vergingen. Vera starrte Theo an und Theo starrte sie an.

»Woher weißt du, dass Antje einfach ...« Vera brach ab.

Plötzlich pochte die Erkenntnis in ihr wie ein zweiter Pulsschlag. Nun war ihr klar, bei wem ihrer früheren Mitbewohner Antje das Foto mit Margos Wohngruppe gesehen hatte. Aber nicht nur das. Theos unbedachte Äußerung hatte noch etwas anderes ausgelöst. Vera sah das Foto vor sich, das Katharina ihr am Vortag geschickt hatte, und wie von selbst stellte ihr Gehirn nun einen Zusammenhang her, den sie da nicht gesehen hatte.

Theo hatte seinen Fehler erkannt, sobald die Worte aus seinem Mund heraus waren. Vera konnte es an seinen Augen sehen, in denen jetzt ein gehetzter Ausdruck lag. Langsam, wie in Trance, kam er auf die Richterin a. D. zu. Er trug keinen Schal und so bemerkte Vera, wie seine Halsschlagader unter der Haut pochte.

»Katharina hat mir gestern per WhatsApp eine Aufnahme von einem gerahmten Foto geschickt«, sagte sie und bemühte sich, so ruhig wie möglich zu sprechen.

»Ja und?«, fragte Theo. Er stand jetzt direkt vor Vera. Sie konnte sein Rasierwasser riechen.

»Es zeigt eine Gruppe von Kindern vor einem Kinderheim. Katharina hat das Foto in dem Karton mit Margos Sachen gefunden.«

»Warum erzählst du mir das?«

»Auf dem Foto ist ein kleiner Junge. Ich schätze ihn auf ungefähr sechs oder sieben Jahre. Er hat kurzes, dunkles Haar. Sehr dicht. Es würde sich locken, wenn es länger wäre. Er hätte dann einen richtigen Wuschelkopf.«

»Komm zur Sache, Vera.« Vera entging nicht, dass sich in Theos Stimme eine gefährliche Schärfe geschlichen hatte. Sie verspürte jedoch keine Angst. Es war helllichter Tag und sie befanden sich in einem öffentlichen Park.

»Er sieht einem anderen Jungen sehr ähnlich, den ich auch von einem Foto kenne. Das Gesicht des Kleinen auf Margos Foto wird ein wenig von einer Brille verdeckt, bei der ein Glas zugeklebt ist. Trotzdem ist die Ähnlichkeit da. Der andere Junge warst du, Theo. Du hattest das Foto damals in deinem Portemonnaie. Ich habe es zum ersten Mal bei *Mutter Birken* gesehen und danach noch zig Mal. Immer wenn wir zusammen unterwegs waren. Deshalb habe ich mich daran erinnert, als du dich gerade verplappert hast. Die Familienähnlichkeit kann man gar nicht übersehen.«

Vera erschrak, als Theo plötzlich grob ihr Handgelenk umfasste. »Was habt ihr nur alle mit diesem verdammten Gruppenfoto?«, zischte er. »Ich habe schon versucht, Antje das klarzumachen, aber …« Er brach ab.

Der Griff um ihr Handgelenk wurde noch fester. Vera versuchte, den Schmerz zu ignorieren. Sie war bis hierher gegangen, jetzt konnte sie nicht mehr umkehren. »Du hast Margo in den Kriechkeller gebracht und sie dann dort ihrem Schicksal überlassen. Warum, Theo? Warum hast du das getan?«

Es gab nun zwei Möglichkeiten. Entweder würde Theo das Fenster, das sich durch seinen Fauxpas einen Spalt geöffnet hatte, wieder zuschlagen oder es ganz aufmachen. Vera entging nicht, dass sich der Ausdruck in Theos Augen verändert hatte. Sie erkannte Schmerz, aber auch Wut darin.

»Weil sie es verdient hatte«, stieß er zwischen zusammengebissenen Zähnen hervor. »Sie war ein Aas. Ein gemeines Luder. Franz hat mir oft am Telefon von ihr und den anderen beiden erzählt. Er hat es nie so direkt ausgesprochen, aber mir war klar, dass sie ihn terrorisierten.«

»Franz?«, fragte Vera behutsam.

»Mein kleiner Bruder. Halbbruder. Er war mit Margo zusammen im Kinderheim.«

»Ist etwas mit Franz passiert?«

Theo lachte bitter auf. »Ja, das kann man so sagen. Er ist in einer Betonröhre ertrunken. Das Ganze wurde als Unfall abgetan. Niemand hat hinterfragt, wie es dazu gekommen ist, dass Franz überhaupt in die Bachverrohrung geklettert ist. Aber eins ist sicher. Niemals hätte mein kleiner Bruder das freiwillig getan. Niemals! Sie haben ihn dazu gezwungen.«

»Wer?«, brachte Vera heraus. Es fühlte sich an, als steckte ihre Hand in einem Fangeisen fest.

»Margo, Wolfgang und Annegret. Ich weiß ihre Namen immer noch. Was meinst du, wie leicht man einen kleinen Jungen wie Franz einschüchtern und unter Druck setzen kann? Aber die waren schlau. Die haben sich das nicht anhängen lassen. An dem Nachmittag waren zwei Jungs aus seiner Wohngruppe mit Franz zusammen unterwegs. Er hatte eigentlich nichts mit ihnen zu tun. Das waren keine Freunde von ihm. Im Gegenteil. Er hatte Angst vor ihnen. Genauso wie vor Margo, Wolfgang und Annegret. Ich bin mir sicher, dass die drei nicht weit weg waren, als Franz in der Röhre verunglückt ist. Sie haben sich nur ganz schnell aus dem Staub gemacht.« In seiner Erregung schloss Theo seine Finger noch fester, und Vera entfuhr ein Schmerzenslaut. Theo schien gar nicht mitzubekommen, dass er ihr wehtat. Ungerührt sprach er weiter. »Margo war mit schuld daran, dass mein kleiner Bruder in einer dreckigen Betonröhre ertrunken ist. Nachdem Franz gestorben war, habe ich meinen Adoptiveltern ein Jahr in den Ohren gelegen, dass sein Tod auf das Konto dieser drei verfluchten Jugendlichen geht. Zuerst waren sie sehr verständnisvoll. Aber sie machten mir auch klar, dass das eine Behauptung sei, für die es keine Beweise gab. Nach einem Jahr verboten sie mir, noch weiter über dieses Thema zu sprechen. Das wäre zu meinem eigenen Wohl. Also ließ ich es bleiben, und mit der Zeit wurde meiner Trauer um Franz und diesem furchtbaren Gefühl der Hilflosigkeit die Spitze genommen. Doch als Karl Margo angeschleppt hat, war plötzlich alles wieder da. Ich habe sie sofort erkannt. Obwohl ich Margo nur einmal zuvor gesehen hatte – und das war auf der Beerdigung meines Bruders gewesen. Aber ich habe keines der drei Gesichter je vergessen. Und in den sechs Jahren, die vergangen waren, war Margo zwar älter geworden, hatte sich aber äußerlich nicht viel verändert. Mein Glück war, dass sie keinen blassen Schimmer hatte, wer ich war. Sie und ihre beiden Freunde haben mich auf der Beerdigung keines Blickes gewürdigt. Sie haben mich überhaupt nicht wahrgenommen. So hatte ich alle Zeit der Welt, es ihr heimzuzahlen. Es war eine Fügung des Schicksals, die ich nutzen musste, um wenigstens ein klein wenig Gerechtigkeit walten zu lassen.«

»Dann gingen die Unglücksfälle also auf dein Konto?«

Theo nickte. »Außer die Sache mit dem Teddy. Das war keine Absicht. Das ist genau so gewesen, wie ich es euch gestern beschrieben habe.«

»Und die Katze?«

»Die Katze hockte am Rand des Regenfasses. Sie benötigte nur einen kleinen Schubs.«

»Mein Gott, Theo.«

»Mein Gott, Theo. Mein Gott, Theo«, äffte Theo Vera nach. »Ja, das war nicht schön. Aber jetzt mal ehrlich, was ist das Leben einer Katze gegen das Leben eines Kindes? Ich hatte im Übrigen nicht geplant, Margo umzubringen.«

Vera schüttelte den Kopf. »Wie weit wolltest du es denn treiben? Die gelösten Radmuttern, das war schon wirklich gefährlich. Da ist Andrea damals mit einem blauen Auge davongekommen. Das hätte ganz anders enden können.«

Theo zuckte mit den Schultern. »Keine Ahnung. Darüber habe ich nicht nachgedacht. Ich weiß nur, dass ich es als ein Zeichen empfunden habe, als ich Margo im Keller gefunden habe. Sie war bewusstlos. Ich habe angenommen, dass sie einen Kreislaufkollaps oder so etwas hatte und unglücklich gestürzt ist. Für mich stand fest, dass ich diese einmalige Gelegenheit nicht ungenutzt verstreichen lassen konnte. Mir ist sofort der Kriechkeller eingefallen, und ich dachte mir, was für eine hervorragende Chance, wenn sie wieder zu sich kommt und dort aufwacht. Dann hat sie vielleicht eine Idee, wie mein Bruder sich in dem dunklen Betonrohr gefühlt haben muss. Nachdem ich dann Margo in dem Kriechkeller abgelegt hatte, habe ich die Blutlache mit Handtüchern aufgewischt, damit keine dummen Fragen kommen.«

»Du hast sie da einfach sich selbst überlassen.« Vera spürte, wie Wut und Unverständnis in ihr hochstiegen. »Theo! Sie ist darin elendig verreckt!«

Eine Veränderung ging mit Theo vor sich. Seine Augen wurden zu schmalen Schlitzen. »Oh, nein! Nein! Nein! Nein! Du hängst mir jetzt keinen Mord an, Frau Richterin.« Mit seinem breiten Oberkörper drängte Theo Vera ins Gebüsch. Sie spürte, wie die Zweige ihr in den Rücken stachen.

»Theo, ich …«, begann sie.

»Halt die Klappe«, fuhr er sie an.

Vera bekam es nun doch mit der Angst zu tun. Was, wenn Theo die Kontrolle verlor? Er hatte Margo auf dem Gewissen, und Vera wusste nun über ihn Bescheid. Hatte ihn in die Ecke gedrängt. Sie musste davon ausgehen, dass er jetzt so unberechenbar war wie ein verletztes Tier.

»Ich sage es dir noch mal«, fauchte Theo. Sein Gesicht war nur wenige Zentimeter von ihrem entfernt. Sie bekam den Geruch von Pfefferminzzahnpasta in die Nase. »Ich hatte nicht vor, sie umzubringen. Ich wollte sie nur spüren lassen, wie sich ein Sechsjähriger in einer Betonröhre gefühlt haben muss. Im Vergleich zu einer Bachverrohrung mit eisigem Wasser und jeder Menge Ratten, gleicht der Kriechkeller ja wohl eher einer Kuschelecke in einem Kindergarten. Ich wollte sie wieder herauslassen. Das mit dem Kriechkeller sollte der letzte Akt werden, danach hätte ich sie in Ruhe gelassen. Ich hätte ihr klargemacht, wer ich bin und ihr zu verstehen gegeben, dass es wohl besser ist, wenn sie auszieht. In dem Fall hätte ich den anderen nichts davon erzählt, was sie getan hat. Aber als ich sie aus dem Keller holen wollte, war sie tot. Genauso tot wie mein Bruder.«

»Was war mit Antje?« Während Vera diese Frage stellte, überlegte sie gleichzeitig fieberhaft, ob sie ihm vors Bein treten sollte oder sich irgendwie anders befreien könnte.

»Ich habe Antje nicht angerührt. Es war genau so, wie ich es gesagt habe. Sie ist einfach zusammengeklappt. Als ich in die Küche kam, war sie ganz überrascht, mich zu sehen. Sie hat dann sofort von dem Foto angefangen. Ich habe alles abgestritten und ihr gesagt, dass sie sich irren müsse. Da wurde sie immer aufgeregter. Sie meinte, dass sie sich wieder genau daran erinnern könne, das Foto bei mir gesehen zu haben. Irgendwann mal, rein zufällig. Mir war klar, dass das gut möglich war. Mir ist nicht viel von Franz geblieben. Das, was ich hatte, habe ich mit in die Heerdestraße genommen. Du weißt ja, ich war nicht besonders ordentlich. Ich habe das Foto nicht aufgehängt. Es flog irgendwo im Zimmer herum. Natürlich kann Antje es dort gesehen haben. Davon ließ sie sich auch nicht abbringen und dann lag sie plötzlich auf dem Küchenfußboden und hat sich nicht mehr gerührt. Ich habe sie auf den Rücken gedreht, aber sie war schon tot.«

Die Frage ist, ging es Vera durch den Kopf, was hättest du getan, wenn sie nicht plötzlich zusammengebrochen wäre. »Warum warst du überhaupt im Flur?«

»Ich habe gehört, wie jemand sein Zimmer verlassen hat und die Treppe hinuntergegangen ist. Ich war noch nicht im Bett, deshalb habe nachgesehen. Ich sah dich, wie du nach unten gingst. Aus einem Impuls heraus bin ich dir gefolgt. Ich konnte sowieso nicht schlafen.«

Plötzlich schien Theos Blick Vera zu durchbohren. »Ich bin kein Mörder! Ich habe nur Gerechtigkeit gewollt. Warum, zum Teufel, musstest du auch unbedingt diesen verdammten Kriechkeller sehen? Du bist noch genauso penetrant wie früher. Wir hätten ansonsten unser Revival weiterhin unbeschwert genießen können.« Die Wörter brachen in seinem Hals.

In diesem Augenblick hörte Vera eine vertraute Stimme, und vor Erleichterung wurden ihre Beine ganz schwach. »Theo!«, schrie Katharina, während sie auf die beiden Senioren zustürmte. Sie hielt ihre Dienstwaffe in der Hand. An ihrem Gürtel war ein Funkgerät befestigt. »Lass sie los! Nimm die Hände über den Kopf und geh fünf Schritte zurück!«

Theos Kopf schnellte in Richtung Katharina. Aus den Augenwinkeln sah Vera, dass von der anderen Seite zwei weitere Beamten in Zivil angelaufen kamen. Im Gegensatz zu Katharina hatten sie ihre Waffen im Anschlag. Vera spürte, wie Theo in sich zusammensackte. Er blickte sie an und sagte leise: »Ich bin kein Mörder, Vera.« Dann ließ er von ihr ab, nahm die Hände über den Kopf und trat drei Schritte zurück.

Inzwischen waren Katharina und die anderen beiden Beamten, ein Mann und eine Frau, bei ihnen angekommen.

Außer Atem und mit besorgter Miene legte Katharina eine Hand auf den Arm ihrer Tante: »Alles klar?«

Vera nickte. Die Erleichterung war ihr ins Gesicht geschrieben. Sie rieb sich das geschwollene Handgelenk. »Ja, alles in Ordnung.«

Nachdem sich Katharina und die beiden Beamten davon überzeugt hatten, dass Theo unbewaffnet war, steckten sie ihre Waffen in die Holster zurück. Die Polizistin fasste ihn an der Schulter. »Sie kommen bitte mit uns.«

Widerstandslos ließ Theo sich abführen. Nach ein paar Metern drehte er sich noch mal um. »Du warst mir übrigens schon mal auf der Spur, Vera Langenkämper. Damals, als du unbedingt wolltest, dass wir unter der Kellertreppe ausmisten. Aber da habe ich es verhindern können.«

Vera schaltete augenblicklich. »Du hast die Kühltruhe in Brand gesetzt. Sie hat sich nicht selbst entzündet.«

Theo nickte. »Mir war die Aufräumaktion ein wenig zu heikel. Ich hatte Sorge, jemand könnte bei der Gelegenheit auf die Idee kommen, mal wieder den Kriechkeller zu inspizieren. Margo lag zu dem Zeitpunkt ja erst zwei Monate darin. Ich konnte nicht riskieren, dass man sie zu dem Zeitpunkt schon findet. Ich hatte nicht vor, den ganzen Keller abzufackeln, war aber mit dem Ergebnis letztlich doch zufrieden. Die Aufräumaktion hat zumindest nicht stattgefunden.« Ohne ein weiteres Wort drehte Theo sich wieder um.

In Veras Kopf formte sich der Gedanke, dass sie damals unterbewusst vermutet hatte, dass die Tiefkühltruhe nicht von alleine in Brand geraten und sie aus dem Grund nicht mehr in die WG Heerdestraße zurückgewollt hatte. Sie wandte sich an ihre Nichte. »Woher wusstest du, dass wir hier sind?«

»Gabriele hat mich angerufen und mir gesagt, dass ihr beide euch zu einem Spaziergang zur Kreuzschanze aufgemacht habt. Tatsächlich war mir inzwischen klar, dass Theo unser Mann ist. Deshalb bin ich sofort los. Da ich nicht wusste, wo genau ich euch suchen sollte, habe ich einen Obdachlosen angesprochen, ob er euch vielleicht gesehen hat. Und siehe da«, Katharina grinste, »er konnte sich bestens an eine dicke Dame in einem sehr schönen lila Mantel erinnern, die in Begleitung eines Herren war.«

Vera lächelte.

»Meiner Verstärkung habe ich per Funkgerät durchgegeben, dass sie von der anderen Seite kommen sollen.«

»Verstärkung ist gut«, meinte Vera. »Das waren gerade mal zwei Leute. Mehr ist euch Leib und Leben einer ehemaligen Richterin nicht wert?«

Katharina zuckte mit den Schultern und schloss ihre Tante fest in die Arme. »Du weißt ja, die Personaldecke in Behörden ist dünn.«

29. KAPITEL

Eine halbe Stunde später saßen Vera und Katharina mit Karl, Hans, Gabriele und Eva, die inzwischen auch eingetroffen war, im Wohnzimmer der Heerdestraße 38.

Agnieszka wuselte zwischen Küche und Wohnzimmer hin und her und schleppte Teller, Besteck und Tassen heran. Dabei murmelte sie ununterbrochen auf Polnisch vor sich hin. Als Katharina und Vera ohne Theo zurückgekommen waren und Vera geschildert hatte, was passiert war, hatte sich Agnieszka mehrfach bekreuzigt, und Karl hatte wieder einmal den Schnaps aus dem Sideboard geholt.

An die Brötchen hatte Vera nicht mehr gedacht, aber Agnieszka war auf alle Eventualitäten vorbereitet. Sie war bereits dabei, eingefrorene Rogaliki aufzubacken. Auf Evas interessierte Nachfrage, was das sei, erklärte die Haushaltshilfe, dass es sich dabei um polnische Marmeladenhörnchen aus Hefeteig handele.

Während Agnieszka sich um das Frühstück kümmerte, ließen sich alle anderen am Esstisch nieder.

»Als Erstes«, begann Vera, »möchte ich eins wissen. Warum hast du Katharina über meinen Spaziergang mit Theo informiert, Gabriele?« Während sie die Frage stellte, streichelte die Richterin a. D. ihrem Kater den Rücken. Nachdem sie zurückgekommen war, war er ihr nicht mehr von der Seite gewichen. Jetzt thronte er auf ihrem Schoß und schnurrte laut.

Gabriele lächelte zu Vera hinüber. »Ich kann es dir nicht genau sagen. Irgendwie hatte ich plötzlich ein ungutes Gefühl. Vielleicht lag es auch an Mr. Spook. Ich wollte ihn füttern, nachdem ihr gegangen seid. Aber er hat nicht gefressen. Stattdessen ist er die ganze Zeit wie Falschgeld vor der Haustür hin und hergelaufen und hat nicht aufgehört mit seinem ewigen Gemaunze. Und da Mr. Spook ja nun mal ein ganz besonderer Kater ist …«, Gabriele zuckte mit den Schultern, »habe ich gedacht, ich informiere Katharina über euren kleinen Ausflug.«

Eva ergriff das Wort. »Ich habe auch einigen Klärungsbedarf. Wie Vera auf Theo gekommen ist, habe ich inzwischen mitbekommen. Aber wie war es bei dir, Katharina? Ihr müsst wissen, der letzte Stand unserer Ermittlungen am gestrigen Abend war, dass wir heute erst mal in aller Ruhe Karl, Hans und Theo vernehmen wollten.« Sie warf Karl und Hans einen freundlichen Blick zu. »Wir wollten prüfen, ob einer von euch Margo aus Eifersucht, seelischer Verletztheit oder so etwas in der Art umgebracht hat. Dann bekomme ich heute Morgen von Katharina per WhatsApp die Nachricht: *Es war Theo. Komm zur Heerdestraße.*«

Karl wandte sich an Katharina. »Das interessiert mich auch brennend. Wie bist auf ihn gekommen?«

Katharina schob ihren Stuhl ein wenig vom Tisch zurück und schlug ihre Beine übereinander. »Das ist ziemlich unspektakulär vonstattengegangen.

Die Kommissarin legte nun dar, wie der Abend verlaufen war, nachdem Eva sich verabschiedet hatte. Sie berichtete von Veras Hinweis, dass Antje das Gruppenfoto schon mal woanders gesehen hatte. »Damit war klar, dass jemand eine Verbindung zum Kinderheim und zu Margos Wohngruppe gehabt haben musste. Ein ganz neuer Aspekt, der es wert war, näher betrachtet zu werden. Bei der Überlegung, wie diese Verbindung aussehen könnte, habe ich zunächst an dich gedacht, Hans.«

Hans sah ehrlich überrascht aus. »An mich? Warum?«

»Weil Karl die Bemerkung machte, dass man noch nie etwas von deinen Eltern gesehen oder gehört hat. Das führte mich zu der Schlussfolgerung, dass es vielleicht keine gab und damit war die Verbindung zu einem Kinderheim geschaffen.«

»Ach so.« Hans lachte auf. »Dass man meine Eltern hier nie gesehen hat und ich nichts von ihnen erzählt habe, hatte aber andere Gründe. Ich habe mich nicht mit ihnen verstanden. Mein Vater hat mich mit achtzehn Jahren rausgeworfen, und ich habe den Kontakt mehr oder weniger abgebrochen. Als ich Mitte zwanzig war, hat sich das Verhältnis wieder normalisiert. Fünf Jahre später sind sie bei einem Autounfall ums Leben gekommen.«

»Ja. Es war auch nur eine schwache Theorie, denn es gab auch Punkte, die dagegensprachen. Das Gespräch mit der Erzieherin Almut Kaminski hat meine Gedanken dann in die richtige Richtung laufen lassen. Frau Kaminski war der Meinung, Margo sei keine gewissenlose, hartherzige oder skrupellose Person gewesen. Da kam mir in den Sinn, dass der Begriff skrupellos vor Kurzem schon mal gefallen war. Eva hatte ihn verwendet. Sie hatte Gabriele Skrupellosigkeit unterstellt, als sie nach Margos Sturz regelrecht aus dem Keller geflohen war. Ich fand, dass das die falsche Bezeichnung für Gabrieles Verhalten war, und ich erinnerte mich daran, dass noch jemand das Wort gebraucht hatte und es da, nach meinem Verständnis, auch nicht gepasst hatte. Ich wusste den Zusammenhang aber nicht mehr. Als ich aber über das Gespräch mit Frau Kaminski nachdachte, fiel er mir wieder ein. Als wir euch das erste Mal befragt haben, baten wir euch, Margo zu beschreiben. Der allgemeine Tenor lautete, dass Margo oft unfreundlich, launisch und anstrengend gewesen sei. Nur einer, nämlich Theo, beschrieb Margo als kaltblütig, niederträchtig und skrupellos. Doch diese Attribute passten erstens nicht zu dem, was alle anderen von Margo gesagt hatten, und zweitens nicht zu dem Bild, das ich mir inzwischen von Margo gemacht hatte, und das von Frau Kaminski bestätigt wurde. Außerdem haben wir zu hören bekommen, dass Margo und Theo eher wenig miteinander zu tun hatten. Theo war zwar sicher, dass Margo hinter den Diebstählen steckte. Aber das gab kaum Anlass zu solch drastischen Zuschreibungen. Was hatte Theo also für einen Grund, Margo so zu charakterisieren? Meine Aufmerksamkeit lag jetzt auf ihm, und mir fiel ein weiteres Detail auf, das Frau Kaminski erwähnt hatte. Sie sagte, nach ihrer Erfahrung nutzten manche Heimkinder es als Strategie, sich unauffällig zu verhalten, sich rauszuhalten und in der Herde mitzulaufen. Das entsprach ziemlich genau einer Äußerung von Margo über Theo und auch dem, was einige von euch erwähnt haben. In mir verdichtete sich der Verdacht, Theo könnte der Halbbruder von Franz sein. Unterfüttert wurde er schlussendlich noch von einer weiteren Äußerung, die Theo gemacht hat. Das war noch bevor wir die Befragungen gestartet haben. Da sagte er, etwas aus dem Zusammenhang, dass allen viel erspart geblieben wäre, hätte Karl damals Margo gar nicht erst angeschleppt. Wo ich ihn nun schon einmal ins Auge gefasst hatte, klang das für mich nach einer Rechtfertigung. Es kommt bei Straftätern, wenn es sich nicht gerade um notorische Wiederholungstäter handelt, oft vor, dass sie Erklärungen für ihre Tat anbringen. Ihr seht«, Katharina zuckte mit einer Schulter, »es sind oft nur Nebensächlichkeiten, die einen auf die richtige Spur bringen. Ich muss allerdings einräumen, dass die Indizienlage schon recht überschaubar war und so hatte ich auch noch keine hundertprozentige Sicherheit. Dann erreichte mich Gabrieles Anruf und die Ereignisse nahmen ihren Lauf.«

Karl nahm sein Barett vom Kopf und kratzte sich am Hinterkopf. »Um mal etwas Selbstkritik walten zu lassen, muss ich sagen, es ist schon was an Theos Behauptung dran. Ich habe auch über deine Worte nachgedacht, Gabriele. Das ging ja in die gleiche Richtung. Hätten wir darüber abgestimmt, wie es sich für eine linksalternative Wohngemeinschaft gehört hätte, dann wäre Margo wohl nicht bei uns eingezogen und der Stein wäre nicht ins Rollen gekommen.«

Vera zuckte mit den Schultern. »Hinterher ist man immer klüger.«

Karl schüttelte den Kopf. »Du hast es damals schon gesagt, Vera. Ich hatte übrigens dich in Verdacht, Gabriele. Ich habe dir deine Geschichte nicht abgenommen.«

»Und ich dich«, gab Gabriele lächelnd zurück.

»Ich konnte mir nach wie vor nicht vorstellen, dass das einer von uns war«, erklärte Hans. »Was für ein Zufall auch, dass es gerade Theo war, der Margo gefunden hat.«

»Na ja, wie oft er in den Keller gerannt ist, um eine Wasserkiste hochzuholen und eine leere wieder hinunterzubringen, ist das eigentlich gar nicht so ein großer Zufall«, meinte Karl. »Übrigens kann ich mich noch gut erinnern, wie fertig Theo war, als unsere Nachbarin mit dem Rad gestürzt ist. Es ging ihm wirklich nur um Margo. Ansonsten war er ein Guter.«

»Was ich mich frage«, sagte Hans und machte ein nachdenkliches Gesicht, »warum hat Theo Margo nicht bei passender Gelegenheit ganz verschwinden lassen. Ich meine, warum hat er sie nicht aus dem Haus geschafft?«

»Das hätte ich ihn auch gerne noch gefragt, aber das ergab sich nicht mehr«, meinte Vera.

»Ich kann darüber nur spekulieren«, sagte Katharina. »Ich denke mal, dass er nicht wusste, wohin mit ihr. Es ist gar nicht einfach, eine Leiche auf Nimmerwiedersehen verschwinden zu lassen. Die meisten tauchen wieder auf. Wo hätte er denn mit ihr hinsollen? Ein Auto stand ihm nicht zur Verfügung. Hätte er sie einfach irgendwo abgelegt, wäre es zu Ermittlungen seitens der Kripo gekommen.« Die Kommissarin grinste. »Und ihr seht ja, wozu das führt. Wenn der Täter aus dem direkten sozialen Umfeld des Opfers stammt, dann überführen wir ihn meistens. Selbst noch nach fünfzig Jahren. Aus seiner Sicht war es schon richtig, Margo einfach im Kriechkeller zu lassen und darauf zu hoffen, dass sie so lange unentdeckt bleibt, bis nichts mehr von ihr übrig ist. Er konnte ja nicht wissen, dass das trockene und kühle Klima in dem Keller einen kompletten Zerfall der Leiche so lange hinauszögern würde.«

»Was passiert nun mit Theo?«, fragte Gabriele.

»Ich gehe davon aus, dass es zu einer Anklage kommen wird. Sein Geständnis, wenn er es nicht wieder zurückzieht, und die Indizien sollten reichen. Ihr könnt euch auch darauf einstellen, dass ihr alle als Zeugen vorgeladen werdet. Ob es auch zu einer Verurteilung kommen wird, muss man abwarten. Es gibt ja keine handfesten Beweise, nur Indizien. Geständnisse gelten formal gesehen nicht als Beweismittel. Für den Übergriff auf Vera wird er sich aber auch zu verantworten haben.«

Die Tür öffnete sich und Agnieszka kam herein.

»Oh!«, rief Karl. »Das sieht ja fantastisch aus.«

Die junge Polin stellte mit einem glücklichen Lächeln eine Platte mit dampfenden Hefehörnchen auf den Tisch. »Die müssen jetzt sofort gegessen werden«, sagte sie in bestimmendem Ton. »Heiß schmecken sie am besten.«

Alle griffen zu, und Agnieszka schenkte Kaffee und Tee aus.

Katharinas Handy, das sie neben ihren Teller gelegt hatte, vibrierte, und sie sah, dass eine WhatsApp eingegangen war. Gleich darauf traf noch eine zweite ein. Katharina stutzte amüsiert. Wieder hatten Klaas und Edith ihr fast gleichzeitig eine Nachricht gesendet. Sie las zuerst, was Klaas geschrieben hatte. *Habe vergessen, dir zu sagen, dass der Doppelkopfabend bei Brigitte schon morgen ist. Um fünf. Es gibt Tapas und Rotwein! Luc kommt auch.*

Ach Gott, der Doppelkopfabend, fuhr es Katharina durch den Kopf. Würde sie da morgen wirklich Lust zu haben? In diesem Moment fiel ihr ein, was Birgit gesagt hatte. »Du neigst ja dazu, erstmal alles, was du nicht kennst oder dir nicht so vertraut ist, von dir fernzuhalten. Aber manchmal entgeht einem da auch etwas.«

Während Katharina noch überlegte, was sie Klaas antworten sollte, öffnete sie die Nachricht ihrer Mutter. *Brauchen morgen dringend Hilfe im Garten!! Habt ihr ab nachmittags Zeit???*

Diesmal musste Katharina nicht über die Antwort nachdenken. Sie schrieb: *Leider nein. Wir sind zum Kartenspielen verabredet.*

ENDE

KBV KRIMINALROMAN

Henrike Jütting

SPIEL IM NEBEL

Taschenbuch, 328 Seiten
ISBN 978-3-95441-603-5
13,00 EURO

Ein abgelegener Gasthof im nebligen Münsterland ...

Über Nacht verschwindet die dreizehnjährige Tochter der Eigentümer spurlos. Zu dieser Zeit nehmen dort gerade die Ensemblemitglieder des Münsteraner Theaters Kolibri an einem Seminar für Konfliktbewältigung teil. Gemeinsam mit ihrer Intendantin Saskia Erler sind sie die einzigen Gäste im Haus. Trotz intensiver Suche bleibt das Kind verschwunden.

Als Saskia Erler sechs Monate später tot in ihrer Wohnung im Südviertel aufgefunden wird, sieht es zunächst wie ein Selbstmord aus. Schon bald aber entpuppt sich die Tat als heimtückischer Mord. Für die Ermittlerinnen Katharina Klein und Eva Mertens wirft das ein ganz neues Licht auf die zurückliegenden Geschehnisse: Stehen der Mord und das verschwundene Kind miteinander in Verbindung?

»Hervorragende Krimiunterhaltung«
(Stefan Keim, WDR4-Buchtipp)

KBV KRIMINALROMAN

Jörg Czyborra

SENNEFEUER

Taschenbuch, ca. 250 Seiten
ISBN 978-3-95441-664-6
14,00 EURO

Lodernde Flammen im Lipperland

Wo Rauch ist, da ist auch Feuer! So sagt man nicht nur in Lippe. Christian Kupery, Assistent der Geschäftsleitung im Buchladen seiner Frau, genießt gerade noch die Abwesenheit der Chefin, als sich mit einem Mal dunkle Wolken über ihm zusammenziehen: Sein Bulli schickt merkwürdige Rauchzeichen aus dem Motorraum, in der Senne wird eine alte Scheune abgefackelt, und in einem Bürogebäude brennt jemandem die Sicherung durch.

Alle möglichen Dinge befeuern die Gerüchteküche: Was will das mondäne Paar aus dem Rhein-Main-Gebiet im beschaulichen Lipperland? Wer streift nachts durch den Teutoburger Wald? Wohin ist der Bauer nach dem Scheunenbrand verschwunden? Spätestens jetzt ist Kuperys detektivische Neugier entfacht.

»Die Bergstadt wird zur Krimistadt. Die ›Ochsentour‹ ist ein Roman mit viel Lokalkolorit …« (Neue Westfälische)